上野瞭（1928－2002）
自宅・書斎にて（1987年）

家族のアルバムから

祖母と

父親と

妻と息子と

少年時代

教師として　作家として

同志社女子大学児童文化ゼミの記録（1994年1月）

平安高校出版局クラブの生徒と氷室ハイキング

1997年12月4日講演
三重県四日市　子どもの本屋メリーゴーランド
演題：「三人よれば・・・」（今江祥智・上野瞭・灰谷健次郎が講師だった）白板に鶴見俊輔の名前が見える。

上野瞭と今江祥智

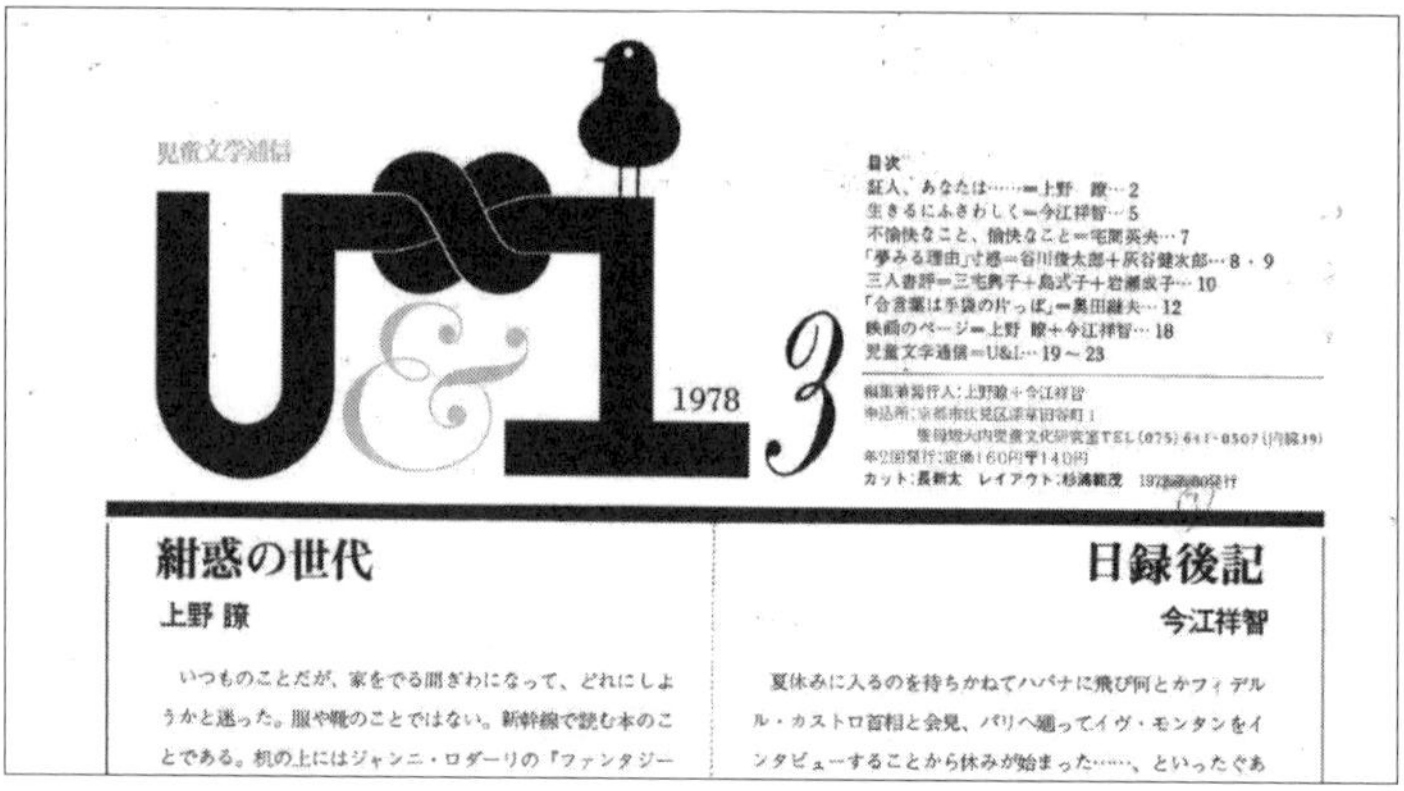

児童文学通信

U&I

1978 3

編集兼発行人：上野瞭＋今江祥智

申込所：京都市伏見区深草田谷町1

聖母短大内児童文化研究室TEL(075)641-0507(内線19)

年2回発行：定価160円〒140円

カット：長新太　レイアウト：杉浦範茂　1978……発行

紺惑の世代

上野 瞭

いつものことだが、家をでる間ぎわになって、どれにしようかと迷った。服や靴のことではない。新幹線で読む本のことである。机の上にはジャンニ・ロダーリの『ファンタジー

日録後記

今江祥智

夏休みに入るのを待ちかねてハバナに飛び何とかフィデル・カストロ首相と会見、パリへ廻ってイヴ・モンタンをインタビューすることから休みが始まった……、といったぐあ

互いの名前の頭文字をとり、ユニークな児童文学時評パンフレット「U&I」が生まれた。国際版をつくろうとしていたが3号で終わっている。

上野瞭（左）と今江祥智（右）は、京都の地で互いをイーヨー、プーさんと呼び、酒を酌み交わしながら、飽きることなく子どもの本の話を続けた。時に辛口の批評と児童文学への深い想いが激論になり、夜が更けることもあった。

制作過程が記録されたリングノート

図3『三軒目のドラキュラ』

図2『砂の上のロビンソン』

図1『ひげよ、さらば』

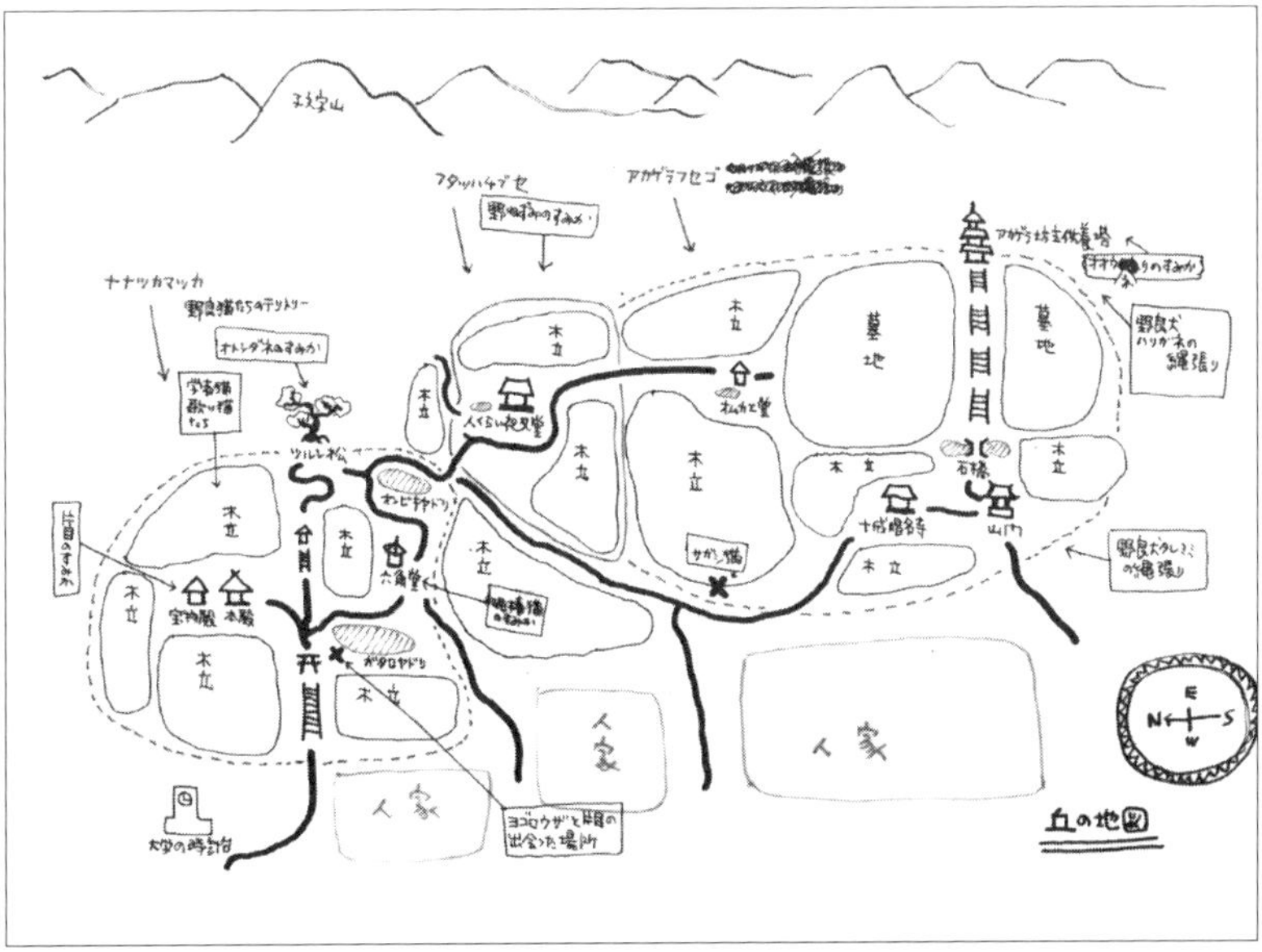

図4『ひげよ、さらば』の制作ノートに挿んでいた地図

『ひげよ、さらば』などの作品制作ノートより

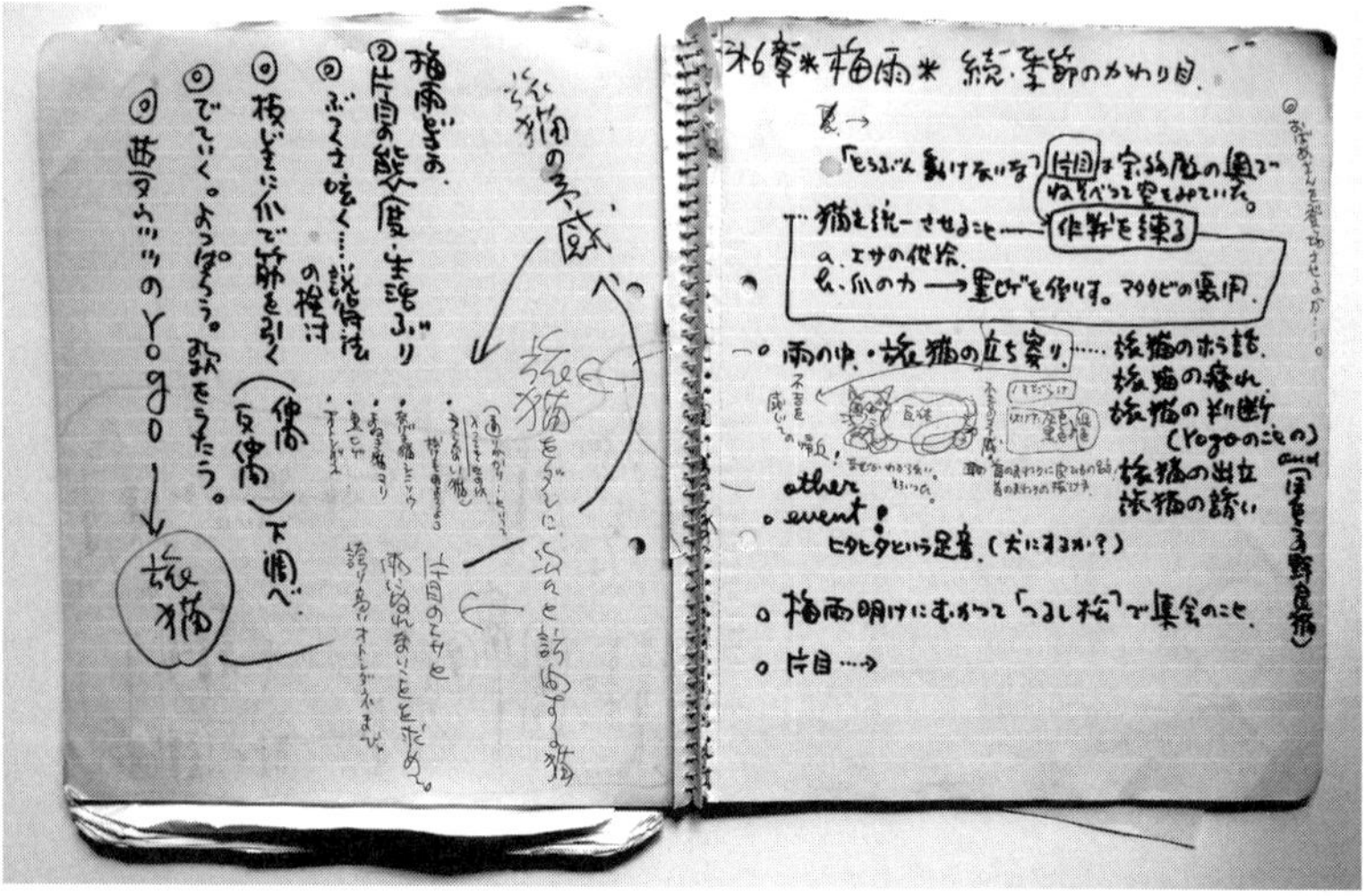

図5 第6章「季節の変わり目」の構想。
右頁　旅猫の姿（ページ中央）が描かれている。
左頁　右下１行目に「旅猫をダシに次々と訪問する猫」とあり、物語が動いていく章になった。

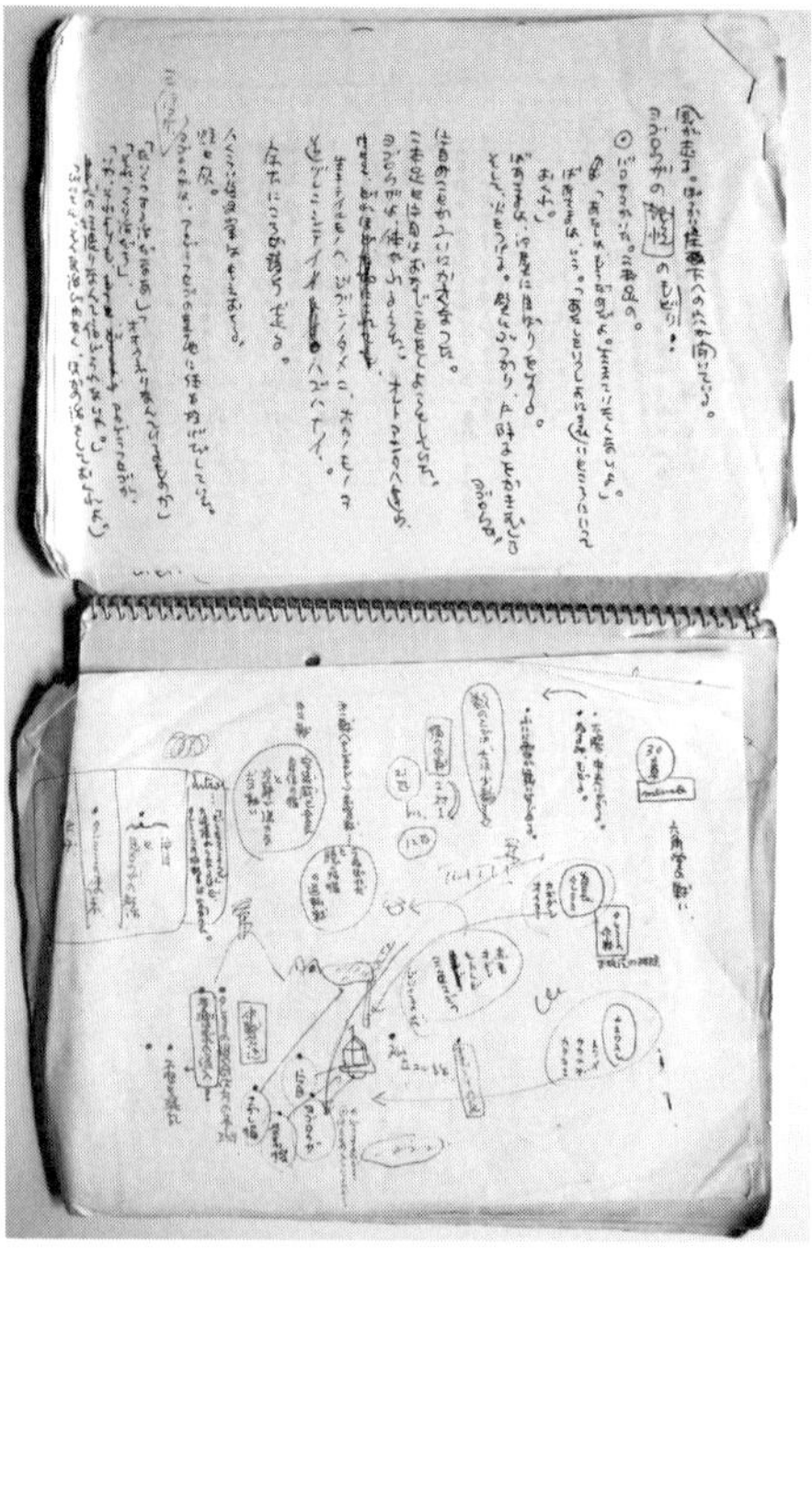

図6 上頁　「猫たちの丘メモ」。ノートの表紙裏に14枚綴じている。
下頁　第30章のメモ2枚。

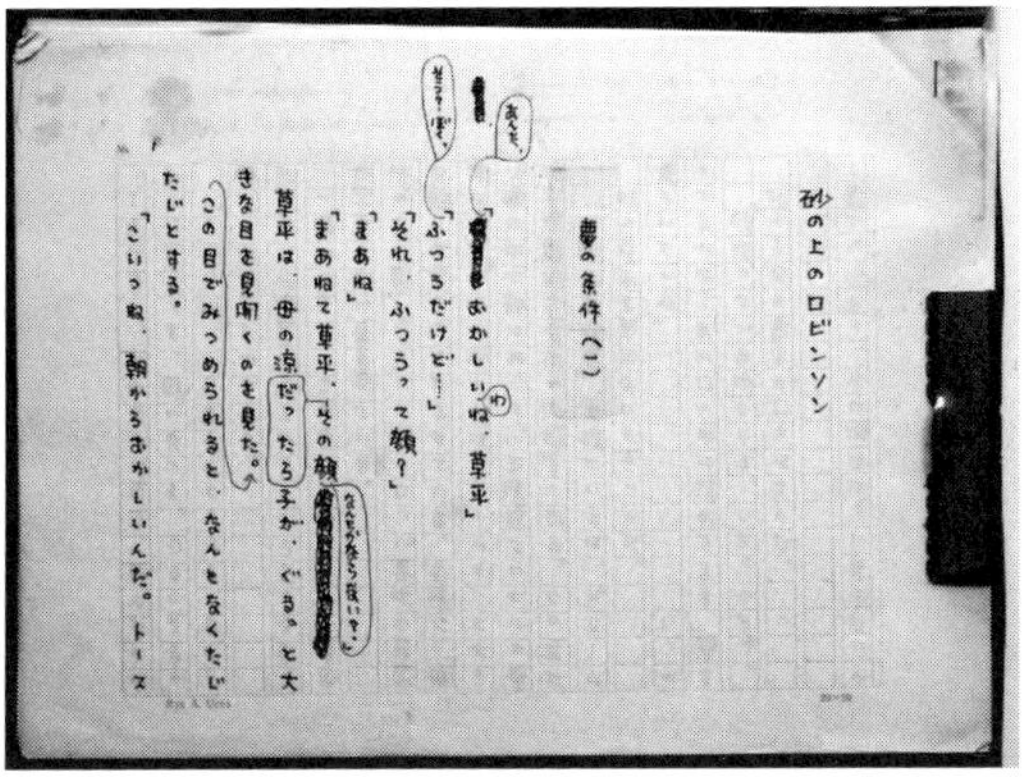

図7『砂の上のロビンソン』巻頭の自筆原稿。

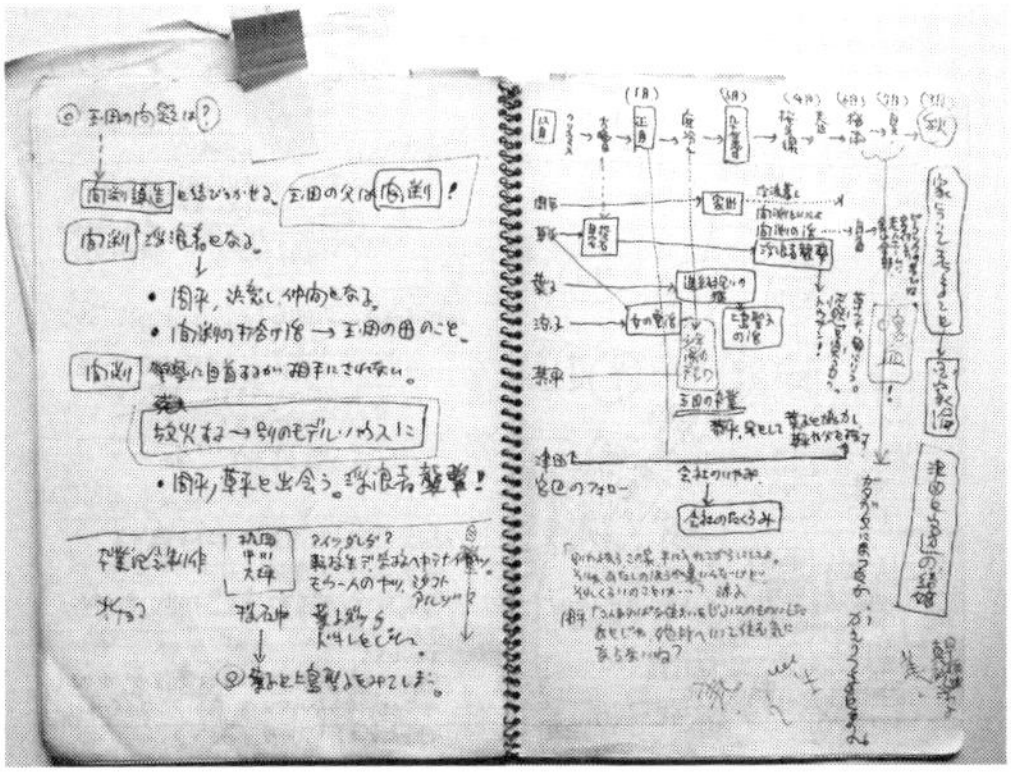

図8『砂の上のロビンソン』ノートより。人間関係のチャートをつくっている。

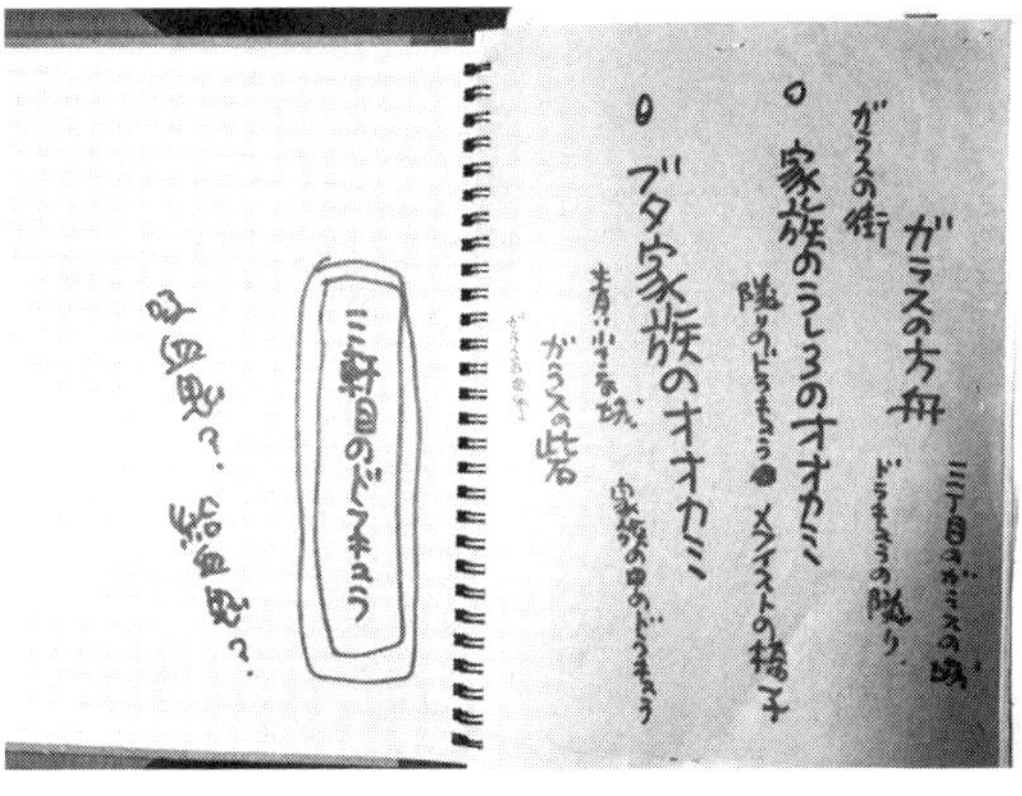

図9『三軒目のドラキュラ』ノートより。タイトルの候補がいろいろあったことがわかる。

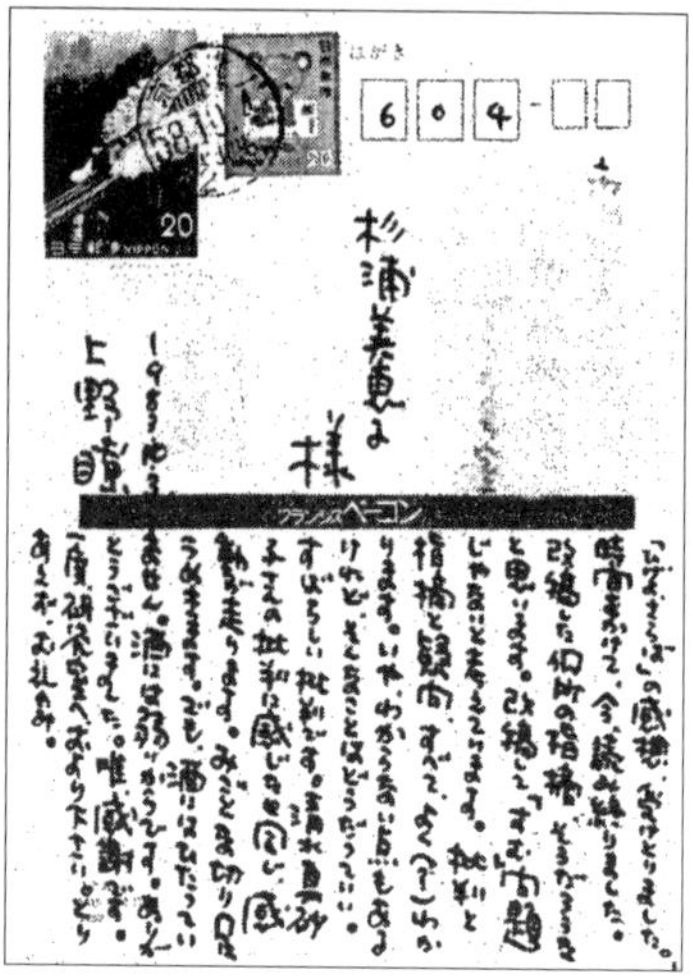

図10　相川美恵子宛ハガキ
(1983年10月3日)
レポートを読んで「一度研究室へおよりください」とある。

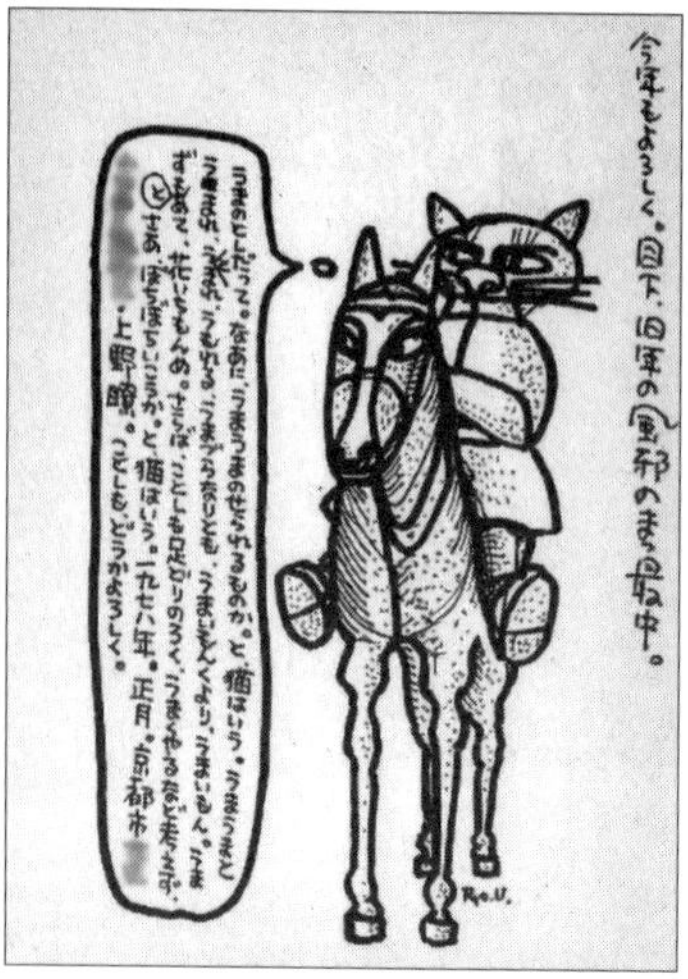

図11　三宅興子宛年賀状
(1978年・午年)
「うまうまとうまれ、うとまれ、うもれる」など、うまづくしの文章が入っている。

図12　カニグズバーグから島式子宛のカード
(1975年8月25日)
フロリダのカニグズバーグ邸に宿泊した上野に島へのプレゼントとして、新作『ジョコンダ夫人の肖像』とともに託されたカード。カードの画は、彼女自身が描いたイラストである。

『ひげよ、さらば』の作家

上野瞭を読む

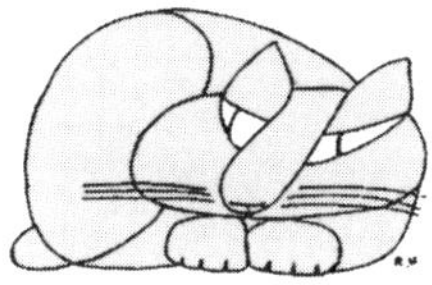

装　画　　上野宏介
カット　　上野　瞭
装幀・組版　中島佳那子
（鷺草デザイン事務所）

はじめに

本書『上野瞭を読む』は、上野瞭作品をもう一度読みたいと思った者が、二〇〇九年六月、第一回の集まりを持ったことからはじまっています。読書会の背景には、上野作品が読まれなくなっていくのではないか、という危機感もありました。上野没後、七年が経過していました。

今、なぜ、上野瞭なのか、日本児童文学の中ではどのように評価できるのか、登場人物が自らの人生を語る作風の意味は何なのか、どの作品を現代の読者に薦めるのか、などの課題を持って、月一冊のペースで四〇回ほど会を重ねました。

書かれたものすべてを読むことを目指して、まず、発表年代順に、一九五四年から発行された同人誌「馬車」から読み出しました。こうした作品の再読には、膨大な創作と評論の仕事だけではなく、講演や授業など、記録された生の声に耳を傾けることも加わりました。その中で、上野が、常に時代、社会、人間の問題を綿密に構造化して、読者をその冒険の世界に招き入れてくれるのを体験していきました。

作品と並行して多くの評論が発表され、随時、評論集としてまとめられ、出版されています。作品を読みながら同時期の評論を読むと、次作の構想について述べていたり、刊行されたその作品を問わず語りで解説していたりするのに出会います。最初の評論集『戦後児童文学論』から『われらの時代のピーター・パン』や『アリスたちの麦わら帽子』に至るまで、一貫して、同時代の多様な作品を取り上げ、独自の切り口で評価を試みています。論じられた作品の中には読まれなくなっているものもありますが、その論の展開は、今なお興味深く、かつ、新鮮さを保っています。

「上野瞭論」をまとめる作業に入る二〇一三年頃になって、その全仕事を貫いているものが見えてきました。上野作品は、同じように見える記号的な役割を持ったものが、次作で受けつがれて変容していきます。作品群を仮に大きく三期に分けて考えますと、国家や国の機構の中で翻弄される個人を描く「まげもの」の世界から、逆に、一人一人の個人を軸にして、その背後にあるものを追及する「現代」の物語へと進んでいく過程がわかります。

第一期：『ちょんまげ手まり歌』『目こぼし歌こぼし』など「まげもの」（時代小説）は、城下町と寒村、あるいは離島などを舞台として、国家や組織を全体像として捉えることのできる高い位置から俯瞰的に描いた物語です。

第二期：転換期とも言える大長編『ひげよ、さらば』では、猫と犬の生き残りをかけた抗争が描かれますが、組織を追及するというよりはその中の個人（個々の猫）の生き方の選択が読みどころで、その結末は読者に任せる物語になっています。『さらば、おやじどの』は、個人と家族の「記憶と伝達」が幾重にも語られた最後の「まげもの」です。

第三期：『砂の上のロビンソン』や『アリスの穴の中で』などの小説（「児童文学離れ」作品とも言えるもの）になります。名もない個人や家族に焦点をあわせて、一人一人の生活や人生を語る物語へと変化しています。

この三期を見ると、上野作品が大きく変わったように見えるのですが、実は、世界の捉え方は異なっていても、作品の軸は少しもぶれていないことに気づきました。

その契機になったのは、上野が六六歳ではじめた「晩年学フォーラム」の機関誌「晩年学フォーラム通信」（第九三号終刊、一九九四―二〇〇三）を読んだことでした。歴史に残ることのない無名の人々の生活や人生を知り、その体験を共有することを目指したのが、最後の仕事である「晩年学」でした。

上野の戦中戦後体験、大学で学んだ哲学、「思想の科学」や鶴見俊輔との出会い、さらには、教育、創作、評論などの活動、そのすべては、もの言わぬ人たちが意識の奥底で感じている問題を、伝え、再構築して物語化するのだという強固な意志とつながっています。「晩年学」を通して、それこそが上野の生涯を貫く課題だったのだと思い至ったのです。

こうして、上野作品を再読する読書会から、私たちはそれぞれの時代と背景を呼び出して、自分たち自身を再読するきっかけを与えられました。それは想定外の影響でした。一度その世界に入ると、おもしろくて、次々と繰り出される上野ワールドに魅了されていき、まわりを見る眼が変わってくるのがわかりました。

私たちは、今こそ一人でも多くの人に上野作品を読んでほしいと願い、どの作品にも、あらゆる世代の読者を挑発する刺激的なエネルギーが充ちているのを伝えたくて、本書を編みました。

目次

目次

本文における上野瞭著作の書誌情報は巻末の目録に記載のため省略した。
引用文の直後に記載している漢数字は、引用元の頁数を示す。

第一章

児童文学作品

1

『ちょんまげ手まり歌』

一九六八（昭和四三）……小山明代

解題

初　出『ちょんまげ手まり歌』井上洋介・え　理論社小学生文庫
一九六八年一一月　二四六頁

単行本『ちょんまげ手まり歌』井上洋介・え　理論社（日本の児童文学〈全四〇巻〉）一九七七年六月　二四五頁
『ちょんまげ手まり歌』井上洋介・え　理論社名作の愛蔵版
一九八〇年三月　二四六頁

文　庫『ちょんまげ手まり歌』井上洋介・え　新村徹・解説　理論社フォア文庫C　一九八一年七月　二七四頁

使用テキスト：『ちょんまげ手まり歌』理論社名作の愛蔵版
一九八〇年　初版第一刷

あらすじ

架空の時代、場所を設定し、上野瞭の頭の中の世界を描いた物語。舞台は周囲を山に囲まれた「やさしい藩」と呼ばれる小さな藩である。この藩には、たんぼも畑も家畜もなく、唯一の特産物である黒い「ユメミ草の実」を隣の国の商人に売ることで人々の生活は成り立っている。「やさしい藩」にはやさしいお殿さまとおつかい番の玄蕃さま、相談役の弥平、医者の九庵他、五〇人のさむらいとその家族しかいない。この国を支配しているお殿さまと玄蕃さまは、藩を取り囲む山々には「山んば」がいて、山に入った人間を食い殺すと領民に信じ込ませ、他国を知って藩の政治に疑いを抱かせないようにしている。そして領民が山へ登れないように、藩のしきたりで六歳になると男の子は片足の筋を切って「やさしいわかもの」に、女の子は両足の筋を切って「やさしいむすめ」にする。人数が増えて養えないと玄蕃さまが考えた子どもたちは、殺されてお花畑に埋められる。

ある日、自分を「山んば」だと名乗る、諸国を放浪している老人が捕縛される。老人はこの藩の「山んば」話のうそを暴き、「ユメミ草の実」が他の国でどのような血なまぐさい戦さを起こしているかを語ったために、玄蕃さまに殺される。一方、池之助とゆりの娘おみよは六歳になり、「やさしいむすめ」になるが、今までのように元気に遊ぶことはできず、しくしく痛む足で這いまわるだけである。友達の脩一郎は「やさしいわかもの」になれず、お花畑に入れられてしまった。おみよが脩一郎の声がした池のまわりを這っていると、みどりのユメミ草がひとつぶ実をつけていた。おみよがその実を口にほうりこむと、まっしろな髪をたらした老人が現れる。老人はおみよに、この国の「山んば」はつくり話であること、自分が本当の「山んば」で、何度殺されてもみどりのユメミ草になって、誰かが口に入れてくれると生き返ると言う。

おみよは老人と山にのぼり、この国の真実の姿を知ることになる。山んば老人は、おみよにお城の中のお殿さまと玄蕃の姿を見せる。おみよが見たやさしいお殿さまの本当の姿は、口を真っ赤に血で染めた真っ白の髪の老婆である。老人は、知ることは人間を大きく育てるがそれだけ苦しみが増えることだと言い、これからどうするかはおみよ自身が決めることだと言って姿を消す。おみよは、何もかも知ってしまった以上、自分の見たこと、聞いたことを伝えねばならないと決心するが、その時自分が一人の「おばば」になっていることに気づく。

山んばまつりの日、老婆のおみよは人々の前に現れ、「やさしい藩」の真実を告げる。玄蕃さまとまわりの侍たちがおみよの体に刀を突き立てる。おみよは真っ赤に血でそまった姿でお山に消える。

解説

1．はじめに

本書は上野瞭の「ちょんまげもの」と呼ばれる架空の時代を舞台にした長編四作（『ちょんまげ手まり歌』、『目こぼし歌こぼし』、『日本宝島』、『さらば、おやじどの』）の第一作目であり、上野の本格的な物語のスタートとなった作品である。上野はこの作品で、「やさしい藩」と呼ばれる、周囲を山で囲まれ、外の世界と遮断された小さな共同体を設定した。その小さな国のお殿さまの支配のからくりを通して見えてきたのは隔絶された藩の中で犠牲となってきた人々の姿である。

上野は作品を構築するうえで、伝承の世界を物語に持ち込むという手法を用いた。『ちょんまげ手まり歌』で使われたのは「山姥伝説」であるが、共同体の原理を強要するものとしての伝承の物語の特質が、人々に犠牲を強いる共同体の仕組みを描くのに大きな効果をあげている。また「山姥伝説」のような過去から認知されてきた物語に疑問を抱くことなく従ってしまう人々の心情も描かれており、伝承が人々を縛る枷となる性質を持っていることをよく表している。

挿入歌である手まり歌の効果も見逃せない。物語のはじめと終わりに挿入されている手まり歌には現実世界を端的に把握し、その意味を探るヒントが込められている。本来、歌はそこに含まれている物語を後世へ語り伝えるという力を持っている。この物語で、上野が伝えようとした国家のからくりとその犠牲になった人々の思いが、歌の力で現代の世の中に響きわたるよう意図されている。

2．国家のからくりと犠牲のシステム

周囲を山に囲まれ、田や畑のない「やさしい藩」では、人々の暮らしは、勇ましい戦さの夢を見させるユメミ草の実を他国に売ることで成り立っている。しかし、そのユメミ草の実を商人に売って得る米、野菜、魚では、養える人間の数は限られており、一定の数を越えた人々は「お花畑に入れる」と称して殺されるシステムになっている。生まれた子どもは六歳になると、選ばれた子どものみ、男の子は片足の筋を切って「やさしいわかもの」に、女の子は両足の筋を切って「やさしい

むすめ」になるが、選ばれなかった子どもたちは皆、「お花畑」に入れられる。しかし人々は、藩の弱者を犠牲にするやり方に疑問を抱くことなく、自分たちの人間としての心を捨てることができるよう念じて日々の暮らしを送っている。

「石になれ、石になれ。はよう、じぶんも石になれ。つめたい心の石になれ。かなしまず、なげかず、やさしいお殿さまの役に立つ石になれ……」（九〇）

「国家」によって犠牲にされた人々は、人間としての心を捨てることまで強いられているのだ。藩の財政を支えている黒いユメミ草の花からとれるユメミの実は、ひとつぶ飲めば血が飛び散るような勇ましい戦さの夢を見ることができるとして、他国へ高値で売られていき、血なまぐさい戦さを起こしている。このことが暗示しているのは、明らかに武器の輸出であろう。殿さまの相談役、赤坂弥平は夢の中でなん人ものさむらいの首をはねることに疑問を抱く。

（わしは、なんのために、いくさをしておるのじゃろう。まてよ。きのうも、おとといも、わしは、さむらいの首をはねてきたぞ。どうして、きょうも、おなじように、ころころ、首をはねているのじゃろう。もし、わしが、かたなをふりまわさなかったら、赤ひげや、青ひげのさむらい、黒ひげや、白ひげのさむらいは、どうなるのかな。）（六三）

このように、現状に疑問を持つ弥平のような人間は、支配をする側から見れば危険思想を抱く人間ということになる。人間的な心を持った人々は排除されることになっており、弥平はヘソクイヤマイにかかったとして玄蕃さまに殺される。

また平和で幸せな夢を見るみどりのユメミの実をつくった瘠之助のように、戦争の武器として役立たないユメミの実をつくった人間は、体制になじまない人間とみなされ、悪いユメミの実をつくったとして、やはり玄蕃さまに殺されてしまう。

こうして殺された犠牲者たちはすべて「お花畑におくる」という美しい表現でその死を語られ、支配者の残虐な行為は言葉の陰に隠されてしまう。一見、美しく見える言葉で真実を覆い隠すやり方は、第二次世界大戦の戦没者を「お国のための尊い犠牲」と呼び、戦争責任の所在をうやむやにしたことに通じるものがある。『戦後児童文学論』で戦争責任にこだわった上野の姿が彷彿とする部分である。上野にとって「国家」とは合法的暴力を行使する機関である。そこを支配しているのは共同体の延命のために弱者を平気で犠牲にする論理なのである。上野がこの作品で暴こうとしたのは、こうした人々の犠牲を「国家」が正当化するからくりであろう。

本作品では「国家」の支配者は、人々の前に顔を見せず、ふすまの向こうで人々の血をすすって百年も二百年も生きている老婆の姿として描かれている。上野の天皇制批判がこの支配者の姿に込められていると言えるだろう。神格化されていた戦前の天皇の姿と戦争責任をどう考えるかは、初期の上野にとっては大きなテーマの一つであった。上野は「山んば」を名乗る老人に次のように言わせている。

お殿さまにとっては、さむらいや、さむらいのよめや子どもが、なん人死のうが、そんなことは、どうでもええ。とにかく、血をすりとうなったら、それだけの人間を、お花畑にうずめていったのじゃ。玄蕃さまのようなえらいおさむらいものう、じぶんのつごうのよいように、人をうずめたり、いかしておいたりする。(中略)人じゃとは思うておらんのじゃぞ。(二二四―二二五)

さらに支配者側は情報を操作して、人々が藩政の真実に気づかない仕組みをつくり上げている。藩が用いたのは、伝承の山姥を利用して、外の世界の情報を遮断する方法である。

3. 伝承の物語と国家

「やさしい藩」が、人々を支配するのに用いたのは伝承の山姥の物語である。藩の支配者であるお殿さまとおつかい番の玄蕃さまは、藩の体制を自分たちの都合のよいように維持していくには、人々に他国の暮らしを知らせてはならないと考えた。伝承の山姥は奥山に住む老女の妖怪で、人をとって食うとされている。人々を藩の中に閉じ込めるため、支配者側がとった政策は、山に入れば「山んば」にとって食われると、伝承の物語を悪用するものであった。

民間伝承が示すのは過去の認知されてきた物語であり、荒木博之によれば、「『ものがたり』の本質は当然、その『ものがたり』を支えている集団か共同体の側の原理、法則の再確認、教育という性格を帯びている」[*1]と言う。伝承された「ものがたり」は国家体制とつながっており、物語が持つ秩序、道徳、教訓といったものは人々の生活に入り込んで、知らず知らずのうちに人々の心を縛るものとなっていく。

共同体の原理を刷り込まれている人々は支配のシステムに気づくことはない。お殿さまのお情けのおかげで、「山んば」に食い殺されなくてすんでいると、藩のやり方に感謝して暮らしているのである。

山んばは、お山にのぼる人間を、頭から、むしゃむしゃ、くうだけじゃ。わしらは、そんなおそろしい目にあわんように、みんな、お殿さまのおなさけをうけている。お殿さまのやさしいおはからいで、お山に、はいらなくってもいいようになっている。(一三)

ところが、このような情報操作がほころびを見せはじめる。諸国を放浪している老人が捕らえられ、自分を「山んば」だと名乗るのである。老人は諸国を巡り、見たり聞いたりしたことを話してまわっており、この藩の「山んば」の話の秘密を暴いてしまう。また「ユメミ草の実」が他の国でどのような血なまぐさい戦さを起こしているかを語る。この老人は「知っているのも、ひとつのやまい。」(一一八)と、玄蕃さまに殺されてしまう。しかし老人は死んだ後ユメミの実になって、誰かがその実を食べると生き返ることになっており、そのことが後におみよに真実を教えることになる。

おみよがこの「山んば」老人に出会ったのは、「お花畑」に入れられた友だちの瘠一郎をさがしている時に見つけた、ユメミの実を食べたからである。老人はおみよにこの国の真実を知りたいかどうか尋ね、それを聞いたら年をとってしまうが、それでも聞きたいかと問う。おみよは、何も知らないまま母の元に走ってもどりたい気がしながらも、なぜか真実を知る方を選んでしまう。老人がおみよに話したのは、この国の「口べらし」「人べらし」の現状であり、文句を言う者はうむを言わさず「お花畑」に入れてしまうという、人間性を無視した政治である。おみよはまた、今まで誰にも姿を見せたことのない「やさしいお殿さま」の本当の姿を見せられる。それは、口を血で真っ赤にそめた白い髪の老婆であり、おみよには「山んば」としか思えない姿であった。この国の真実の姿を知ったおみよは腰が曲がり、しわだらけの顔になり、真っ白な髪になって「山んば」のようになってしまう。

いったい、「山んば」が表す意味とは何だろうか。「山んば」とは、山に独り住む女「山ハハ」が「山姥」に転訛していったものだと言われ、文献に登場するのは室町時代である。能の「山姥」は、その一つであり、深い山々のどこかにいるという鬼女の化身であり、人間を超越した叡智の化身でもある。民俗社会の「山姥」は鬼女系の妖怪であり、柳田國男の説明によれば、「近世の山姥は一方には極端に怖ろしく、鬼女とも名づくべき暴威を振いながら、他の一方では折々里に現れて祭を受けまた幸福を授け、数々の平和な思い出をその土地に留めている。」（柳田國男「山の人生」一六八）という。また、本作に登場する男の「山んば」は上野の創作であると思われる。「山姥」は山の神（女神）の零落したものであり、母のイメージと結びついても父のイメージとは結びつかないからである。しかし、村瀬学は、作品中の「山んば」について次のように述べている。

私はこの、あちらこちらで見たものを、別なところにちぼりちぼり落としてゆくイメージを、今日の用語として《情報》と言い換えておこうと思う。「山んば」とは実はこの「情報」というものの形象化だったのである。ある読者は、この「山んば」を「神さま」のように受けとるかもしれないが、そういう理解の仕方はこの作品を単なる「昔話」のたぐいと間違えて読んでいることになる。ここでの「山んば」は「神」のような超越したものではなく、もっと生々しい現実的なものの形象だったからである。（村瀬学『児童文学はどこまで闇を描けるか』八九—九〇）

確かに「山んば」老人は、村瀬の言うように「情報」の形象化であるとも言えよう。しかし「山んば」＝「情報」とのみ読みとってしまうと、抜け落ちてしまう部分が出てくる。それは国家と伝承の関係である。伝承の物語は人々に生きる力を与える一方で、共同体の原理を強要するという負の側面をも持っている。伝承された物語と人々を支配する国家とのつながりということが、この作品の「山んば」像をつくり上げる大きな要素になっているからである。

この作品中にはいろいろな「山んば」が出てきて、「山んば」像が錯綜している。人々が恐れている伝承の「山んば」、諸国を巡り歩く男性の老人の「山んば」、「やさしい殿さま」と「山んば」の姿の相似、おみよが真実を知ったためになった「山んば」などである。さらに本来の伝承の「山姥」

像とも大きく異なってしまったおみよについて、「おみよは、片目をつぶされ、山んばになっても、子どもの心を持っていた。（中略）ぼくは、きみたちまで、山んばになってほしくない。山んばは、おみよひとりで、たくさんだ。」（二四三―二四四）と作者は言うのである。

上野がこの作品で表象したかったのは鬼女の化身でもあり、叡智の化身でもある能の「山姥」像に近いのではないだろうか。馬場あき子は、能の「山姥」の思想として次のように述べている。

> 山姥の山めぐりは、まさに輪廻をはなれぬ妄執の山をめぐるのであり、業をつみつつめぐりめぐって、妄執から離脱するのである。その時山姥は何になるのであろう。それはわからない。ただ山姥は、その離脱への過程にある永遠の煉《ママ》獄をめぐるのであり、おそらくは白骨となって山の枯木にまぎれるまで、その業はつづくのであろう。栄華もなく、利欲もなく、身を自然のひとつとなして、生きながら鬼と呼ばれ、妄執の最後のひとつが消滅するまで、そのあくなき執着にたとえられた喩の山をめぐる。そして克苦し、身を苦しめることが、山姥の生の本質であるとは、あまりに苛酷にすぎる要望ではないか。（馬場あき子『鬼の研究』二四七）

作者が「きみたちまで、山んばになってほしくない。」と書く理由は、この輪廻から離脱できず、妄執の山を巡らねばならない山姥の業にあるのではないかと思われる。そもそも鬼と呼ばれる人々は、馬場あき子によれば、反体制的破滅者とも言うべき人々である。おみよは足を切られ、友達を失い、酷い世の中の真実を知ってしまった。追いつめられて鬼とならざるを得なかったおみよの出口なしの心が哀れである。

また、本作品は「山んば」という伝承の物語を土台に、新しい物語を構築しており、斎藤隆介を先達とする創作民話にカテゴライズされるかもしれない。しかし、「美しい死」や「崇高な自己犠牲」を描いた斎藤隆介の『八郎』(一九六七)や『三コ』(一九六九)のような作品とは、上野瞭が目指したテーマは大きく異なっている。上野は斎藤隆介論[*2]で「走るということ」について、「戦争時代に少年期を送ったわたしとしては、じぶんを超えたもののために、じぶんを美しく燃焼させる発想には、がまんがならないのです。」(『ネバーランドの発想』八二)と言い、「緊迫した状況の中において、巨人に変身することもなく、崇高な自己犠牲に果ることもなく、ひたすら、ふつうの人間として『走る』こと。それこそ斎藤隆介にのぞむ物語ではないでしょうか。」(同、八四)と述べる。斎藤隆介の物語に比して、上野が描いたのは、足を切られて「走る」ことを許されていない人々、つまりふつうに生きることさえ否定された人々である。彼らの死は「お花畑に入れる」と美しくカムフラージュされているが、国家の犠牲になって殺されたものであり、国家による暴力を隠蔽するものである。戦争の悲惨をくぐった上野が、国家による「美しい死」や「自己犠牲」に嫌悪感を抱いたところから、『ちょんまげ手まり歌』は生まれたとも言える。

4. 主人公はおみよだろうか?

「山んば」老人と出会い、お山を越える決心をしたおみよは、「じぶんはじぶんではないぞ。いままでのおみよではないぞ。」（二一五）とはっきり感じる。そして山の上から広い世界を見、「やさしいお殿さま」の本当の姿をも知ってしまったおみよは、知ってしまった苦しみをかかえることになる。「知ってしまうことは、おみよ、人間を大きくそだてるが、それだけ、くるしみがふえることじゃぞ。」（二二九）と老人が言うように、おみよは六歳の子どもからあっと言う間に大人へと成長する。さらに「わしは、ほおっておくわけにはいかん。なにもかも、知ってしもうたいじょう、ほおっておくわけにはいかん。そうじゃ。わしは、ひとりでもいい。わしの見たこと、知ったことを、つたえねばならんのじゃ。わしは、国にもどるど。」（二三〇）と決めた時、おみよは老婆の姿をした「山んば」となってしまう。

本作品はこのようなおみよの成長物語としても読むことができ、おみよは主人公と言ってもよい重要な役割を占めている。しかし、おみよの人間としての描写の部分が全体に占める割合は少なく、このことは他のどの人物、たとえば戦争を鼓舞するユメミの実をつくることに悩む赤坂弥平をとっても同じである。これは、この作品における上野の意図が一人一人の人間を描くことではなく、国家がどのように人間を縛り、追いつめ、犠牲にして成り立っているかを書こうとしたところにあったからである。上野は次のように述べている。

わたしは、まったく「ありえない世界」をつくることを最初から考えていた。ここにある国家の現実的規制に対して、国家が「持ちうるだろう」おそろしい可能性を描くことを考えていた。人間を描くのではなく、状況を主人公にすること、そうしたことは可能か……という

ことが出発点だった。（『子どもの国の太鼓たたき』一六九）

「やさしい藩」というディストピアを描くにあたって、上野の頭にあったのは過去から現代へ続く日本の歴史であり、さまざまな社会状況の中で苦しんできた人々の姿である。さらに現代に生きる作者自身をも取り巻き、追いつめている社会機構である。作者が「あとがき」で述べているように、たとえ侍が出てきても、これは過去の物語ではなく現代の物語なのである。

5．手まり歌の効果

『ちょんまげ手まり歌』では、物語のはじめと終わりに女の子が赤い手まりをつきながら歌っている手まり歌が挿入され、大きな効果をあげている。手まり歌そのものは、形式上「数とり歌」「数え歌」「物語歌」に大別される。[*3] 本作品の手まり歌は、その中に物語を含んだ物語歌である。先に述べたように、「山姥」の伝承の物語の持つ力が作品では大きな要素を占めているが、さらに物語歌の「手まり歌」が、歌の持つ力で作品を補強している。

「手毬歌　かなしきことを　うつくしく」は高浜虚子の俳句であるが、この作品における「手まり歌」にも、四方を山にかこまれたうつくしい国の「やさしい藩」で起こった「かなしい」出来事が語られている。「おなさけぶかい殿さま」と「ばったばったの藤巻玄蕃」と首をきられて死んでしまった多くの人々と、小さい時にお花畑に入れられてしまった子どもたちの物語だ。しかしなぜそういうことが起こったのかは誰も知らない。その記憶を伝えるのは「手まり歌」だけである。

手まり歌として長く歌い継がれてきた童謡「毬と殿さま」[*4]にも、まりをつく女の子の「かなしい」出来事が語られている。「てんてんてんまり　てんてまり　てんてんのてがそれて（中略）おもての通りへ　とんでった　とんでった」と歌われる女の子のまりつきは、はっきりとは歌われていないが、悲劇的な結果を引き起こしたと思われる。手まりはおもての紀州の殿様のお国入りの行列の前にころがり、無礼者として女の子は即座にお手討ちになり死んでしまったと考えられるのである。「一年たっても　もどりゃせぬ　三年たっても　もどりゃせぬ」と、切り捨てられて死んだ女の子と、山姥になって切り捨てられた『ちょんまげ手まり歌』のおみよのイメージがだぶるのである。

時代を越えて生き残っていく「手まり歌」によって、上野は過去から現代へとつながっていく「かなしい」記憶を伝えていこうとしている。作品の前後に「手まり歌」を挿入することによって、上野が意図しているのは、この物語の普遍性ということであろう。

6．おわりに

『ちょんまげ手まり歌』は作家としての上野のスタートとも言うべき作品である。それまでに長編『空は深くて暗かった』、評論『戦後児童文学論』を上梓し、形式は異なるが、どちらもテーマとなるのは戦争と国家の問題である。『ちょんまげ手まり歌』後は絶対的な支配者の本当の姿を描く作品群が続く。上野作品の入門書であるとも言える本書であるが、物語の形式で国家とは何かを考えさせる奥深い作品となっている。

本作も上野の国家観が色濃く出た作品である。自ら「もろに自分のなかの心象風景」を描いたものだと述べているように、自己を取り巻き、追いつめる国家機構に対する気持ちが、「やさしい藩」で苦しんでいる人々の気持ちと重なり合う。上野の心には、犠牲者を生み出す国家組織や体制に対する強い怒りがあり、その仕組みを根本から問い直すことが作品の目的であると思われる。「人間を描くのではなく、状況を主人公にすること」と上野自身が言うように、人々が追いつめられ犠牲になっていくような、そうした国家機構が生み出す状況が物語によって明らかになっていく。では国家の犠牲にならない生き方、他の人々をも犠牲にしない生き方というものがあるのかについては、まだこの作品では言及されておらず、この課題については次の作品『目こぼし歌こぼし』を待たねばならない。

語り継がれてきた物語、歌い継がれてきた歌のように、過去から現代まで、人間を閉じ込める状況は変わらず続いている。しかし作品からは、国家や伝承といった人々の心を縛る枷から、精神を解き放つ重要性を主張する上野の思いが強く感じられる。

この作品が発表された当時、「気持ちが悪い」という声や「このようなこわい話は児童文学としてふさわしくない」などの声があがった。しかし、フォア文庫の解説で、新村徹は「むしろ児童文学の無限に開かれた可能性の一つを開いた作品だ」と高く評価している。児童文学とは何か、児童文学とはどうあるべきか、という問いは、繰り返しなされてきたが、「明るくて、健康で、理想主義的なもの」であるべきという考えは根強い。『ちょんまげ手まり歌』はこのような定義にあてはまるような作品ではないため、正しく評価されなかったという不運にみまわれた。しかし少なくとも、児童文学の常識を覆す非常に斬新な作品であるという評価はゆるぎないものだろう。出版五〇年後の今日でも、新鮮さを保っている稀有な作品であると言えよう。

＊1 荒木博之は「ものがたり」を「世の原理法則」についての、あるいは、「原理、法則」を知らしめるための説話であると定義し、「もし『ものがたり』の本質をこのように措定するならば、『ものがたり』の本質は当然、その『ものがたり』を支えている集団か共同体の側の原理、法則の再確認、教育という性格を帯びているはずである。」（荒木博之「日本昔話の機能」四九三）と述べている。
＊2 上野瞭「『走る』ということ＝斎藤隆介論」（『ネバーランドの発想 児童文学の周辺』）
＊3 右田伊佐雄はその著書『手まりと手まり歌 その民俗・音楽』において、手まり歌を「数とり歌」「数え歌」「物語歌」の三種類に分類している。
＊4 一九二九年、雑誌「コドモノクニ」で発表された「毬と殿さま」（西條八十作詞、中山晋平作曲）

参考文献
合田道人『童謡の秘密 知ってるようで知らなかった』祥伝社、二〇〇三年
荒木博之「日本昔話の機能」君島久子編『日本民間伝承の源流』小学館、一九八九年
馬場あき子『鬼の研究』三一書房、一九八六年
右田伊佐雄『手まりと手まり歌 その民俗・音楽』東方出版、一九九二年
柳田國男「山の人生」『柳田國男全集 4』筑摩書房、一九八九年

2

『目こぼし歌こぼし』

一九七四(昭和四九)……小山明代

解題

単行本　初版『目こぼし歌こぼし』梶山俊夫・絵　あかね書房　日本の創作児童文学選　一九七四年三月　三四三頁

『目こぼし歌こぼし』梶山俊夫・絵　童話館出版　子どもの文学・青い海シリーズ　二〇一四年一二月　三九三頁

文　庫『目こぼし歌こぼし』梶山俊夫・絵　講談社文庫　一九七八年二月　三五三頁

使用テキスト：『目こぼし歌こぼし』あかね書房　一九七四年　初版

あらすじ

時代物の物語を通して、現実社会の仕組みと、その裏に隠された背景を明らかにしようとする。下級武士の息子七十郎が、ふとしたことから仲良しのおたまちゃんの居酒屋「とろろ」で起こった人殺しの現場に居合せたところから物語ははじまる。殺されたのは曲坂鬼三次と名乗る顔に無惨な傷のある侍で、七十郎は鬼三次から死ぬ前に古地図を預かる。二人は事件を御番所に届けるが、御番所頭の柚之木新兵衛に頭から人殺しは二人の夢物語だと決めつけられ、無視される。

そんな折、七十郎の父、継十郎が何者かに殺される。父の葬式が済むやいなや、七十郎は仇討ちの旅に出るよう、柚之木新兵衛に言い渡され、領内の罪人が送られる三の庄へ向かうように命じられる。旅の途中、七十郎は親しげに話しかけてくる木佐木鉄次郎と名乗る侍に出会う。いよいよ三の庄が見渡せる山の上にさしかかった時、鉄次郎が現れ、七十郎を斬るために雇われたのだと言う。七十郎は三の庄へ向かって逃げ出し、くだり坂をころげ落ちる。

木立の間に落ちた七十郎を助けたのは「こぼしさま」であるゴクモンである。川の氾濫を鎮めるための人柱となるこぼしさまは、一年間生き神さまとして好きなことをして暮らすことを許されているが、片目、片足をつぶされ、一目小僧のような姿をしている。命拾いをした七十郎は砂金とりの穴で働かされることになる。

砂金穴に入った七十郎は、鬼三次からもらった古地図に描かれているのが、この砂金穴の上の方にあるむかしの穴ではないかと気づき、仕事の相棒になったハリツケに鬼三次と古地図のことを話す。ハリツケの提案で、カンオケと呼ばれる老人に尋ねると、カンオケは鬼三次のことも、地図に出てくる与平、松吉、長兵衛のことも全部知っており、地図が示すのはむかしの鉄堀り穴だと言う。

翌日、七十郎はハリツケとその鉄堀り穴を探索に行き、穴の奥へと進んで行くと、与平、松吉、長兵衛の骨があり、さらに進むと通路が岩にさえぎられている。すると岩の一部が開き、廊下が現れる。廊下のつきあたりの壁を押すと、そこは三の庄の代官、島宗月の部屋であった。

島宗月は七十郎を待っていて、御支配のびっきさまが考え出したという三の庄の政治のからくりを七十郎に話して聞かせる。砂金をとるための下手の目こぼしものと、下手ものを目こぼしだと言い続けるための上手もの、上手ものの憎しみをかりたてるためのこぼしさまの存在についてである。話の中で七十郎は、島宗月が親方と一人二役を演じていること、「とろろ」に現れた鬼三次を殺したのは木佐木鉄次郎と御番所の下まわり善助であること、川に沈めた鬼三次の死体を継十郎が発見してしまい、鉄次郎に殺されたことを知る。

島宗月は七十郎にまず仇討ちをしてもらうと言って、鉄次郎が捕らえられている地下牢に連れて行く。鉄次郎が父の敵だとわかった七十郎だが、なぜか鉄次郎を憎む気にはなれず、鉄次郎の縄をほどいてやる。島宗月と下役人がおかゆを持ってきた時、鉄次郎は隙をねらって宗月に体あたりし、二人は牢から逃げ出す。馬に乗って逃げようとした時、ハリツケとごくもんの妹を人質にとった島宗月が短銃を手に立ちはだかる。

七十郎が逃げるのをあきらめた時、こぼしさまのゴクモンが現れ、四人を逃がそうと決めたと宣言する。誰もこぼしさまには手が出せないのだ。島宗月が真っ青な顔でにらむ中、四人は三の庄を去る。

三の庄を出た後、七十郎と木佐木鉄次郎は乞食をしながら、御城下にたどり着く。七十郎は隠れておたまちゃんに会いに行き、おたまちゃんに三の庄での出来事をすべて話す。乞食になった七十郎に、おたまちゃんは七十郎との身分の差がなくなったからついて行くと言う。七十郎、おたまちゃん、鉄次郎の三人は乞食をしながら、北国を目指す。北へ着いたら旅芸人になるつもりである。

解説

1. はじめに

『目こぼし歌こぼし』は上野瞭の「ちょんまげもの」と呼ばれる作品群の第二作目で、『ちょんまげ手まり歌』に続いて国家の身分制度や経済システムのからくりと、その犠牲となっている人々の姿を物語化したものである。本作品の背景にあるのは、上野が暮らしている京都の古代から中世にかけての部落史である。作品のタイトルになっている「こぼし」とは、禁裏の清掃や樹木の手入れなどに携わった賤民の称であった「小法師」からきている。さらに上野は柳田國男の研究による伝承の「一目小僧」を作品に取り入れ、柳田民俗学で示される日本人の内的思考構造をも、その背景にしている。このようにして上野は、日本国家とはどういうものであるかを重層的に描こうとしたのである。『ちょんまげ手まり歌』と同様、本作品も上野の国家観が色濃く表れた作品になっており、人々の犠牲の上に成り立つ国家というものの在りようを鋭く追求する。

また、本作品にも挿入歌が使われ、物語の雰囲気を盛り上げる働きをしているが、この作品では歌よりも大きな効果をあげているのは地図である。鬼三次が持っていた地図が七十郎の手に渡り、地図が狂言まわしのような役割をして七十郎を三の庄へ誘う。三の庄ではまた地図をめぐって新しいドラマが展開される。これに加えて、挿絵で示される、物語の舞台となった御城下と三の庄の地図も物語の展開と大きくかかわっていて、地図が物語の内容と密接に結びついている。

2.「こぼし（小法師）」と京都の部落史

作品のタイトルにある「こぼし」という名称には古い歴史的な意味が込められている。京都では平安時代末期に、清水坂の非人が独自の集団を形成しはじめた。鎌倉時代になって、清水坂下の非人集団は、広範な権益を有し、元来の非人とは異なる実態を持って支配身分を形成していた。その力は検断と呼ばれた犯罪人の逮捕、処罰権にまで及び、刑吏役を務める非人を犬神人と呼び、犬神人の武装集団は「小法師原」と呼ばれた。汚穢、不浄の物を清める仕事をするのも非人の大きな役割で、それに携わる非人は「清目」と呼ばれた。「清目」のうち、「小法師」は禁裏の庭掃除や造園の仕事をする非人の称であった。

非人身分を構成するもう一つの柱は獄囚と放免で、特権的な集団である坂非人とは、同じ非人でも全く別の社会集団であった。罪をおかして、御城主さまからお目こぼしになったものが寄り集まっている三の庄の下手の「目こぼしもの」はこちらの方である。罪をおかしたと言っても、先祖が火つけや強盗を働いたというもので、その罪の深さを世の中の人々に知らすために、生きながら地獄の苦しみを受けている。目こぼしものは、地下を這いずりまわって、砂金をとる仕事に従事し、ふつうの百姓のように、畑をつくることも許されていない。

「こぼし」という名称から、このように天皇を頂点とする封建社会の身分制度が読み取れてくる。上野はこの身分制度を背景にしいたげられてきた人々を描き、国家の仕組みの問題点を明らかにするのである。

3.「こぼしさま」と「一目小僧」

作品中、大きな役割を担う「こぼしさま」とは、三の庄のくし川の氾濫を沈めるための人柱となる者で、目こぼしものの中から毎年選ばれる。「こぼしさま」になると、一年間生き神さまとして、食べたいだけ食べ、思いのままの行動をして暮らすことを許されるが、「こぼしさま」であることがわかるようにと片目、片足をつぶされ、一目小僧のような姿にされるのである。

上野はこの作品の「あとがき」で、「こんな奇妙なちょんまげ物語を書いてしまったのは、ぼくの生きている日本と、柳田国男の『一目小僧』に負うところが多い。」（三四二）と述べている。上野が物語のヒントにしたと言う柳田の「一目小僧その他」では、次のように説明されている。

大昔いつの代にか、神様の眷属にするつもりで、神様の祭の日に人を殺す風習があった。おそらくは最初は逃げてもすぐ捉まるように、その候補者の片目を潰し足を一本折っておいた。そうして非常にその人を優遇しかつ尊敬した。（柳田國男「一目小僧その他」二六七）

柳田によれば、「一目小僧」の伝承はほとんど日本全国に行きわたっており、山の神の信仰と関係があるのではないかと言う。そもそも妖怪とは「いずれの民族を問わず、古い信仰が新しい信仰に圧迫せられて敗退する節には、その神はみな零落して妖怪となるものである。妖怪はいわば公認せられざる神である。」（同、二三二）というのが柳田の説である。

上野はこの片目片足の神さまを「こぼしさま」の姿を描くのに取り入れた。伝承の片目片足の神さまとは、社会関係の秩序の成立のために暴力的に片目と片足が排除されたものであるという。今村仁司は、「社会関係（コスモス）の秩序の成立のためには、『原初集合』からある部分が暴力的に抹殺されることを不可欠の条件とするのである。」（今村仁司『暴力のオントロギー』三八）と述べる。ここに明らかになるのは共同体と暴力の関係である。「こぼしさま」という一人の人間を犠牲にすることによって、三の庄という共同体の秩序を保とうとするのである。

しかし、伝承の片目片足の神様と「こぼしさま」には大きく異なる点がある。伝承の片目片足の神さまは村人の信仰の対象であり、神の霊智を明らかにするためのものであった。[*1] ところが、上野が描く「こぼしさま」は政治的な「いけにえ」（二四〇）とも言うべき人間であることである。三の庄の体制維持のために御支配びっきさまが考え出したのが「こぼしさま」だからである。島宗月は「この国が安らかにつづくためには砂金がいる。砂金をとるためには下手の目こぼしがいる。（中略）

いつまでも、下手ものを目こぼしだといいつづけるためには、上手ものがいる。上手ものの憎しみをかりたてるためには、こぼしさまがいる。」（二四六）と、七十郎に言う。「こぼしさま」の制度は、国の繁栄のための犠牲のメカニズムの上に成り立っている。七十郎が「あなたは、いや、代官所は、そして、びっきさまは、人間を道具にしているのだ！　それだけじゃない。神さまだって道具にしているのだ！」（二四〇）と島宗月に向かって叫ぶように、「こぼしさま」は信仰の対象となる神さまではなく、支配者側が都合のいいようにつくり出した道具として描かれている。

また柳田民俗学は、日本の国家の在り方を語りながら、被差別部落や漂泊民について言及することを、意図的に避けていると言われる。[*2] しかし上野は「こぼしさま」を通して、歴史的に続いてきた非差別部落を描き、差別から目をそらすことなく、差別を生み出してきた日本の国家の構造を正面から見据えている。

4. 国家の経済構造と犠牲のシステム

「こぼしさま」の背景にあるのは国家の経済構造と犠牲のシステムである。七十郎が言うように、「こぼしさま」は「片目片足のおそろしい姿。それは、そのあとに待ち受けているもっとおそろしいたくらみの、その目印」（二四〇）なのである。御領内の経済を支えているのは三の庄の砂金であり、支配者側にとって大事なのは砂金をとって、御領内が栄えるという経済の仕組みである。この経済構造は、三の庄の目こぼしものたちの暗い穴の底での労働という犠牲の上に成り立っている。人間らしさを奪われた目こぼしものたちの希望のない生活、それを投げ出さずに続けさせる方策として「こぼしさま」の制度が考え出された。ところが、その「こぼしさま」の制度は、一人の目こぼしものを犠牲にして、上手ものと下手ものを憎み合わせることから成り立っていて、村人同士の憎しみによって三の庄という共同体を維持しようとするものである。

「村人は国のためにあるのであって、村人自身のためにあるのではない。」（二四二）と島宗月は言いきる。「国のためには、だれかが苦しい仕事や暮しをしなければならぬ。いつだって、国というものは、そこに住む人間の犠牲を必要とするのです。それでこそ国は栄える」（二四二）と島宗月はさらに続ける。経済の仕組みを維持していくために、平気で弱者を犠牲にする支配者側の論理である。『目こぼし歌こぼし』が出版された一九七四年は、日本の高度経済成長期の終わりにあたる。上野がこのような経済構造と犠牲のシステムを描いたのには、高度成長期の権力の中央への集中、組織化、経済重視、日常生活のすみずみまでへの管理の浸透などといった社会的背景があるだろう。高度経済成長期において管理社会の中枢からはずれた人々の受苦が三の庄の受苦と重なる。七十郎が実感したように御城下にいては、三の庄の苦しみなどはわかりようもないのである。

犠牲を生み出す経済の歪んだ構造を解決する手だては簡単に見つかるものではないだろう。しかし、本書の結末で七十郎がとった生き方は、少なくとも自分は他人を犠牲にすまいとする意思を表すものとなっている。

5．かざりものの御城主が暗示するもの

七十郎の人生を変えてしまった三の庄での出来事の発端は、曲坂鬼三次が地図を持って御城下に現れたことであった。鬼三次は御城主さまに地図を見せて本当の話を聞いてもらおうとしたのだと、後に鬼三次の兄、小野木一心斎は七十郎に言う。「しかし、御城主さまは国のかざりもの。実際の政治は、すべて御支配のびっきさまがなすっておられましたんじゃ。」（三二九）と言う小野木一心斎の言葉に、上野の国家機構の捉え方が表れている。「御城主さまは国のかざりもの」という言葉は明らかに象徴天皇制を暗示している。『ちょんまげ手まり歌』では殿さまの姿は、「山姥」のように口を血だらけにして何百年も生きてきた老婆であった。上野はこの段階では、戦前の天皇制の在り方や天皇の戦争責任ということをまだ考えていたのだと思われる。しかし『目こぼし歌こぼし』では、上野は天皇を「国のかざりもの」と言いきっている。

神宮輝夫との対談で上野は「『ちょんまげ手まり歌』では（中略）あの時期の反体制的な意識、たとえば天皇制の問題などとだぶって、非常にメタフィジックな考え方で物語をつくっていたなという気がするわけです。（中略）ところがそれから少し時間がたって、『目こぼし歌こぼし』を書くわけだけど、そういう観念の形象化を一度否定して、（中略）ほんまのおもしろい小説を書きたいという気持ちになってきた。そのへんに落差があるんじゃないかと思う。」（神宮輝夫『現代児童文学作家対談7』一九〇〇―一九一二）と言っている。本作品の「あとがき」で、「ぼくの頭の中の風景をそのまま描い

てみた」（三四三）と上野は述べているが、天皇制の問題に関しては「頭の中の風景」の変化が感じられる。

また社会的に象徴天皇制については、一九七〇年代前半の頃から、占領期の資料公開が進み、「非政治的」君主としての天皇像が強調されるようになった。[*3] こうした動向はジャーナリズムやノンフィクションなどマスメディアにおいても明白になった。二作の城主の描き方の変化は、このような象徴天皇制に対する社会的動向に、上野も影響を受けたのではないかとも考えられるのである。

6．他人を犠牲にしない生き方の追求

七十郎は島宗月から国の延命のために平気で弱者を犠牲にする政治のやり方を聞かされた時、「どこかがまちがっている（中略）まちがっているどころか、狂っている」（二四三）と思った。しかし「人間を人間としてたいせつにする……。」（三二九）ことを考えて行動した鬼三次のことを、「あの男には、国というものが、よくわからなかったのでございますな。」（三二九）と、小野木一心斎は言う。鬼三次は自分の理想と国の思惑との違いに破れ、結局破滅してしまう。

七十郎が三の庄を脱出した後、他人を犠牲にしない生き方として選んだのは乞食の道である。古来、非人にとって、乞食をして人に施しを乞うのが、生き延びるための唯一の手段であったことを考えると、侍から乞食へという七十郎の選択は国家の体制を否定するものとして意味深い。北国に着いたら七十郎は旅芸人になろうと考えている。中世は賤民が芸能の担い手として大きく台頭して

きた時代である。はじめに述べた「清目」という職能を生かした、精神の清めとも言える祝福を目的とした芸能が庶民に喜んで迎え入れられた。

乞食も旅芸人もいわゆる「うかれ人」[*4]と呼ばれる、人間社会の群れから脱落した、あるいは脱落せざるを得なかった人々である。上野は国家機構が生み出す犠牲のシステムを否定する生き方として、「うかれ人」の道を選ばせるしかなかったと思われる。共同体そのものに犠牲のシステムを生み出す要因があるのであれば、共同体からの離脱をはかるしか道はなかったのであろう。「人間を人間としてたいせつにする……。（中略）でも、それでは、何一つ食えませんわな。」（三二九）と小野木一心斎は言う。七十郎とおたまちゃんは乞食になるしか道はなかったのだ。

この結末に物語の救いあるいは希望があると言えるだろうか。網野善彦によれば、「日本の社会のばあい、おそくとも一五世紀以降、遍歴民は社会的劣位に立たざるをえなかった。（中略）とはいえ、農耕開始より前の長い人類史を考えてみれば、遍歴・漂泊こそ人類本来の在り方ということもできる」（「中世の旅人たち」五）という。また、高取正男は「村々に定住している諸共同体は、そもそもの当初から自分自身の影のようにして『旅』をもち、『うかれ人』をつくりだしていたとみなければならない。」（『日本的思考の原型』一七二）と述べている。

とはいえ、定住生活が日常の在り方である現代社会において見れば、「遍歴・漂泊」の生活を選ぶことが、国家と経済をめぐる問題の解決につながるとは思えない。しかし、共同体の延命のために、平気で弱者を犠牲にする社会システムが構築され、そのシステムが死や暴力によって支えられている限り、他人を犠牲にしない生き方をしようとすれば、「うかれ人」に身を投じるほかないのである。

「ぼくは基本的に、政治的な人間ではないわけで、ほんとうは、組織というものが非常に嫌いなんやね。それが右であろうと左であろうと、正義をかざすものに対しては非常にいやなの。」（神宮輝夫『現代児童文学作家対談7』一九二）と、上野は述べている。

乞食になった七十郎とおたまちゃんの姿に、上野の組織からの自由を求める思いが込められている。組織から解放され、身分制度からも自由になった二人の明るさが、国家システムのやりきれなさを救っている。

7. 新しいタイプのヒロインとしての「おたまちゃん」

この作品のヒロインおたまちゃんは、主人公の七十郎より活発で、行動的であり、思ったことや感じたことをはっきりと主張する現代的な女の子である。このようなヒロインは映画では、戦後の時代劇によく見られる、いわゆる「おきゃんな町娘」のタイプとよく似ている。しかし児童文学作品としては、従来の作品に多く登場する、いわゆる「女の子らしい」女の子とは違った新しいキャラクターづくりがなされていて、いわば少年のような少女とも言えるタイプである。七十郎とおたまちゃんは恋人というよりは、同志と呼ぶにふさわしい間柄で、居酒屋「とろろ」での事件以来、二人の結束は非常に固い。七十郎が敵討ちへ出発し、長い別れの期間があった後、密かに御城下に戻ってきた七十郎が侍の身分を捨て、乞食としての人生を選択しても、おたまちゃんは迷いなく七十郎と人生を共にし、乞食になることを決心する。

おたまちゃんのような意思の強い活発な少女が活躍するヒロインは、『若草物語』、『赤毛のアン』などといった広い年齢層に読み継がれてきた英米の翻訳少女小説によく見られるタイプであり、外国の児童文学にも造詣が深い上野が海外の翻訳作品の影響を受けたということは考えられることである。斎藤美奈子は「『少女小説』の使用法」と題する論で、翻訳少女小説のヒロインの持つ共通項をいくつか挙げているが、おたまちゃんはその内のいくつかにあてはまる特徴を持っている。最大の特徴は「男の子のようであること」で、行動力、好奇心、独立心に富む。さらに空想癖があり、貧乏で、美少女ではない。七十郎がはじめて墓地でおたまちゃんに会った時、おたまちゃんは乞食のように見え、死んだ父親のつもりになって地面に寝ていたのである。「十九世紀的な価値観の中で、少女に規範を超えた行動をさせようと思ったら、『少年のような性格』を付与するのが、もっとも有効かつ手っ取り早い方便であったことは想像に難くない」(斎藤美奈子「『少女小説』の使用法」二五二―二五三)と斎藤は述べているが、おたまちゃんの行動は、作品中で描かれている時代の価値観をはね飛ばし、七十郎を支えるヒロインとなっている。ともあれ、日本の児童文学には少なかった少年のような少女であるおたまちゃんは、新しいタイプのヒロインと言ってよいだろう。

8. 地図の役割

『目こぼし歌こぼし』では、鬼三次の持っていた古地図が物語で大きな役割を果たしている。この物語は、古地図を持って御城下を訪れた鬼三次が居酒屋「とろろ」で殺されるところからはじまる。

鬼三次は主人公七十郎のもとに、その古地図を残す。その後七十郎は三の庄に送られ砂金穴で働くことになるが、鬼三次の地図に描かれた場所がこの三の庄のどこかであることに気づく。仕事の相棒ハリツケの協力を得て、七十郎は地図に描かれた坑道と、そこに記された人物名のことを調べると、それはむかしの鉄堀穴であり、そこに記された与平、松吉、長兵衛という名前は、三の庄の暮らしを変えようとしていた上手ものたちであることがわかってくる。七十郎が地図にそって探索をすると、三人の骨が見つかり、そして行き着いたのは代官、島宗月の部屋であった。

このように見てくると、地図が狂言まわしのような役割を果たし、物語を先へと進めていっているることがわかる。また三の庄で過去につくられた地図が物語の現在に新しい事件を引き起こすように、三の庄で過去の事件にかかわりがあった人物たち（柚之木新兵衛、善助、小野木一心斎）が、新しい役割を物語の現在において果たすのである。このように地図は物語と登場人物たちとも密接なかかわり合いを持っている。

文庫版の解説で、鶴見俊輔は地図の役割を「それは、作者が、この物語りのすじがきが忘れさられても、地図だけはのこしたいというねがいを、地図をもっている故に非命にたおれた作中人物たちとおなじくらいにひたむきになって、心の底にひそめているからだろう。」（三五一）と述べている。上野は『ちょんまげ手まり歌』で物語の前後に「手まり歌」を挿入することによって、時代を越えて生き残っていく歌の力で記憶を伝えていこうとしたが、『目こぼし歌こぼし』では、地図にも記憶を伝える役割を担わせている。鶴見俊輔はさらに「その地図は、読者である少年少女が今後この日本で出会うさまざまの経験の光にてらして解読すれば、まさに自分たちの生きるこの時代の地図になるだろう。」（三五一）と述べる。歌と同様に地図も過去から現代、さらに未来へと記憶をつなげていくツールなのである。

9．おわりに

『目こぼし歌こぼし』は国家のメカニズムを、歴史的背景と伝承の世界を組み合わせ、重層的に物語化した作品である。国家と経済、そしてその犠牲となる人々というテーマは、前作『ちょんまげ手まり歌』よりさらに社会構造的に把握されたものになっている。御城下と三の庄の関係、三の庄の上手ものと下手ものの関係を通して、弱者を犠牲にする政治構造が破綻なく組み立てられている。また象徴天皇制の問題をも暗示し、天皇制を頂点とする国家の在りようを根本的に問う作品となっている。さらに本作品で注目すべきは、国家機構の犠牲のシステムを知った七十郎が最後に選んだのが「うかれ人」の道であったことだろう。他人を犠牲にしない生き方として、上野が示したのは人間社会の群れからの離脱であった。現代の定住社会にあって、この結末は現実的には実現が難しいかもしれないが、ここには上野の願いが込められているように感じる。システムにがんじがらめに縛られた社会生活から解き放たれて、上野は自由な生き方を模索していると言える。

『目こぼし歌こぼし』を、『ちょんまげ手まり歌』よりおもしろい物語にしたいと考えた上野の目論見は成功している。『目こぼし歌こぼし』はバランスのとれた、破綻のない作品に仕上がっており、上野ワールドを知る最初の作品として推薦できる。

＊1「ずっと昔の大昔には、祭の度ごとに一人ずつの神主を殺す風習があって、その用に宛てらるべき神主は前年度の祭の時から、籤または神託によって定まっており、これを常の人と弁別せしむるために、片目だけ傷つけておいたのではないか。この神聖なる役を勤める人には、ある限りの款待と尊敬を尽し、当人もまた心が純一になっているために、よく神意宣伝の任を果し得たところから、人智が進んで殺伐な祭式を廃して後までも、わざわざ片目にした人でなければ神の霊智を映し出し得ぬもののごとく、見られていたのではないか」(「一目小僧その他」二四三―二四四)

＊2 柳田の民俗学は稲作文化を基軸に、日本社会、文化を考え、「常民」という観念を打ち立てた。「常」には「貴」も「賎」も含まれず、その結果「非常民」である天皇、非差別民、漂泊民、非稲作民などは研究の対象から外された。こうした「常民」を主とする民俗学は、最初から自ずと限界があるとして、柳田民俗学批判の対象になっている。

＊3 河西秀哉によれば、歴史学の分野において、戦後象徴天皇制を戦前天皇制の継続・残余として理解する傾向の方が大きかったが、こうした傾向は一九七〇年代前半から変化した。これはアメリカの国立公文書館において、占領期の資料公開が進んだためで、占領軍の動向を詳細に検討した象徴天皇制の研究がはじまったからである。またジャーナリズムやノンフィクションにおいても、象徴天皇制の役割を定着させたり、増幅させていく動向が見られた。(河西秀哉『戦後史のなかの象徴天皇制』九―一〇)

＊4「うかれ人」については高取正男は、「さまざまの理由でみずから所属する群れをはなれて『旅』に出たものの姿は、村落社会のいちおうの安定がなされた近世でさえ、けっして絶えることはなかった。とくに自然環境がきびしく、封建制度のゆきづまりによる抑圧をつよくうけた東日本の農村では、犠牲者、脱落者の数は多かった。まして古い時代には、この異常事がむしろ常態としてあったろう。支配者、政府当局者のしるした文献記録には『浮浪・逃亡』とか『うかれ人』とよばれ、異端のものに分類されている人たちも、庶民の側からみればやむをえない事情のもと、それが日常平凡の事態であるかのようにして他発、自発のいずれかのかたちで端緒を切られ、開始された移動と漂泊の『旅』の、ひとつのあらわれであったはずである。」(高取正男『日本的思考の原型』一七八―一七九)と述べている。

参考文献

赤松啓介『差別の民俗学』明石書店、一九九五年

網野善彦「中世の旅人たち」『網野善彦著作集　第十一巻』、岩波書店、二〇〇八年
飯島吉晴「一つ目小僧と瓢箪　性と犠牲のフォークロア」新曜社、二〇〇一年
今村仁司『暴力のオントロギー』勁草書房、一九八二年
河西秀哉『戦後史のなかの象徴天皇制』吉田書店、二〇一三年
管聡子編『〈少女小説〉ワンダーランド　明治から平成まで』明治書院、二〇〇八年
京都部落史研究所編『京都の部落史1　前近代』阿吽社、一九九五年
斎藤美奈子「『少女小説』の使用法」『文學界』二〇〇一年六月号、文芸春秋、二〇〇一年
神宮輝夫『現代児童文学作家対談7（今江祥智・上野瞭・灰谷健次郎）』偕成社、一九九二年
杉山光信『戦後日本の〈市民社会〉』みすず書房、二〇〇一年
高取正男『日本的思考の原型』講談社、一九七五年
柳田國男「一目小僧その他」『柳田國男全集6』筑摩書房、一九八九年

3

『日本宝島』一九七六（昭和五一）

藤井佳子

解題

単行本　初版『日本宝島』粟津潔[*1]・絵　理論社大長編シリーズ　一九七六年一〇月　三九七頁

使用テキスト：『日本宝島』理論社大長編シリーズ　一九七六年　初版第一刷

あらすじ

領主「ながら様」と「御支配」柳左近が治める北国の城下町と港町および離島が舞台である。城下町に暮らす一五歳の羽島平助は、父は死んだと言われて育ち、町医者である弘庵の見習いをしている。「ながら様」が白粉「都わすれ」を国の名産として他国にも広く売り出したおかげで、小さな漁港だった町は大きな港町に発展したという。一方、弘庵は城下町の女性に近頃見られる重篤な病の原因として「都わすれ」を疑い、調べている。

ある日、平助が施薬院の泡斎から弘庵に渡すように言われた紙包みを持って歩いていると、瞽女《ごぜ》のお駒と、少年に扮した娘おときに呼びとめられ、油紙の包みを渡される。それは「横井庄兵衛覚え書」だった。庄兵衛は大久保寛右衛門らと大切な品を運ぶ任務の途上、賊に品物を奪われ、無人島に漂着してこの「覚え書」を書いたらしい。庄兵衛とは、平助の誕生後に家を出て、料理屋のお仙と同棲した平助の父であり、お駒は死んだお仙の姉だった。その頃、よそ者の老人が宝島の地図を残して死ぬ。宝島は「覚え書」の島の描写とよく似ていた。弘庵から相談された廻船問屋の宗兵衛は、平助らを乗せて宝島に向けて出帆する。

嵐に遭い、離島に打ち上げられた平助は、いまだ任務につく寛右衛門と遭遇する。平助らは「ねぎ様」と呼ばれる老人と、仮面を付けた者たちに捕えられた。牢に入れられた平助の前に、鉄の仮面を付けた女性が現れる。女性は「ながら様」の妻で、賊に奪われた品とは、この女性のことだった。「都わすれ」の毒で顔に痣ができたので鉄の仮面を付け、離島に送られるところだったという。宝島を目指す人々を襲って生計を立てている仮面の者たちは皆、老人だった。平助は笑いおもての面を付ける者に父かと問うて否定されるが、「笑いおもて」は縄を切って、平助らを逃がした。帰途、平助は実の父が誰であるのかを知る。

解説

1．はじめに

上野瞭のいわゆる「まげもの」長編は四編あり、本作品は『ちょんまげ手まり歌』、『目こぼし歌こぼし』に続く第三作で、『さらば、おやじどの』が続く。「まげもの」四作品は江戸時代を模した設定で、国家や政治を描いていることと、登場人物の編成が共通している。つまり「まげもの」四作品の主たる登場人物は、温厚な少年と親、師、活発な少女、敵対する少年グループ、静かな領主と切れ者の治世者、小役人から成り、各人物は異なるが布陣が同じなのである。「まげもの」四作品あるいは『ひげよ、さらば』を加えた、上野のいわゆる長編児童文学のうち、『日本宝島』だけが版を重ねなかった。

本作品は、R・L・スティーヴンソン著『宝島』を踏まえて創作された。上野は作品のタイトルにロビンソン、アリス、ドラキュラ、ピーター・パンなど著名な英文学のタイトルの一部を使用しているが、その最初の例である。

以下では、上野が高く評価した『宝島』と比較検討した後、『日本宝島』に繰り返し現れる「隠蔽」と「発見」のモチーフを分析し、最後に、上野文学における『日本宝島』の位置について考察する。

2. 宝島へようこそ[*2]

スティーヴンソン（一八五〇―九四）の『宝島』（*Treasure Island*）（一八八三年）は、たまたま描いた地図に着想を得たスティーヴンソンが、妻の連れ子ロイドに語った物語をもとに「船の料理番」（The Sea Cook）というタイトルで少年雑誌「青少年」（*Young Folks*）に連載後、現在のタイトルで出版された。この物語は、肩にオウムをとまらせた一本足の元海賊で、残忍かつ狡猾である一方、陽気で、人を魅了するジョン・シルヴァーという強烈なキャラクターを創出したこと、および、作品に教訓性がなく勧善懲悪で終わっていない点が画期的とされ、読者の胸を躍らせる海洋冒険物語の古典として、今なお高く評価されている。

『宝島』の舞台は一八世紀である。ジムの父が営む宿屋に、頬に刀傷のある老海賊ビリーが現れ、宝島の地図を残して死んだ。ジムは医師リヴシーや大地主トレローニの支援を得て、スモレット船長、料理番シルヴァー、その他の水夫とともに出航し、正体を現した元海賊たちと死闘の末、無人島に置き去りにされていた元海賊ベン・ガンの協力で財宝を手に入れ、ブリストルに帰港する。シルヴァーは、まんまと帰船に乗り込み、途中の港で姿を消した。

上野は『日本宝島』の前作『目こぼし歌こぼし』[*3]を「冒険小説とか、推理小説仕立ての、ほんまのおもしろい小説を書きたい」（神宮輝夫『現代児童文学作家対談7』一九一）という思いで執筆し、『目こぼし歌こぼし』を書きあげた時、『『宝島』に挑戦し、それを独自の形でこえること」（「闇をくぐって姿をあらわすもの 『日本宝島』の背景」『想像力の冒険』所収、以下「背景」とする、二五〇）を自らに課した。

『宝島』は児童文学の王道とも言える、子どもへの語りから生まれた物語であり、登場人物の動機が、宝を手に入れるその一点に収斂するため、構造として単純で、結末が明快である。海賊が跋扈した時代はすでに終焉していたとはいえ、基盤とするものは、人々が海賊に対して抱き続ける恐怖心とロマン、そして宝を獲得したいという人間の根元的欲望である。

『日本宝島』の『宝島』と重なる要素を見ていくとタイトルと、離島に隠された宝を探すという名目で、にわかづくりの一団が航海に乗り出し、目指す島に上陸して目的のものを発見し、帰路に就くという物語の表層構造が共通する。細かい点では『日本宝島』の松造というよそ者の老人は食い逃げを繰り返したあげく、死んで地図を残すが、『宝島』の老海賊も、無銭飲食の末に死亡して地図を残した。船頭を務める六右衛門には左手がない。『宝島』で手足の欠損というと、作品の顔とも言える一本足のシルヴァーを思い起こすが、左手がないことは『ピーター・パン』（一九〇四）の海賊フック船長をも想起させる。水夫たちの身元が不確かで、不安が募ることも類似している。

やせた男が、（中略）海をにらんでいた。平助は、横にならんで立った。（中略）男は、もう一度繰りかえした。「赤毛に気をつけろ。」（二四六―二四七）

この警告も、『宝島』における「一本足の船乗りに気をつけろ」というビリーの言葉と重なる。ただし「赤毛」というキャラクターは描き込まれず、本作品の中心になるのは別の人物である。島に置き去りにされた者が両作品に存在する。『宝島』のベン・ガン、『日本宝島』の庄兵衛と寛右衛門である。鬼法丸の船長である宗兵衛と船頭の六衛門は元海賊で、以前、海賊討伐を命じられて別人になりすました寛右衛門に妻子をだまし討ちにされた。彼らは寛右衛門に復讐するため航海に乗り出したのだった。以上が『宝島』との共通点である。

本作品と『宝島』の異なる点は、まず、結末である。『宝島』ではジムらは宝を獲得して帰港し、大団円を迎えるが『日本宝島』には大団円などない。『日本宝島』という物語を突き動かすものは、宝への欲望ではなく、離島を舞台に絡まり合う二つの謎である。すなわち「都わすれ」の害毒と、平助の父親探しが物語を牽引する軸であり、本作品において、宝島と宝探しは、島に人々をおびき寄せる罠である。それと同時に宝島とは「『宝島』に挑戦し、それを独自の形でこえること」を目指した上野が、父親探しと公害問題を包摂する本作品に付けた仮面でもある。

次に作者が見つめている方向が違う。スティーヴンソンの『宝島』は、確立された体制下で、海賊が活躍した昔日のダイナミクスを憧憬する物語である。一方『日本宝島』は現体制を批判し、共同体の姿として斬新な提案をする。それは仮面の者たちが構築したシステムであり、統治者の平等な交代と人物の過去や出自、容姿にもこだわらない理念は今なお新鮮で示唆に富む。上野が考えるところの新しいユートピアの一つの姿なのだろう。つまり本作品において上野が描こうとしたものは、城下町であれ、島であれ、陸に住む人々の現在の、そしてこれからの暮らしである。一方、『宝島』には海賊であろうが、まっとうな市民であろうが、海に生きる男たちがいた。ビリー、スモレット船長、一等航海士である。灯台技師の息子として海を熟知するスティーヴンソンは、海の男に肩入れする。『日本宝島』は海洋冒険物語を標榜し、多くの水夫も登場するとはいえ、海に生きる男が存分に描かれているとは言えない。上野は陸の現在を見つめ、未来をも見通そうとしたのである。

異なる第三点は語りである。『宝島』の語りがおおむねジムによってなされる一方、『日本宝島』には全知の語り手が存在する。しかし本作品は、他の上野作品以上に、登場人物それぞれの語りによって成立する物語である。大いに語る人物の多さが『日本宝島』の特徴であり、謎は登場人物たちの語りによって次第に明らかにされる。各人の語りは、時に地の文と融合しながらも、問わず語りで饒舌である。

最後に、決定的に異なるのが殺人のなされ方である。宝のために多くの殺戮がなされる『宝島』において、リヴシーとシルヴァーの間で揺れる無垢な語り手にすぎなかったジムは、元海賊ハンズとの船上の一騎打ちでハンズを死に至らしめる。子どもに語ることによって生まれた『宝島』は少年が人を殺す。『日本宝島』は「国のため」を第一義とする「ながら様」や柳左近という治世者が、「都わすれ」によって発病した民を秘密裡に隔離し、社会と遮断して、緩慢な殺人を犯していることが仄めかされる。『日本宝島』の殺戮は「国のため」を思う治世者によってなされ、一般の民から、そして読者からも隠蔽されていた。

3．はじまりは、ふたつの紙包み

「都わすれ」は女性の素顔を覆う白粉である。「都わすれ」が含む鉛のせいで、病になる者が出ているにもかかわらず、それが国の主要産業であるため「ながら様」と「御支配」は被害の実態を隠蔽する。「都わすれ」の害毒と平助の父の行方という二つの大きな謎の手がかりは、物語冒頭で紙に包まれて平助に渡される。包みとは表面を覆うものであり、「隠蔽」と「発見」が重層的に織りなすこの物語には、ふさわしいはじまりだと言えるだろう。この作品において、人物を覆うものは白粉のほかに三種類ある。仮面、一人二役、ペルソナである。

仮面とは顔に付けるかぶりものである。顔を隠すことで本心や本性をも隠すことができ、即効性と可変性がある。領主の妻が「この鉄の仮面は、わたくしであることを切りすてるために身につけた決意のしるし」（三五一）という鉄仮面には、鉄という素材と、装着する人物の意志の固さから永続性が見られるが、島の者たちの祭りの仮面は取りはずしができ、「ねぎ様」のひげも付け替えできる。仮面の者たちの共同社会には身分がなく統治者も交代制である。皆が仮面を付けている理由を、「笑いおもて」はこのように語る。

　この仮面は、じぶんたちのみにくさをかくすためではないのだぞ。（中略）人の心は、外側を見ただけではわからない。（三七〇）

仮面は美醜、そして老若をも隠す。『日本宝島』における仮面の意味には「笑いおもて」が言う、表層ではなく本質を追究するということのほかに、固定的な身分や役割の否定があるだろう。

一人二役は庄兵衛と「笑いおもて」、坂上彦十郎と寛右衛門、村上鬼堂と宗兵衛、六造と六右衛門の四組ある。このうち庄兵衛は家名や家族を捨てて羽島から横井になったが、それだけでは一人二役ではない。庄兵衛については次節で詳しく取り上げる。仮面には暫定性と非日常性があり、顕示的であるが、一人二役は別の人物になることから、その人物の過去を隠すという意味があり、社会との接点や役目と関わる。一人二役には劇的効果があり、おもしろさも増すが、仮面の簡便さや記号性はない。

社会に適応するために思想や感情を隠そうとする社会的仮面、表面的な人格をペルソナという。この物語において、もっとも顕著なペルソナをまとっている寛右衛門についても、次節で詳述する。俊才にして真相を知る泡斎は酒びたりというペルソナをかぶって本心を隠し、なすべきことから逃げている。「ながら様」は黒猫の背をなでながら話す「一見おだやかな老人」（一五八）である一方、発病した妻を島に流す酷薄さを持つ。下役の妻に執着する「御支配」柳左近は一方で深慮の政治家であり、「きりりと引きしまった強い人」（三五）というペルソナをかぶる「女さむらい」（一一四）さつきは、左近の前では、しおらしい一人の女性にすぎない。おときは旅芸人という事情から少年を装い、おときの母というペルソナをかぶるお駒は、おときに実の父母のことを隠している。さらに、島そのものに隠蔽と発見がある。隠されてきた「にえ大島」が発見され、仮面をかぶる人々の存在が露見し、鉄仮面の出現で、治世者による「都わすれ」被害の隠蔽工作が発覚し、仮面の人々の犯罪が明るみに出る。島は、国の表に出てはならない影の部分を担っている。島は離れて見ると美しいが、美の背後に隠された島の本質は無残なものであった。城下町と港町の繁栄の蔭で、生計を立てる手段がない島の人々や貧しい漁村の人々は、略奪によって暮らしていた。「都わすれ」の生産と流通が督励される町では、重大な健康被害、すなわち公害は隠蔽され、病になると島に流される。「ながら様」がつくった宣伝歌（一五〇）は、「都わすれ」をつけると心が浮き立ち、遠くにある都を忘れ、住む場所が都だと思うようになると誘いかける。しかし「都わすれ」の毒で発症した妻は、重くて冷たく「中は、まっ暗」（三五四）な鉄仮面を付けて、都を忘れられないまま、略奪者に頼って離島で生きていた。「だれかが犠牲にならなくては、国も人も、うまくいかない」（三五二）と妻は言う。「国」は弱者を犠牲にする。見殺しにするか、捨て置けないとわかれば、宗兵衛の村のように皆殺しにする（三二九）。経済を偏重し、治世者に都合が悪いことを隠蔽する国を描いた物語に、上野は『日本宝島』と名付けた。その国は日本なのだ。上野が一九七六年に描いた日本の姿は、今なお変わりがないどころか、さらに深刻化してはいないか。

『日本宝島』における最大の衝撃は、仮面の者たちの老いた素顔だろう。上野はこの物語で、来るべき日本の高齢化社会を示して見せた。『日本宝島』とは、幾重にも覆われたものをいくらはがしても宝などどこにもなく、そこに現れるものはただ、踏みつけにされた「だれか」の「犠牲」でしかないという「国」、日本の拠って立つところを読者に突きつける物語だった。

4. かくも長きいくさ——庄兵衛と寛右衛門

任務を完遂できない寛右衛門は島に留まり、仮面の者たちと接触することもなく、人間社会と隔絶された環境で役目を全うする道を探っている。

「ということは、御支配からの命令がとどかないかぎり、あなたは、これからも戦いつづけるということですか。」

「そうだ。命令にしたがい、そのために全力をつくす。」（三二五）

命令解除がない限り、寛右衛門が解き放たれることはない。役目が人格を侵食している。

一方、庄兵衛の生き方は寛右衛門とは対照的である。庄兵衛は家柄や世間体にこだわらない。立身出世と縁がなさそうで平凡な「平助」という名前を息子に付け、家を出て名字を変えて、お仙と暮らした。「羽島」という姓には「島で羽ばたく」という意味が込められているのだろう。さつきは婚礼の宴で「はだか踊り」（一〇七）をした庄兵衛を愛することも許すこともなかったが、何にも覆われない裸の庄兵衛を受け入れないさつきから、彼が去ったのである。

「覚え書」によれば、庄兵衛は漂着後も寛右衛門の命令に従っていたが、足を痛めて置き去りにされ、無人島で孤独な年月を過ごすうちに、島の自由にあこがれ、「ひとりぼっちでもいい、いつまでも生きていたい」（五二）と考えるようになる。庄兵衛は偶然出会った「ねぎ様」に、「にえ大島」に連れて行かれ、「新しい人生のためには、古い思い出は死なねばならぬ」（三七四）と決意して、仮面の者たちと生きている。

寛右衛門と庄兵衛には実在のモデルがいた。寛右衛門のモデルは、第二次世界大戦時、情報将校としてルバング島に着任して、終戦を知りつつ、任務解除の命令がないという理由で三〇年間、一人で戦争を継続した小野田寛郎[*5]である。小野田は一九七四年、かつての上官からの命令解除と帰国命令を受けて日本に帰国した。上野が「背景」に記している。

「その男」がイーヨーの作品の中に姿をあらわすまで、二年かかった。（中略）小野田寛郎元少尉。（「背景」、二四五）

上野は、国が強いた役目の犠牲になった人物として、小野田をモデルに寛右衛門を造形した。

「その男」は銃をすてるとイーヨーの脳裡でぎらりと刀を抜きはなった。（中略）大久保寛右衛門。イーヨーが「その男」に与えた名前だった。（「背景」、二五八）

庄兵衛のモデルは、同じく第二次世界大戦時にグアム島に配属され、終戦を知らずにジャングルに潜伏したまま生き延び、一九七二年に発見されて、日本に帰国した横井庄一[*6]である。横井、そして小野田の帰国に当時の日本人は驚愕しつつ、彼らの勇気と忍耐を称え、「帰国を祝」った。上野によれば横井は「『敗残兵』として（中略）逃亡と自己隠蔽の状況」にあったが、小野田の中には「解体したはずの『軍隊』が（中略）厳として存在」（以上「背景」、二四六—二四七）していた。上野は横井庄一をモデルとして、固定的な観念に縛られない人物、横井庄兵衛を造形した。[*7] 潜伏し、発見されること自体、隠蔽と発見という本作品のテーマそのものであり、横井と小野田をモデルとする庄兵衛と寛右衛門こそ、本作品の核心であった。

寛右衛門は任務を優先し、新しい考えを受け入れることがなく、命令が解除されるまで島に留まる。それに対し庄兵衛はお仙や子どものことを思い悩みながら、やがて新しい考え方を受け入れる。寛右衛門は特異性と存在感を持ちつつも戯画的な存在に留まったが、庄兵衛は複数の視点から描かれたこともあって、枠組み的なところもあるとはいえ、ふくらみを持った人間として、物語内で立ち上がったように思われる。

『宝島』においてスティーヴンソンは、島に置き去りにされていた元海賊ベン・ガンを社会に帰還させ、トレローニの屋敷の門番という居場所と社会的身分を与えた。無人島に置き去りにすることは海賊のもっとも残酷な罰にひとしいが、上野は寛右衛門と庄兵衛を島に置き去りにした。しかし同じように島に残されるにしても、両者における意味は異なる。寛右衛門は、役職と任務に呪縛され、ペルソナが人物と一体化しているので、任務を遂行するまで島を去ることも、新しい自分になることもできない。一方、庄兵衛は平等な共同体の一員として、仮面の人々と暮らすことを自ら選択し、過去の自分と訣別して覚悟を持って生きている。

5. さらば宝島

『日本宝島』は、その後の大人向けの小説をも含む各作品で、上野が追及するテーマの多くを内包する。国家体制と政治、父と息子、女性、老いである。たとえば、『宝島』が徹頭徹尾、男の物語であるのに対し、『日本宝島』には女性が描かれている。彼女たちは誰かの犠牲になって生きる者と、自己を強く主張をしながら生きる者とに二分され、そしてそれは「都わすれ」という白粉をつけるか否かとも重なる。「都わすれ」の毒性によって発症した「ながら様」の妻は夫をかばい、愛ゆえに顔を隠すことに決めたと言う。お仙は料理屋勤めであり、「都わすれ」で化粧をして、その毒性によって病んだのかもしれない。お仙は航海に出たきり戻らない庄兵衛との間にできた大切な子どもをお駒に奪われ、失意のうちに死んだであろう。一方、瞽女であるお駒は化粧をしないと考えられる。夫以外の男性の子どもをぬけぬけと産み育て、家出した夫の墓まで建てるさつきは男まさりゆえ、化粧をしないかもしれない。さつきは上野作品の女性登場人物の中では異彩を放っている。少年を装っているので「都わすれ」をつけないおときは、硬派なところがさつきに似ていなくもなく、それゆえ、あの父を持つ平助が心惹かれるのかもしれない。おときは「ながら様」の妻の、愛と自己犠牲の話に反論する。

　犠牲になっているだけじゃないか。（中略）どうして女だけが、男や国の犠牲にならなければ

いけないんだ。（中略）今の世の中、女が損するようにできすぎてるぜ。（三五一）

「女が損する」世の中に対する問題意識は、大人向け小説『アリスの穴の中で』に継承され、中心テーマとして展開される。『日本宝島』では右の引用のように理屈っぽいせりふが頻発し、「議論小説」とでも名付けたくなるような、作品内で議論が展開される特色がある。

上野において、性差の問題と対をなすものとして老人問題がある。上野にとって「老い」は長期にわたる大きなテーマであり、『三軒目のドラキュラ』で正面から取り上げ、一九九四年からは「晩年学」という活動にも取り組んだ。さらに『日本宝島』には平助と庄兵衛、新兵衛とその父という「父と息子」のテーマも流れている。「まげもの」長編の第三作である『日本宝島』は、第二作『目こぼし歌こぼし』における、『宝島』を意識した海洋冒険物語というテーマを踏襲し、「父と息子」のテーマを第四作『さらば、おやじどの』、そして大人向けの小説に委ねるのである。

さらに他の上野作品と本作品との関連ということで言えば、平助と同じ「一のお屋敷町」に住み、同じ道場に通う与五郎左が、野良犬を殺す場面がある（九〇―九五）。『ひげよ、さらば』で野良犬たちと死闘を繰り広げる猫ヨゴロウザが、前作『日本宝島』では人間の姿で気ままにふるまっていた、あるいは『ひげよ、さらば』では主役の猫になったと想像してみることは、シュールではあるが少し楽しいうえ、上野の遊び心を感じることができる。

最後に、上野の文学において『日本宝島』が占める位置と、上野のまげもの長編の中で唯一、本作品が重版されなかった点について考えてみたい。『日本宝島』を、物語の導入部分の構造が同じである前作『目こぼし歌こぼし』と比べると、違いは明瞭である。『目こぼし歌こぼし』は、いきいきとした七十郎とおたまちゃんが登場する、わくわくするような、色鮮やかとも思える物語である。一方、『日本宝島』は理屈っぽさが魅力であり、分析意欲をそそる作品ではあるが、全体としてやや冗漫で、平板な箇所もある。庄兵衛と寛右衛門の意味に気づけば、十分に楽しめる作品であるのだが、それぞれの部分が嚙み合って、物語自体が有機的に躍動する印象には欠ける。再版されなかった理由は、おそらくそのあたりにあるだろう。上野は前作同様、国家や政治への痛烈な批判を込めつつ、時代劇を模した完全娯楽作品を創作することができたはずであるのに、なぜそうしなかったのか。

もともと上野が造形するキャラクターは記号的であり、上野文学においてキャラクターは、ことに初期作品においては、複雑なプロットを動かすための駒であると言って過言ではない。『ちょんまげ手まり歌』と『目こぼし歌こぼし』では、奥行きがさほどない登場人物たちが、まるで双六《すごろく》か地図の上を移動するかのように、物語上を進む。登場人物たちが上野の駒と化すその仕組みは、それらの作品において成功している。

一方、『日本宝島』の構想の基盤には、実在する人物の存在があった。庄兵衛の造形こそ、上野の『日本宝島』執筆の真の動機であり、挑戦だっただろう。プロットを重視し、現実世界のミニチュアのような物語世界の造形に精力を傾ける一方、描かれた世界がミニチュアだからなのか、人物の陰影を描くことを重んじてこなかったと思われる上野が、はじめて人間そのものを描こうとした。それが『日本宝島』だったのではないか。上野文学において、量感と重さを持った人物が、はじめて生まれようとしていた。

しかし、庄兵衛と寛右衛門という人物は描き出されたものの、多すぎる登場人物に不均衡が生じた。第一に庄兵衛のように、ほぼ立体的に描かれた者、第二に寛右衛門、さつき、「ながら様」、柳左近のように奥行きはないものの印象的で、キャラクターとしておもしろい者たち、第三に弘庵や泡斎、お駒、宗兵衛、新兵衛のように、それなりに描き込まれているが第二グループの魅力には及ばない者たち、第四に羅列されるにとどまった者たち、そして主役の重責を担う平助とヒロインおときである。キャラクターの不均衡が、全体のバランスを崩したかもしれない。

『日本宝島』で多用された、自らの過去を長々と語らせる手法は、後の作品に引き継がれる。『日本宝島』の後には『ひげよ、さらば』、『さらば、おやじどの』が続くが、むしろ本作品は、登場人物の描出という観点から見ると、後の大人向けの小説三部作に連なるのだろう。キャラクターの造形における上野の少なからぬ変化を生んだという点において、『日本宝島』もまた、上野文学の分岐点の一つであると言えるだろう。さらに平助とおときの描写のなされ方に注目すると、人間自体を描こうとした時、上野のまなざしと興味が必ずしも少年少女に向けられるわけではないことがわかる。むしろ上野には時間と経験を重ねた大人の、さらに言えば老人の人生ドラマへの多大なる関心があった。『日本宝島』が、否、上野瞭が、児童文学から越境していった理由にも関わるものとして掲げておきたい。

『日本宝島』は閉じられずに終わる。平助らは城下町に戻った後、寛右衛門のお役目解除を願い出るだろうか。「都わすれ」の製造は中止になり、「ながら様」の妻を含む被害者たちは、救済されるだろうか。本当の父親を知って、平助の生き方は変わるだろうか。謎は解かれたが、問題は依然としてそこにある。ジムがブリストルの港に持ち帰ったものは、光輝く財宝の山であり、平助が故郷の港町に持ち帰るものは、山積みの難題であった。

＊1 粟津潔（一九二九―二〇〇九）はグラフィックデザイナー。一九五五年、ポスター「海を返せ」で注目され、一九七〇年の大阪万博においては基本構想から参加した。六〇年代から七〇年代にかけて映画や演劇のポスターを多く描き、国際的に注目された。

＊2 「宝島へようこそ」は『日本宝島』第一三章の章タイトルである。以下、本章第三節「ふたつの紙包み」は『日本宝島』第一章、第四節「かくも長きいくさ」は『日本宝島』第一四章、第五節「さらば宝島」は『日本宝島』第一七章の章タイトルを借用している。

＊3 『目こぼし歌こぼし』は酒とめしの店「とろろ」に刀傷のある男がやってきて、何者かに襲われて死亡する。その荷物から地図が発見され、主人公である七十郎の父の死後、七十郎がその地図を持って旅立つ。この構造は『宝島』そして『日本宝島』とほぼ同じである。

＊4 四大公害病といわれる熊本水俣病、新潟水俣病、四日市ぜんそく、イタイイタイ病は一九六〇年代に問題になり、六〇年代末に各訴訟が起こった。もちろんこのことが『日本宝島』の根底にある。

＊5 小野田寛郎（一九二二―二〇一四）。陸軍中野学校二俣分校出身。一九四四年予備陸軍少尉。情報将校としてルバング島に着任。一九四五年八月を過ぎても任務解除命令が届かなかったため、三〇年間、戦闘を継続。一九七四年、鈴木紀夫が現地を訪れ、小野田と接触して日本の敗北と現状を説明して帰国を促し、小野田も直属の上官の命令解除があれば離任することを了承。かつての上官から任務解除と帰国命令が下り、フィリピンに投降後、日本に帰国。変貌した日本社会に馴染めず、帰国半年で次兄のいるブラジルに、帰国してから結婚した妻と移住し、小野田牧場を経営、成功させた（「朝日新聞」一九七四年三月一三日朝刊、東京本社版ほか参照）。

＊6 横井庄一（一九一五―九七）。一九四四年からグアム島の歩兵第三八連隊に伍長として配属。当時グアムに残っていた隊員には、ポツダム宣言（一九四五）受諾と日本軍の無条件降伏は知らされなかった。横井はジャングルや竹藪に作った地下壕などで生活。グアム着任から約二八年後の一九七二年一月、行方不明者を捜す村人たちに遭遇し、同年二月日本に

帰還した（「朝日新聞」一九七二年二月三日朝刊、東京本社版ほか参照）。

＊7　横井と小野田に対する上野の見解は、当時の日本において支配的だったものとはやや異なる。いわゆるエリート階級出身で、軍隊の中で相応の地位にあり、最後まで任務を全うしようとした小野田がより称えられ、横井はジャングルでのサバイバル術とそれを遂行した意思力に感嘆しても、「しょせん逃亡兵」という見方が一般的ではなかったか。上野は国家の犠牲になった人物として両者を捉えたが、「横井さんの中には『軍隊』はなかった」（「背景」二四六）と、横井を評価した。逃亡の肯定は、上野文学の一つの特徴である。

伝承

一．「伝承」とは何か？

伝承とは、神話、伝説、昔話、説話、歌、倫理観など、多くの人々に口伝えで継承されてきたものを言う。上野瞭が作品の中で使った伝承は、柳田國男が「民間伝承」と名付けたものに該当する。柳田は民間伝承を「民間において、（中略）文字以外の力によって保留せられている従来の活き方、又は働き方、考え方」（『民間伝承論』第三書館、一九八六、二二）であると定義している。

上野の初期の作品『ちょんまげ手まり歌』と『目こぼし歌こぼし』は、柳田の「民間伝承」の世界を踏まえて書かれているが、柳田民俗学で示される日本人の考え方や生き方を背景において、上野が生み出した新しい物語は、国家システムの犠牲となっている人々の姿を描くものであり、そこから見えてくるのは日本の国家としての在り方である。上野の主眼は、民間伝承と国家体制との関わり合いを描くことにある。民間伝承が示すのは過去の認知されてきた「ものがたり」であるが、伝承された「ものがたり」と人々を支配する国家とのつながりの中に、上野は問題点を見出している。

二．伝承と国家の関係

『ちょんまげ手まり歌』で上野が物語の下敷きとしたのは山姥伝説である。柳田が紹介した、恐ろしい鬼女と人々に幸福をもたらす山母の両面を持つ山姥とは異なり、作中では、山姥は人を食い殺す恐ろしい鬼女としてのみ継承されており、人々を支配するために悪用される。

伝承の「ものがたり」は「弘く人生を学び知る手段」（『民間伝承論』二二）であり、生きる力を与える一方で、人々に共同体の原理を強要するという負の側面をも持っている。「ものがたり」はその「ものがたり」を支えてきた国家体制とつながっており、「ものがたり」が持つ秩序、道徳、教訓といったものは、人々の生活に入り込んで、知らず知らずのうちにその生き方を左右するようになってしまう。上野が描いたのは伝承された「ものがたり」を利用して、人々に共同体の原理を強要し、犠牲を強いていく国家の企みである。

『目こぼし歌こぼし』は伝承の一目小僧を取り入れ、国家の経済構造と犠牲のシステムを物語化した作品である。この伝承の片目片足の神様とは、社会の秩序の成立のために暴力的に片目と片足が排除されたものである。作中の「こぼしさま」は一目小僧を踏まえて描かれており、上野は日本人の内的思考構造を背景に置くことによって、日本の国家とはどういうものかをあぶり出す。

三．晩年と伝承

同志社女子大学で行った講演「人生再読」（一九九九年）によれば、上野は伝承の「ものがたり」を、国家がつくったものと庶民がつくったものに分けて考えていたと思われる。国家がつくったものとは、『古事記』と『日本書紀』であり、庶民がつくったものとは、民間伝承である。上野が作品で使った「ものがたり」は民間伝承で、庶民がつくったものであるが、上野はその背後に国家の影を見ている。そしてそこから見えてきたのは、現代社会が抱える問題点である。上野が伝承を使って描いたのは、現代のこの世界の問題なのである。

上野は講演「人生再読」で、「晩年」について語り、晩年になって見えてきたのは、「自分を包んできた文化、自分が文化だと思っていたものが、絶対的なものではなく、相対的なものであったことだ」と語っている。つまり、伝承されてきた「ものがたり」が存在する以前にも世界はあり、その外にも世界はあるということである。「そこのところを知ることがものすごく大事だ」と上野は言う。上野が晩年に至ってたどり着いたのは、人々の心を縛ってきた伝承の「ものがたり」が示す生き方、考え方から解き放たれることの重要性の認識であったのだろう。

（小山　明代）

国家

一．「戦後児童文学」はどうあるべきか？

上野瞭は初期の作品群で、国家と人間の関係を繰り返し描いた。上野がこのテーマを追求し続けたのは、「戦後児童文学」の在り方についての確固とした信念に基づいている。『戦後児童文学論』において、上野は児童文学の「戦後性」が、「戦後現象」で代置されてしまい、「戦争」に対する人間の主体的責任に向かい合うことなく、戦後児童文学が次々と生み出されたことに問題点があると述べる。戦時体制に流された人間の弱さ、愚かしさを提示することによって、戦争責任と対峙することを出発点とすべきところを、「手放しの民主主義啓蒙家への座への移行・安住」（八一）してしまったことが、「戦後児童文学」を確立できなかった原因だと上野は考えた。

「戦争に対峙するとは、死者への哀悼や破壊への悲惨視につきるものではなく、それを結果としてもたらした国家体制の問題を、みずからの対峙すべき問題とすることであり、それは、同時に、わたしたちの社会体制を問題とすることだったと言える。」（三四）と上野は主張する。その考えは『空は深くて暗かった』において、主人公高志に「とうちゃんは、リーさんのかわりに、海軍を責めんといかんのや。海軍を責め、そんな海軍を必要とする国を責め、そんな訓練を必要とする戦争を責めたらええのや」（二四九）と言わせる所以である。「児童文学者の置かれた戦後の状況はあっても、児童文学者の生み出してきた『戦後』の文学は無い」（『戦後児童文学論』（以下『戦後』、一六九）と考える上野にとって、国家と人間の関係を描くのが新しい戦後児童文学を築くテーマになったと考えられる。

二．物語で表された「国家」

上野が架空の過去の時代を舞台にした作品で用いた手法は、国家というものの根本的な仕組みを物語の形式で表すことである。「ぼくはここで架空の藩、つまり架空の社会体制を持ち出すけど、それは国家というもの、支配というもの、そういう現代の逃げようもないものに挑戦してるつもりなん。」（『宝島へのパスポート』九九）と言う。

萱野稔人は『国家とはなにか』において「国家を思考するためには、暴力の組織化のメカニズムについて考察しなくてはならない」（四三）と言い、「国家をふくめた政治団体が物理的暴力を手段としてもちいるのは、ある地域における秩序や支配を暴力によって保証するためである」（以文社、二〇〇五、四五）と述べる。

上野が物語で描いたのは、「国家」が暴力を正当化する仕組みであり、暴力によって支配力を維持しようとする国のメカニズムである。『ちょんまげ手まり歌』では、「国家」の仕組みの下で、非人間化されていく人々の姿が描かれ、「国家」が個人の人間的価値に先行し、個人は「国家」の意思のままに左右されることが描かれる。また、『目こぼし歌こぼし』においては、「国家」の経済構造と犠牲のメカニズムが、人間にどのような苦しみを与えているかが描かれる。

三．上野瞭にとって「国家」とは何か？

上野作品の意図は、「国家」がいかに人間を縛り、追いつめ、犠牲にした上に成り立っているかを描くところにある。また人々のその犠牲を「国家」が正当化するメカニズムを明らかにしようとする。

「国家」について考察する時、上野にとって避けて通れないのは、戦争であり、天皇制であり、部落差別問題である。物語が示すのは、上野がいかにこれらの大きな問題に挑戦し、人間の価値が重視される社会を追求しているかということである。「組織と個人の問題は、戦後、クローズ・アップされた問題である。そこに内在する個人の生と、個人を超えてある機構の問題は、国家と人間の関係の問題でもある」（『戦後』二二七）と述べる。上野の作品は、国家的利益のために否定された、人間の個人的幸福を回復しようとする試みなのである。

（小山　明代）

4

『ひげよ、さらば』

一九八二（昭和五七）……三宅興子

解題

初　出　雑誌「子どもの館」五一号—九〇号（一九七七年八月号—八〇年一一月号）連載「猫たちのバラード　ひげよ、さらば」福音館書店

単行本　初版『ひげよ、さらば』福田庄助・え　理論社大長編シリーズ　一九八二年三月　七八〇頁

初版四刷『ひげよ、さらば』福田庄助・え　理論社大長編シリーズ　七八〇頁の三行が書き換えられ、一二行に。一九八二年七月

理論社ノベルズ『ひげよ、さらば　猫たちのバラード』上、中、下　一九八四年三月　二三五頁、二五八頁、二三八頁

文　庫『ひげよ、さらば　猫たちのバラード』上、下　カット・やすおか南み　新潮文庫　一九八七年一月　四八二頁、四六五頁

NHK連続人形劇「ひげよ　さらば」一九八四年四月二日—八五年三月一八日　NHK総合　一八時〜（一〇分番組）全二一三話

賞　第二三回日本児童文学者協会賞受賞作（一九八三年）

使用テキスト：『ひげよ、さらば』理論社大長編シリーズ　一九八二年　初版第一刷、および第四刷

あらすじ

主人公のヨゴロウザは記憶をなくした猫である。気が付くと猫の縄張りである池のほとりに倒れており、自分の名前しか覚えていない。そこへ片目と名乗る猫が現れヨゴロウザを「おれの理想に近い猫」だと一方的に決め、ネズミを捕って食べる体験をさせたり、猫をまとめて一致団結して戦う夢を語ったりする奇妙な生活がはじまる。片目は、自分の縄張りを主張することだけしか関心のない自由気ままな猫をまとめて、食糧難に備え、野犬と対抗したいと考えているのだ。

ヨゴロウザは、片目の思いを受けて、リーダーになるための生死にかかわる旅を敢行し、難関を切り抜けて群れに戻ってくる。ナナツカマツカの丘を縄張りにする猫の集団のリーダーとして訓練を実施する。試行錯誤するうち、訓練は、過激で暴力的なものになっていき、徐々に心を病み、狂気を宿して崩壊していく。

南側のアカゲラフセコの丘には、野良犬のハリガネが率いる一団とタレミミの一団の縄張りがあり、冬になると野良犬たちは、食料を確保するために野良猫たちの縄張りを破り、殺りくにやってくる。また、猫と犬の縄張りの間にはフタツハチブセの丘を本拠にする野ネズミのすみかもあり、丘にすむ生き物の生存をかけた戦いが絶え間なく続いていたのだ。

冬が近づいてきて、野良犬のナキワスレがタレミミの意を受けて姿を現す。危機感を持った学者猫とさがし猫は、猫の群れをまとめようとでかけていく。片目の治療によって、ヨゴロウザは、少しずつ自分を取り戻していき、オンビキヤドリの石のほこら、六角堂、宝物殿の三か所をねぐらにしようと提案すると、猫たちは口々に罵り合いヨゴロウザへの非難を表す。それを聞いたヨゴロウザは、自分がだめなリーダーであったことを謝り、学者猫が正しかったと認め、それによって、ふたたび、リーダーに返り咲いた。

初霜の降りた日、サグリが、犬が襲撃してくると教えてくれたため、猫たちは、一丸となって爪を打ち、犬と戦い勝利する。ヨゴロウザ、片目、学者猫が宝物殿に帰ろうとしているところをタレミミの一団に襲われ六角堂に逃げ込む。孤立した三匹は、屋根の上から歌い猫のいる背後の木の枝に飛び移るが、学者猫は滑り落ちて命を落としてしまう。その死を知った猫たちは、渦状の戦隊をつくって犬と戦った。縄張り持ちのすべての猫は、宝物殿に集まってきびしい冬の寒さに耐える。うちわもめが絶えない。何日もにらみ合いが続くが、ある朝、声がしなくなって外に出ると、犬は食中毒で全員が死に絶えていた。あっけない終戦である。

そして、猫たち全員が宝物殿から出ていき、片目とヨゴロウザだけが取り残される。

残された二匹はごろごろ暮らしていたが、まもなく、片目が強引にヨゴロウザを、夜叉堂に連れ出し、「ここでおしまい」と言ってヨゴロウザを祭壇に閉じ込め、ロウソクを倒して火をつけ、無理心中を図る。建物が火につつまれ、真っ赤に燃えていく中で、二本足（作中では人間のことを指す）のばあさんがヨゴロウザを道ずれに心中をはかった情景がよみがえり、ヨゴロウザは記憶を取り戻す。床が抜け、ヨゴロウザは光のある方角に走り出る。

「エピローグ」では、老いたひげなし猫が、夜叉堂での体験をまわりにいる若い猫に語るが、全く信じてもらえない。老いた歌い猫も、歌を歌うが自分で駄目出しをして、若者にも聞いてもらえるように、次は「ひげよ、さらば」という歌をつくりたいとつぶやいている。

名前をもって登場するキャラクター・リスト（＊印　リーダー、グループ別）

猫　ヨゴロウザ＊　片目　学者猫　黒ひげ　大泥棒　オトシダネ　笑い猫　歌い猫　なげき猫
なぞかけ猫　うらない猫　まねき猫　かけごと猫オモテカウラカ　オオグライ　くずれ猫
流れ者の鳥猫　鼻黒　しま　砂猫　タレバラ　まだら　くも猫、他
星からきた猫　名なし猫　さがし猫　ねむり猫
カギバナ＊　旅猫　お経猫　すて猫

犬　ハリガネ＊　黒ぶち　赤毛　大耳　灰色　三色まだら　老犬ソノコロ
タレミミ＊　カギダン　オイコミ　クイツキ　キミジカ　アナホリ　ゴミバコ　ナキワスレ

鼠　キバ＊　サグリ

その他　オンビキヤドリのじいさま蛙、夜叉堂に住むふくろうのオオダンナ、大蛇オオウネリ

解説

1．それまでの作品との違い

『ひげよ、さらば』は、それまでの時代小説とは違い、猫と犬の縄張り争いを描いた大長編（上野

は、七八〇頁、重さ一一四〇グラムあると自慢した）で、強いて分類すれば、動物ファンタジー作品と言える。また、舞台設定の違いだけではなく、以後の作品は、いわゆる「児童文学ばなれ」[*2]と評されて論議を呼んだ読後のカタルシスの乏しい作品になっていく。本作はその分岐点にある作品と考えられてきた。物語の結末だけに着目すると、『ちょんまげ手まり歌』、『目こぼし歌こぼし』、『日本宝島』の三作は、読み方にもよるが、物語の結末が典型的なハッピー・エンドではないものの、新たな肯定への道が示唆されていた。しかし、『ひげよ、さらば』では、キャラクターそれぞれのありようを肯定的に描いているものの、結末は、ハッピー・エンドではなくオープン・エンドになっていて、読者の読み方にまかされている。

一九八五年の『さらば、おやじどの』は、時代小説仕立ての最終作となり、同年、「京都新聞」で核家族の危うさを描いた「砂の上のロビンソン」の連載がはじまっている。上野は、児童文学作家という枠組みを越境し、その枠組みそのものを消滅させていく。

2．作品の舞台となった京都・吉田山周辺との関連

上野が『京都の散歩みち』の中で案内している「吉田山への散策」「黒谷への道」は、『ひげよ、さらば』の舞台になった場所である。作中で、主人公ヨゴロウザが野犬に追われて逃げ込んだアカゲラ坊主供養塔は、実在の三重塔、文殊塔と重なる。ヨゴロウザがほっとして、塔の中から背後を振り返って見た場面を、「美しい」として、次のように表現している。

いちめん白い墓石のつらなりで、整然と立ちならんだ石たちは、物音一つ立てず、そのくせ体全体で呼吸している生きもののようだった。（中略）今塔の前から眺める墓地のありさまは、もっと壮大だった。塔の前からふもとまで、何百段とも知れない石の階段が続き、それを押しつつむ形で何千もの墓石が肩をそびやかしていた。（二六七）

作品に、犬と猫の抗争だけではなく、多くの死が描かれているのは、墓地の光景の中での出来事で、何重もの「死」の上に、その抗争があるのだと語っているようである。

黒谷墓地は、作者おなじみの思索の場であり、多くの上野作品の原風景であり、死者との対話の場であった。また、「二本足」（人間）が、猫たちの住む丘の麓に住んでおり、飼猫や飼犬との違いや丘の生き物のサバイバルを描くのに、恰好の舞台になったと考えられる（口絵・図4参照）。

ある特定の場所を設定して、その中で、動物のキャラクターがそれぞれの個性を発揮してグループとなり、一丸となって戦うという『ひげよ、さらば』の設定と類似した先行作品に、リチャード・アダムズの『ウォーターシップ・ダウンのうさぎたち』（一九七二）[*3]と、斎藤惇夫の『冒険者たち　ガンバと十五ひきの仲間』（一九七二）がある。いずれも、弱者が力を合わせることで強力な相手と戦い、活路を見出していく物語である。設定に類似性があるのは、第二次世界大戦後の民主主義体制の揺らぎが表面化したことと関連すると考えられるが、猫、ウサギ、ネズミに仮託した三作の結末は、それぞれに異なっている。

なお、新潮文庫版には、作品の舞台の「地図」があり、猫のいるナナツカマツカ、犬のいるアカゲラフセゴ、野ネズミのいるフタツハチブセの丘が、実在の吉田山や黒谷と重なっているのがよくわかる。

3．物語の構築、特に、登場してくるキャラクターの配置について

『ひげよ、さらば』の世界はどのように構築されているのか、物語の流れに沿って全三六章と短い「エピローグ」の構造を調べてみる。

まず、季節は、春から翌年の早春まで、約一年間の物語である。ヨゴロウザが、どこからかやってきて、片目に出会い、その相棒としてナナツカマツカの丘に縄張りを持っている猫たちをまとめて、やがて来る冬の食料不足に備え、隣のアカゲラフセゴの丘を縄張りとしている野犬との戦いに備えようとしている。また、二つの丘の間にフタツハチブセという野ネズミのすみかがあり、その周辺に二本足の街や大学がある。物語は、近くの二本足の家に立ち寄ることはあっても、野良猫と野良犬の縄張りの中で展開され、ヨゴロウザがどこからきたのか記憶を取り戻す場面で終わる。したがって、主人公である記憶喪失猫のヨゴロウザと、ヨゴロウザを相棒と呼んで自分の理念を実現するリーダーとして育てる片目のコンビを中心においた物語である。

ヨゴロウザが片目に言われて、集まろうという呼びかけを伝えるために、猫それぞれの縄張りを訪ねて歩く過程が物語の導入になっている。実態のよくわからない金色の星から来た猫（メス）、六

角堂に棲む大泥棒、いきなり襲撃してきた黒ひげ、シャム猫の末裔が誇りのオトシダネ、意味のわからない歌をうたっている歌い猫、うらない猫、まねき猫（メス）、食べる心配のない丘をつくる夢を語るオオグライ、マタタビの枝におぼれるくずれ猫、なぞかけ猫、笑い猫、丘のふもとにある「猫溜り」には、なげき猫（メス）、かけごと猫オモテカウラカ、学者猫がいる。学者猫は、ヨゴロウザにナナツカマツカの猫の総数は、三〇〜五〇ぴきで、丘に居住している猫は、旅猫とねむり猫、オオグライの縄張りにいる四ひき組を入れて二〇ぴきだと教えてくれる。性格も縄張りもばらばらで、それぞれの生き方と特徴を持っている居住猫をまとめようという片目の夢に理解を示したのは、学者猫だけだった。

猫が集団行動をとれるかどうか、疑うものもいるだろう。しかし、それをためしてみることは悪くない。悪くないというより、やってみるに価することだ。きみ。猫らしく生きることも大切だが、その前に、猫としていきのびることが大切だ。そのためには、時には、その猫らしさを切りすてる必要もあるだろう。（一四八）

学者猫は、居住猫が、自分の縄張りの中で満足して暮らしている実態に危機感を持っていた。自己主張がつよく、ばらばらでまとまりのない猫が、組織力にまさる野犬の襲撃をどのように切りぬけるのかが、後半以後の物語の山場をつくっていく。

次に、野犬との攻防を見ていく。

ヨゴロウザが抗争する野犬の偵察に出かけて、最初に遭遇したのは、ハリガネ率いる一群である。墓地の中で、赤毛に尻をかまれ、大耳、灰色、三色まだらに追われたヨゴロウザは反撃しながら、三重塔に逃げ込むが、そこは、餓え死にか飛び出すかの選択しかない場所であった。老犬ソノコロとやりあっている時、天井裏から蛇のオオウネリが出てくる。ヨゴロウザは逃れようとして大耳の背中に落ちたため、大蛇は、大耳、黒ぶちを襲い、ハリガネも餌食になってしまう。逃れるヨゴロウザをソノコロが襲うが、逆に、爪を立てられあえなくやられる。

九死に一生を得たヨゴロウザが外に出ると、タレミミが待っていて、部下の犬も襲ってこず、自分の縄張りの十戒唱名寺での食事に誘う。タレミミはヨゴロウザに、自分は犬族の争いには興味がないと告げる。タレミミは、暴力的なハリガネとは真逆で、上野がつくり上げてきた『目こぼし歌こぼし』の島宗月や『日本宝島』のながら様、柳左近などの系譜につながるキャラクターである。穏やかで丁寧に語り、ヨゴロウザを混乱させる。ハリガネの部下の名前が外見を表しているのに比べ、タレミミの部下は、カギダシ、キミジカ、ゴミバコ、ナキワスレなど性格や行動などを表している。片目はタレミミの計略を全く信用せず、縄張りに帰る。一方、ヨゴロウザは、帰路、殺気をおびた名なし猫に急襲される。爪が右目に食い込み、血が吹き出し、相手が「自分の死」だと気付く。身体の底に眠っていた凶暴なものが蘇り、戦うが火の海に落とされ、その火の塊が爆発した激痛で意識が戻る。さがし猫が寝場所で世話をしてくれ、片目に代わって相棒となっていく。

第一九〜二八章までは、ヨゴロウザが、群れのリーダーとして、信頼を得る過程が丁寧に描かれる。上野が一九六〇〜七〇年代に「集団と個人」をめぐる問題の思索を重ねていったステレオタイプな英雄像ではなく、だめな面も含めてまるごとリーダーとして認められてよいのではという思いが、ヨゴロウザに集約されている。

第二九章で、食べ物獲得に動かないという部下の非難を受けた犬の首長タレミミが、初霜の降りる日に、猫の縄張りを襲うと決めてやってくる。集団生活に慣れない猫も、犬と戦わざるを得ず、訓練していた爪を打つという方法で野犬と戦う。六角堂の屋根で孤立した片目、ヨゴロウザ、学者猫のもとに、背後の大きい木の枝から歌い猫[*4]が現れ、飛び移るよううながす。学者猫だけが失敗し転落してしまう。その死を聞いた猫たちは一丸となって戦う。最後に、縄張り持ちのすべての猫が宝物殿に立てこもって、寒さと食料難に耐えていく。

片目の言動が変になり、仲間うちのもめごとも絶えない。宝物殿のまわりは、タレミミの一団が包囲しており持久戦となるが、ある寒い朝、物音が聞こえないので、外に出てみると、野犬全員が食中毒で死に絶えていた。あっけない結末を受けて、最終の第三六章「ひげよ、さらば」で、仲間は宝物殿を出ていって、以前と同じようにバラバラになり、片目とヨゴロウザだけが残される。その後、片目は、ヨゴロウザを夜叉堂に連れ出し、火をつけて無理心中をはかる。ヨゴロウザは、辛うじて火から逃れる中で、過去の記憶を取り戻し、飼い主のおばあさんが自分と無理心中を図ったことがわかる。巻頭の記憶のないイノセントなヨゴロウザが、巻末では、二件の心中の間を生き延びた経験豊かな猫として再生する。

この食中毒死・無理心中という結末は、古代ギリシャ劇で使われてきた「作為的な大団円」(デウス・エクス・マキナ)という手法を想起させる。その強引さゆえに、多くの疑問や謎が、劇を見た者の側に残されることになるのである。

プロットの展開に乗って、夢中になってヨゴロウザの「冒険物語」を読んだあと、あらためて、あるいは、何年かぶりに再読してみると、はじめて考えることのできる課題が、あちこちに散りばめられていたことに気付く。集団の中での個人、特に、ヨゴロウザがどう生きていくのかを語っている場面が多いことや、多様なキャラクターの中で、ほとんど活躍していないメス猫の存在をどう読むのか、ヨゴロウザが自分の右目を失った意味、などなどである。

また、「おもしろい作品」を書くことを目標にしてきたはずの上野が、この作品には、ユーモアやナンセンスなど、笑いの要素をほとんど入れていなかったことにも気が付く。笑い猫という名前の猫がいたはずであるが、印象に残らない。語り合いたい課題がいくつも出てくるのだ。

ハッピー・エンドに終わらなかった結末をどうつけるのかは、個々の読者の読みに委ねられている。記憶を取り戻したヨゴロウザが、エピローグで老猫として自分史を語っているのが、『ひげよ、さらば』なのだというしかけに気付けば、物語の結末から老猫になるまでの「その後のヨゴロウザ」をこの作以後の上野作品をヒントにして構築する楽しみが残されている（口絵・図1、5、6参照）。

4.「闇の照射」という作家意識について

上野が評論「なぜ闇なのか」を書いたのは、『さらば、おやじどの』を「教育評論」に連載中の一九八一年であった（「早稲田文学」九月号）。この中で、上野は、日本児童文学の主流である「方法・

表現の多様性にもかかわらず常に持ち続けてきた使命感」と向き合ってきたとして三田村信行の作品を高く評価することからはじめて、持論を展開している。

児童文学を人生教示と短絡する発想といえばいいか、児童文学を「向日性の文学」として想定することにより、文学本来の機能である人間の闇への照射を、切りすてるか軽視した在り方を指している。（中略）破壊性。屈折した情念。反合理性。動物的衝動。死への恐怖。その他。それは確かに、人間が意識の領域から排除したものであった。しかし、それら闇の世界に光をあてることは、決して人間を限定するものではないということである。たとえそれが、人間の日常生活に危機をもたらすものであるにせよ、それを照射することは、結果として人間の復権につながっている。（「早稲田文学」九月号、一二三）

こうした作家意識をもとに、『ひげよ、さらば』を読むと、第三章で、はじめてネズミを殺したあと、「血の匂いが、ヨゴロウザを荒々しく変えた」（七八）や「モズのカラカラ」の場面が想起され、「なぜ闇なのか」は、そのまま、『ひげよ、さらば』を書き終えたばかりの上野による作品解説になっていることがわかる。体制の仕組みの内奥を探る眼差しは、個人の抱える野生や欲望、孤独、老いなどの問を加えて、作品がより複雑化していく結果になった。それだけに、大人の文学に比べ、物語で読者をひきつけることができる児童文学を選択した上野が、「おもしろい物語」として、「猫たちのバラード」を構想し、その世界観を一つの物語として仕上げた道筋は、明解で、了解できる。しかし、『ひげよ、さらば』の読後には、読者への数々の問が残されているのは、すでに指摘したところである。

人間の隠されてきた深奥部や負の部分、上野の用語では「闇の照射」を取り上げて上野作品を論じた村瀬学の『児童文学はどこまで闇を描けるか　上野瞭の場所から』(一九九二)は、この問題に迫った論として参考にされたい。

5. 作品に登場する「老い」の意味

この作品に現れる「老い」の諸相は分析するに値すると思われる。一人の中に経験の多層を抱えた老人の存在そのものが、上野には物語であり、そのありようの多彩さは先行作品の『日本宝島』ではっきりと姿を現し、『ひげよ、さらば』で、個々の老いをあちこちで語っており、後の上野の『三軒目のドラキュラ』を経て、「晩年学」へとつながっていく。

『ひげよ、さらば』に描かれた「老い」を、個々のキャラクターで追ってみる。まず、オンビキヤドリの古い溜池に住む「じいさま蛙」からはじめる。いきなり「あんたは、もしかして、このわしを探しておるのじゃないだろうね」(一一三)と、話しかけられる。わしのせがれでないのか、と言われ否定すると、「わしぐらい年をとると、ほんとうか嘘かなどということは、どうだってよくなるんじゃ。大事なことは、何でもほんとうのことだと思いこむことよ」(一一五)と言う。この言動は、ヨゴロウザの理解を超えるが、真実が含まれているように感じられる。

フタツハチブセの夜叉堂の天井裏に住むふくろうのオオダンナは、「この世界がすばらしいもののように思える日がある。そのうちに、この世界を、どうしてすばらしいなどと考えたのじゃろうと思う日がくる。それから、その世界が、わしらの考えにおかまいなしにあるものじゃとわかる日がくる」と言って、「わしは、たぶん、二本足のいう哲学者になってしまったのだろう。暗闇を見すぎたため、光のない考え方をするようになったのじゃろう」（一五七）とヨゴロウザに語った。「老い」が言わせる真実がこの「哲学」の中にあるのは確かである。

老犬ソノコロが登場するのは、ヨゴロウザが偵察中に、野良犬に追われて逃げ込んだ供養塔である。ソノコロは、仲間の犬を見返したいので、お前の命を抜き取りたいと宣言して、油断のあったヨゴロウザに跳びかかるが失敗、「おまえさんに、わしの夢を踏みにじる権利があるのかね。それはないよ。それはひどいよ」（二七七）と繰り返し抗議する。その後も「わしに食われろ」と言って、いろいろ策を繰り出して自分の力を示そうとする。ヨゴロウザがオオウネリとの戦いから逃れて塔から出てきた時に跳びかかるが反撃を受ける。命乞いをするソノコロをヨゴロウザは、「いきなり狂暴な思いに突きあげられると、はいつくばっているじいさま犬をめちゃめちゃに爪で引っかい」（三二三）て、殺してしまう。老いにたいする憐憫の情が、わけのわからない激怒に変わる瞬間である。

ヨゴロウザが出会う猫は、名前でわかる個性を持っているが、うらない猫だけに「じいさん」がついており、蛙やふくろうや犬と比べると、日常的で、写実的に描写されている。

「むかしは、あんなふうなばかな猫はいなかった。みんな、わしのうらないだけを信じておった。この丘で物事を決めようとするなら、まずわしに相談すべきなんじゃ。それをどうだ。黒ひげもかけごと猫も。今の猫はみんなたるんでおるわ。つまりじゃ……」
うらない猫のじいさんは、そこでことりと首を落とした。つぎの言葉を考えているうちに、また眠りこんでしまった。（一七八）

もう一つの「老い」は、片目の問題である。第三章「ねずみ狩り」の冒頭で、片目が「ひげの抜けはじめは、命の抜けはじめ、か」と言って、「ついさっきまで、おれの体の一部だった」（六八）と言う場面がある。タイトルが『ひげよ、さらば』なので、印象に残るつぶやきである。以後、片目の「老い」のテーマは、ヨゴロウザの冒険にしっかり伴走していく。

以上、取り上げた「老い」の場面は、物語の前半に集中している。過去の記憶のない若者であるヨゴロウザの遍歴にとって、死の問題や他者の命をもらって生きている「生」であるという認識とともに、「老い」との遭遇が加わることは必然であった。物語の後半部分で、直接語られなくなった「老い」がどうなっていくのか、意識して読み進めていきたい。

6．なぜ、猫のコミュニティーを描いたのか

上野は、毎年、自筆の猫のイラスト付き年賀状を、「同居猫　新年ご挨拶」として「ダンナとカミサン」の近況を伝える形で送っていて、ずっと、猫と暮らしていた。しかし、「血統書付き」の猫を

愛玩するような「猫好き」ではなく、猫を猫そのものとして受け入れたため歴代の「同居猫」は、すべて「雑種」であった。「ただ今、同居中　なぜ猫なのか」[*5]に、次のような記述がある。

ぼくが猫を同居者と呼ぶのは、それが人間のおもわくを平気で無視して歩きまわり、しかも人間とおなじ生命体であることからきている。猫は犬のように役に立たない。人間の思いどおりに行動しない。しかし、そこに合理化した人間社会での最後の野生のあかしを見ているのだ。（『絵本・猫の国からの挨拶』一四八―一四九）

猫が「生命体」として持っている自由さに共感し、その「野生」を愛しているのである。なぜ猫なのかについて、「犬と人間の関係は一般的に見て、「主従関係」、タテの関係である。猫には、こうした忠誠心がまずない。それだけに、猫と人間との自由な共存は、より人間の、生命体そのものに対する畏敬の度合を計る一つのバロメーターになるのではないだろうか」（「月刊絵本」一九七五年一一月号、二四）と述べている。この二編の猫論が書かれたのは、『ひげよ、さらば』の構想期から雑誌連載がはじまるころである。

こうした上野の猫に対する考え方を知ると、ウサギでも犬でも、ネズミでもなく、「なぜ猫だったのか」が、よくわかる。本来、人間が持っている「自由さ」や生命体としての「野生」、言葉を変えれば、「人間らしさ」を再考するための装置として「猫」が選ばれていたのである。

7．結末とエピローグのあっけなさをどう読むか――結末の書き換え問題について

誰かを犠牲にしない生き方の追及は、これまでの上野作品の重要なテーマであったが、『ひげよ、さらば』の結末のあっけなさには、読者をとまどわせるところがあった。『ひげよ、さらば』の初版の結末「(じぶんがだめになったからといって、じぶんのために、まわりの命まで抜きとっていいはずはない)」(七七三)に続く三行は、次のようである。

ヨゴロウザは頭の中でつぶやいた。
(おれは、だれかのために生きているんじゃなく、おれのために生きているんだから。いや、おれだけじゃない。おれたちはみな、だれかを踏み台にしてはいけないんだ)

この結末に対して、清水眞砂子は、『子どもの本の現在』の「現在を見すえて 上野瞭論」の中で、『ひげよ、さらば』の最後の展開は意外であり、ショッキングであったと語り、片目の無理心中は何を意味し、ヨゴロウザが心中を生きのびたのは、なぜなのかを考察している。野良猫と野犬との戦いに、「東大安田講堂事件」や「連合赤軍事件」の記憶を呼び覚まされ、国家体制を批判していた反体制派が、集団として国家体制のコピーになっていたという問題が物語後半のテーマであり、体制の構造、権力の構造をきちんと描いているのに、それを、片目個人の夢の問題に矮小化しており、生

き延びたヨゴロウザまでが、「おれ」の問題で終わっているのに大きな疑問を投げかけたのである。清水は、鈴木忠志の「集団は経験を継承できるか」という論を借りて、集団にとって大事なことは「幻想を支えてきた集団の経験を継承する仕掛けの独自性の呈示」であるのだから、一代で滅びるのは、ニヒリズムではないかと指摘したのである。

この清水の論を受けて、上野は、「「いかに読まれるか」ということ『ひげよ、さらば』の場合」(『アリスたちの麦わら帽子』)で、その終結部は、「『物語の時間』の中に不用意に挿入した『外側の時間』の考え方に他ならない」(七三—七四)と述べている。そして、書きたかったのは「いかに物語が、それ自体の世界を持ちうるか」であったが、「書く」という行為は、作者の意図や構想をしばしば裏切り、「物語の時間」が時を刻みはじめると、時には、作者がその中に巻き込まれ、「あと追い」することとさえ出てくるのだと説明している。(七三)

そして、初版初刷の三行を削除して、その部分をヨゴロウザの内面をより詳しく語る次の文章に書き換えた。

ヨゴロウザは、ふいに熱い炎が胸の底を走るのを感じた。
(ば、ばか！　か、片目のばか野郎！　おまえは、ばあさまか！　いつから、二本足のばあさまになったんだ！　じ、じぶんの夢を焼きつくして、そ、それで終りだなんて、ほ、ほん気で思っているのか！)(中略)
(お、おまえの夢は、お、おまえだけのみるものだったのか！　ば、ばか野郎！)

ヨゴロウザは、顔をくしゃくしゃにゆがめた。焼けただれたしっぽの先から、かすかに青い煙がふきだした。

フタツハチブセの青い空に、今や炎にかわって黄色い煙がまっすぐのぼり始めていた。

ヨゴロウザは吐いた。つぶれていないヨゴロウザの左目に、熱いものがふくらみ、水玉となり、みるみるうちに目の前の風景がかすんでいった。（第四刷、七七四）

この書き換えは、清水の指摘を受けてなされているが、「（お、おまえの夢は、お、おまえだけのみるものだったのか！　ば、ばか野郎！）」は、自分への詰問であると同時に、読者に向けられている。読者がその後を引き受けるオープン・エンドには、変わりはなかったと言える。

そして、「エピローグ」では、老齢になったヨゴロウザが「ひげなし猫」として、若いころの冒険を若い猫に語っているが、実際の話とは信じてもらえない。物語が終わった以後のヨゴロウザが、どう生きたのかは不明のまま残されている。一つの物語があったことだけは確かである、と語っているのだ。

上野は、清水の言うように「文化の継承」と読まれることを許容しながらも、読者がそれぞれの読みで、いかようにも読み取ってくれたらよいと考えていたのではないか。上野は「猫族の在り方を考える『片目』。この『片目』を、ヨゴロウザがどう受けとめるかで、物語の流れは一変する」（『アリスたちの麦わら帽子』七四）と述べている。そして、「策謀にみちた狡猾な猫でさえも、おのれ一匹の在りようをこえた『夢』をみる……と受けとめるか、反対に、壮大な『夢』を語る猫が、所詮は一匹の狡猾な猫だったと受けとめるか……」と続けている。この結末から、「エピローグ」までの長い時間の物語を生きるのは、読者のあなただと言われているようである。逆に言えば、公というか、次世代への継承につながる個人の在り方という「理念」もよし、黒ひげのように「おれたちは、おめえの夢の中で生きてるんじゃねぇってことよ。おめえの夢の中だけで生きたくはねぇってことよ。わかるだろ、片目。世の中はそうそうおまえの考えどおり動かねぇもんなのよ」（七四六）と考えるのもよし、生き方の多様性をそのまま肯定的に描くことが上野の本音であったのではないか。

また、書き換え箇所で、もう一つ、見逃せない文章がある。最後の二行である。「ヨゴロウザは吐いた。つぶれていないヨゴロウザの左目に」（七七四）である。ヨゴロウザが、一回目の心中で記憶を失っていたうえに、名なし猫によって右目をつぶされていたことを思い出させるのだ。「片目」は、NHK連続人形劇では、「一文字」という名前に変更されていたが、「一文字」では、リーダーになりそこねた老年に入ったネコの記号としては意味をなさない。ヨゴロウザは、若きリーダーとして成功したように見えたものの「片目」と同じ運命を辿ることになると言いたいのだろうか。その回答としての「エピローグ」で、ひげも右目もなくしたヨゴロウザが、大冒険を生き抜いたものの、晩年は冴えない老猫として、その命をまっとうしている姿を見せている。

鶴見俊輔は、「これはヒーローの物語であるとともに、アンチ・ヒーローの物語でもある。日本の少年少女小説作家としてはじめて戦争責任という主題を取り上げた上野瞭の成熟を示す作品といえよう。」と、「解説」（『ひげよさらば』新潮文庫、下、四六三）している。本作以後は、「児童文学ばなれ」という別のレッテルを貼られて、鶴見の言う「少年少女小説作家」ではなくなっていくが、『ひげよ、さらば』は、そうした意味でも、成人も含めて年齢を限定せずに読め、長編でこそ展開できた多様な生き方を模索できた作品として、上野の代表作と言えるだろう。

8. 結論にかえて

『ひげよ、さらば』は、動物の世界に仮託しているが、これまでの時代ものの作品と同じように、現代社会のさまざまな問題が反映していた。一九七〇年代の連合赤軍事件や会社や学校に見られる組織と個人、権力や独裁、望ましいリーダー像、老人問題、親子無理心中などである。上野は、神宮輝夫との対談で、「ぼくは基本的に、政治的な人間ではないわけで、ほんとうは、組織というものが非常に嫌いなんやね。それが右であろうと左であろうと、正義をかざすものに対しては非常にいやなの」（神宮輝夫『現代児童文学作家対談7』一九二）と述べている。

組織や政治は、好き嫌いの問題ではなく、どこまでも付いてくるはずのものである。『ひげよ、さらば』には、それまでの作品で描かれていた全体主義的な支配者は描かれていない。ヨゴロウザが自分の名前以外は記憶を失っている設定のもとで、組織と個人の関係、組織内の他の個人との関係、個人が内面に抱えている問題などの多層構造を体験し、多くのキャラクターで、多様な生き方を示して見せる。個人はその中でどう生きるのかを絶えず問われていく。

また、冒険物語では、主人公は、成長して物語を閉じるのだが、この作品でも、全く自分が何者であったかわからないヨゴロウザが、猫の群れのリーダーとなるまでの過程を「成長」として読むことは可能である。その点では、児童文学としての王道をいく「成長物語」である。しかし、過去の作品と異なるのは、組織と個人が生み出す矛盾を描くことに焦点があり、戦いの中に身を置いた主人公が、戦いの複雑な様相を知り、勝利することの苦味や矛盾を味わっていることを詳述している点である。上野の冒険物語は、従来の英雄物語とはまったく違っており、結末は、鶴見俊輔の指摘しているアンチ・ヒーローの物語としても読めるのである。

最後に、「ひげよ、さらば」の「ひげ」について触れておきたい。ひげは、猫の大きな特徴であるが、人間の場合は、成人男子のしるしであり、長老や軍人の肖像画などで権力者のしるしとして描かれてきた。老いのしるしとして片目のひげが落ちる場面は前述したが、ヨゴロウザは、「エピローグ」でまわりの若い猫に馬鹿にされる老いた「ひげなし猫」として描かれている。ひげが焼け落ちた結果であるが、何の権威も持っていない「じいさま」の姿である。そのじいさまが、自分の物語を語って聞かせているあたりに、上野の願う未来のあらまほしき老後の姿を見た思いがする。

＊1 いわゆる童話など短編が中心であった日本児童文学に一九六〇年代前後から長編作品が現れて、八〇年代になると、「大長編」を意識して創作がなされており、京都在住の今江祥智と重さや長さを競い合うように「大長編」を発表していった。

＊2 児童文学を「向日性の文学」、「幸福の約束」（ハッピー・エンド）であると考えて、その特徴を逸脱した作品が「児童文学ばなれした作品」であると評された。

＊3 神宮輝夫との対談の中で、上野は、あなたの訳した『ウォーターシップ・ダウンのうさぎたち』を読んだことが、『ひげよ、さらば』を書く引き金になっていると語っている。自滅することで、自分の理念もぜんぶ自分の手に引き受けて死んでいく猫の片目は、三島由紀夫から出ていると発言している（『現代児童文学作家対談7』一九八八―一九九九）。

＊4　「歌い猫」について、谷川俊太郎の『ことばあそびうた』に触発されたもので、「あの詩人をパロディにしたかった」（『現代児童文学作家対談7』、二三四―二三五）と述べている。歌い猫は、「エピローグ」で「今の猫どもが耳をかすような歌」を模索し、「ひげよ、さらば」という歌をつくろうとしている。

＊5　ここで語られている「臆病猫ロロ」から写真入りの「同居猫からの最後の挨拶」という賀状をもらったのは、一九九二年元旦だった。「十六年六カ月」同居したと書かれていた。

参考文献

清水眞砂子『子どもの本の現在』大和書房、一九八四年

神宮輝夫『現代児童文学作家対談7（今江祥智・上野瞭・灰谷健次郎）』偕成社、一九九二年

「思潮の三角点　児童文学の現在」「早稲田文学」早稲田文学会、一九八一年九月号、二一一―二一五頁

5

『さらば、おやじどの』

一九八五（昭和六〇）……島式子

解題

初出　雑誌「教育評論：日本教職員組合機関誌」（一九八一年四月号—八五年五月号）連載「さらば、おやじどの」

単行本　初版『さらば、おやじどの』田島征三・絵　理論社大長編Lシリーズ　一九八五年六月　六五四頁

『さらば、おやじどの』田島征三・絵　理論社の大長編シリーズ復刻版　二〇一〇年一月　六五五頁

文庫『さらば、おやじどの』上、下　田島征三・絵　新潮文庫　一九八九年六月　三八九頁、三九五頁

使用テキスト：『さらば、おやじどの』理論社大長編Lシリーズ　一九八五年　初版第一刷

あらすじ

舞台は、なだらかな山なみと東西に走る川が、京の街を思わせる城下町である。物語は、御番所頭、田倉兵庫の一五歳の息子新吾が、反社会的行動のストリーキングを昼日なかに決行する場面からはじまる。目的達成の直前、人気のない墓地で、野良犬に急襲される新吾を助けた男は、薬売りの七兵衛と名乗り、「みまさかのおさばき、たのみます」という不思議な文言を父親に伝えるよう、新吾に言い残して姿を隠す。

息子の不祥事を扱うことになった御番所頭の父親は、親子の絆より、法の大事さを選択し、新吾は、投獄を命じられる。牢屋に入った新吾を待ち受けていたのは、裁き人と罪人の間に繰り広げられる闇の世界だった。世の中から捨てられた人間の群れが織り成す牢獄世界で、新吾の中に、ある種の推理の力が漲ってゆく。牢屋の構造と、罪人の種類が判別できるようになり、やがて、女房殺しの罪で囚われた杢兵衛がその生涯を語る日がやってくる。悲しい語りを聴きながら、冤罪に纏わる事件こそ詳細で確実な調査が必要であることに、新吾は気づきはじめるのだった。

一方、御番所頭の父親兵庫にも思いがけない道が拓かれてゆく。入獄を前にした新吾が問いかけた文言、「みまさかのおさばき、たのみます」により、兵庫は自分が討伐隊員だった若い時代――美《みま》作《さか》で村民虐殺の罪を背負った過去の記憶――に引き戻されることになる。また若い罪人の不条理な行動やアパシーに直面し、「お裁き」をくだす立場にある己の存在が根底から揺れはじめる不安を感じる。

やがて、牢屋から解放された新吾は、塾長の草庵先生の助けを借り「美作の真実」を探る。「美作」は焼き討ちにされ、村人全員が殺戮され、廃村にされたあと、改名され、その土地は薬草園になっていることも判明する。

新吾は、負の記憶を解明し、冤罪を立証するため、塾生五人の若者と、餅屋のおけいちゃん、美作事件の生存者たちなど階級や年齢の異なる集まりを結集して脱獄計画を実行に移すが、すべては失敗に終わる。御番所頭の兵庫は、脱獄計画に手を貸した息子のため、左遷されることになる。兵庫は、最後の裁きとして「若者の自白強要を認めず、全員釈放」を決定し、真の御番所頭の矜持を示すが、闇討ちにあい、殺される。父亡きあと、美作で行われた殺戮、その復讐、美作後の施薬院について記した「覚書」が新吾の手元に残される。新吾は父が伝えた「記憶」を受け継ぎ、美作殺戮の本当の責任者である領主を訪れ、真偽のほどを確かめようとするが、そこで新吾が見たものは、阿片に侵された領主の姿だった。

解説

1.『さらば、おやじどの』が書かれた状況と時代――物語の行き着いたところ

上野が長編まげもの物語『さらば、おやじどの』を上梓したのは、一九八五年である。前作『ひげよ、さらば』とともに、雑誌連載を経ての大作誕生であった。この二つの長編は、実際には三年を挟んで出版されたが、背景にある日本の世情は決して同じではなかった。上野の長年のまげもの

長編の物語構造とその手法にもなんらかの変化が生まれているのではないか。また上野はそのことに気づいていたのだろうか。

八二年の『ひげよ、さらば』から醸し出される大学紛争の嵐と混迷挫折の痕は、『さらば、おやじどの』の出る八五年には、影をひそめている。政治や社会の変革を求めたうねりが遠のいたあと、どの世代にも共通の敗北感が漂っていた。ただ、六〇年代後半からの若者の政治・文化への参加が、決して無視できない形で、日本社会に根付きはじめていた。

こうした中、上野は執筆活動にますます力を入れ、文学と政治、メッセージ性と子どもの本、性とエロス、身体性と病など、さまざまなテーマを自分に課し、己の文学の立ち位置について、また児童文学についても勢力的に発言している。新聞連載について言えば、朝日新聞の「私の読書ノート」(一九七九―八〇)、京都新聞「灰色ろばの日記抄」(一九八〇―八一)の欄を担当。同時にこの時期、ほぼ七年に及ぶ季刊誌「飛ぶ教室」の「日本のプー横丁」を連載。また『児童文学アニュアル』(一九八二―八四)の評論、上野瞭&今江祥智の二人誌「U&I」発行、叢書児童文学『空想の部屋』(一九七九)では責任編集等、新しい仕事にも意欲を見せ、「時代を読む」評論家・批評家として自分を位置付けている。

また一方、作家としての活躍も華々しい上野が、作家の文章作法の特集に次のエッセイ「闇をくぐって姿をあらわすもの」を寄せている。

一篇の物語が物語として成立するためには、風景との出会いがなければならない。登場人物は風景の中においてはじめて呼吸をはじめる。状況は、この風景の中の登場人物たちの葛藤によって姿をあらわす。風景もまた、はじめのあいだ闇にひそんでいる。(『想像力の冒険』二六一)

ここには「風景」に焦点を絞り、物語作法にふれながら、己の中に潜む原風景——常にたちもどる子どもの頃の風景——と物語の関係性を探る、上野の率直な気持ちが伝えられている。ここで上野が己の原風景と呼ぶのは、京都の吉田山から、真如堂、黒谷墓地、金戒光明寺に続く小高い丘を指す。死者の眠る無言と静寂の墓地。そこから聞こえる声に耳を傾ける孤独の時間を上野は少年時代から好んでいた。そして、その原風景は、上野の長編児童文学の中で、繰り返し、その姿を現してきたものだった。上野にとって物語を「書く」ことは、その「風景」の中に自身が佇むことだったことがわかる。

さらにこうして構築された上野の長編児童文学世界は、端的に言えば「大きな物語」から「小さな物語」へ変遷していることが見て取れる。初期には、世界全体を俯瞰的に見、抽象的に時代を読む視点から、国家や組織の悪を追及する——初期のまげもの長編に代表される——大きな物語を立ち上げた。やがて、混沌とした社会状況にまみれ、集団と個人を深く問いつめたのち、上野の視線は、個人および個人の属する一番小さい単位とも言える「家族」に向いてゆく。そこには現代の有り様を映し出すかのように、歴史に残らない個人の歴史、個人の生活の中に現代を読む「小さな物語」が蠢いている。

この姿勢は、児童文学を離れて後に執筆した長編小説や、やがては晩年学の時代にも引き継がれるが、はたして、児童文学最後のまげもの長編『さらば、おやじどの』にあって、上野はいかなる物語に行き着いたのであろうか。

2. 地図で読む『さらば、おやじどの』

本書には、田島征三の画が的確な位置に、必要な数置かれ、物語の臨場感を高める効果を発揮しているが、地図については、表紙、裏表紙見開き一面を利用して、絵地図が拡げられている。図絵、方角、距離については、本文との異なりがあるが、上野の原風景である「京都の市街図」および「美作」は、読者の想像力をかき立てるには十分である。北に山並みが連なり、東西に大きな川が、おもの川とすて川（疎水）に分かれて流れる。その川に挟まれて南から順に下町のご城下町、お屋敷町があり、その東には墓地があって、御番所本陣と牢屋は、山のすそ野に沿って建っている。

上野は、『日本宝島』にも、R・L・スティーヴンソンの『宝島』のパロディを試みる方法で、地図を紙切れの道具として巧みに使った。それらは、すべて形ある地図であるが、『さらば、おやじどの』で伝えられた頼みごとにある「みまさか」は、固有名詞である以外、およそ新吾には見当のつかないなぞの言葉にすぎない。「みまさか」を伝えた時の父親の衝撃と動揺は、息子の新吾を突き動かし、やがて地名「みまさか＝美作」、が判明する時、物語は、この「目に見えない地図（みまさかのおさばき、たのみます）」によって大きな展開をみせることになる。

ここで語られる若者の旅は、「時をめぐる地図」を描き出し、探し出した父親の「過去」の物語は、父親自身の消された地図とも言える。父親の記憶は、地図に刻まれた忌まわしい過去の出来事を封印していたことも判明する。若者は「消えた地図―抹消された地図」を発見し、確かに「父親の過去を受け継いでゆく」のである。

1 墓地

地図には本来、自然（山、川、谷、洞穴、滝）が描かれ、道路（整備された道、裏道、街道）と建造物（建物、寺、神社）がセットになって提示されている。塾生の悪仲間が新吾に指示したストリーキングの道筋は、「屋敷町を抜け、商家に出る。地蔵の横を十戒唱名寺に向かい、とむらい山の墓地をのぼり、頂上の無縁堂に出る」だった。城下町の風景を通過すると、新吾は風を心地よく受けて、走る速度をあげてゆく。通いなれている墓地に行き着けば、無縁堂は、すぐだ。しかもそこは、新吾がどこよりリラックスできる場所だった。

墓地と無縁堂は、この物語全般の基盤になる大切な場である。新吾にとっては、塾をさぼって、独り彷徨する隠れ場であり、法の裁き手の父親兵庫にとっては、月に一度の墓参りにでかける決まりの場なのだ。そこに先祖の墓があるためだけでなく、無縁堂に花と線香を手向ける習慣はもうかなり長い父の決まりごとだった。なぜ、先祖の墓でなく、身元不明の人や引き取り手のない罪人のまつられた無縁堂なのか。息子の素朴な問いかけに、兵庫の答えはこうだった。「無縁堂」には、「家族のものが見すてたあわれな病死人の骨もある。いくさで倒れた孤独なさむらいの骨もある。この世にあるあいだ、幸せうすかったものがすべてそこには眠っている」（八一）。「過去」を夢想しながら、「墓地」を自分の遊び場として愛する若者と、地下に眠る「孤独なさむらいの骨」に無言の懺悔を供する父親の姿が、地図の上にくっきり表れてくる。兵庫の無縁堂墓参りは、この大長編の謎かけの第一歩でもある。

そして、まさにその無縁堂に近づいた時、野犬の襲来があり、新吾は手甲と脚絆、みの笠をつけ、風呂敷包みを背負った男に助けられる。薬売りの行商人が、城下町への街道筋を歩き通して、新吾の立つ地図に登場し、御番所係の父親兵庫に向け、不可思議な伝え言葉「みまさかのおさばき、たのみます」を残して立ち去る。

2 見えない地図から闇の地図へ

新吾はストリーキング事件を父親によって裁かれ、罪人としての牢獄暮らしがはじまる。誰の眼にも晒される城下町を走り回る自由から一転し、あらゆる自由な眼から遮断された暗闇の牢獄へ新吾は突き落とされる。お牢は、疎水の北側にある御番所本陣の奥に設けられ、二棟の平牢の先には奥牢があり、背後は山の側面を切り崩した高い崖になっている。同じ地図の上とはいえ、明から暗の世界に向け、新吾はその存在位置の移動を余儀なくされたのである。

未知なる世界とも言える牢獄に迷い込んだ新吾に「暗闇の地図」を探り出す作業が待っている。新吾は、お牢を歩き回り、建物の構図、囚人の構成、牢番人の模様をつきとめ、奥牢の謎、作業日程、無実の罪など、パズルの片を埋め込んでゆくように、闇に拡がる地図の完成に力を注ぐ。その過程を踏みながら、新吾は、「場」の情報に加えて、「時」の情報が地図には必須であることも学んでゆくのだった。

それと同時に、新吾は、罪を犯したことがあろうが、なかろうが、人間は、それぞれに、一度限りの生を生きていることをこの闇の世界で知る。城下町の地図を闊歩していた時には、人間の有り様や、関係性について考えや想像を巡らすとはいえ、それは家族や使用人、塾生と塾長に限られてきた。自由に地図上を走りながら、実は、自分がいったいどこに立っているのか、それを考えたことがあったのだろうか、という新しい思いが湧いてくる。御番所頭の息子としての生活は、一枚の平面地図を、東西南北に移動するだけの日々だった。しかし、いまや新吾にとって、地図は、宝物への道しるべであると同時に、存在した地名を抹消することで、そこに暮らした人間や動物の記憶すら奪うことが可能であることがわかってくる。闇の世界を見通す眼を開いた新吾の胸に、冤罪の杢兵衛老人の語りは深く浸透する。問題の本質は、白日のもと鮮明に晒されてゆくのだった。

3　杢兵衛の過去の地図　裏街道

杢兵衛の物語は、個人の幸せを一方的に打ち砕く差別の構造からはじまる。杢兵衛は、被差別部落の女を嫁にしたため苦労が絶えないが、よりよい生活を求めて旅に出て街道をめぐる中、旅回りの一座、猿まわしの男、三味線の流し女、薬売り、がまの油売り、辻占売りと出会い、それまでに暮らした村では考えることのできない「国境を越える生き方」（沖浦和光『旅芸人のいた風景』三五）に出会ってゆく。街道筋での多彩な出会いが杢兵衛の地図を豊かにし、書き込まれる地名は、山間の村、ご城下の西、山を越した国境で、増え続けた。

旅人としての杢兵衛の最初の一歩は、その閉鎖的な小さい村から街道に出向き、ゆく先々の祭りや諸行事で、表現能力を発揮したことだった。またたのしみに興ずる場を設定することで、裏街道に生きる人々を解放し、民衆文化の伝播を果たしたとも言える。むろんこうした旅人は、一か所に定住しない「道の人」（同、五三）として蔑まれる運命でもあった。この呼び名は、近世には、職人・行商人・芸人に分化され、江戸時代から「旅芸人」「遊芸人」と呼ばれた。彼らは、裏街道をひたすら歩き、辿り着く土地の貧しい民から、熱狂的に受け入れられたといわれる。

李兵衛だけでなく、「裏街道に生きる旅芸人の歩く地図」に眼を凝らすと、そこには、多彩な売り物、職種が展開されていることが明らかになり、「見えない地図（みまさかのおさばきたのみます）」を新吾に伝言した、あの旅人が薬売りであったことが思い出される。

またこの「旅芸人の地図」について触れたい点は、この裏街道が歴史的にみて、西国街道とみなされることである。それは西に進めば、「美作」が実際に現れる地図で、沖浦和光は、推定ではあるが、と断りながら、「農村で歌舞伎や人形浄瑠璃がもてはやされた文化・文政期では、播州とその隣の作州（美作国、現・岡山県北東部）だけでも十数座が活躍していた」（同、一〇二）と述べている。上野は、長編の世界で、パロディを駆使し、冒険、歴史ものの謎ときのおもしろさを拡げているが、まげもの最後の作品で、地図上の実名を挙げているのは、興味深い。

やがて、人形芝居の仕立ても学び、愛する妻の住む村に戻った李兵衛は、家族と仕事両方の幸せをようやく手に入れたように見える。しかし旅芸人の物語は、この小さな幸せが終着駅にならない。

祭りの運営、村の要職にもつき、小屋掛けにも成功し、すべてが順調に進む中、村方御番所の眼が光りはじめる。李兵衛の企画した「歌と踊りと舞の織り成す、太鼓の音の響くフェスティバル」は、村人の自由と開放感を一気に広めた。この時、権力者の危惧「踊りが、人さまの気持ちをなぐさめるあいだは、だれも何もいいませんわい。しかしな、踊りがそれ以上の役目をはたしてしまうと、小言が出てくるもの。」（二七〇）が生じたことに李兵衛は気づかない。なお、この踊りを、李兵衛は、手ふり、足ふりの群れ舞いと呼ぶが、それは、出雲の阿国が[*1]「かぶき踊り」を創始した時、念仏踊りをとりいれたことを基にして、上野がつくったものである。抑圧された生き様から何度も生きなおしをはかり、幸せを手に入れたはずの李兵衛だが、「生まれ場所」＝「地図」に向けられる差別の視線から逃れられず、その身を隠れ人として暮らした妻は殺され、李兵衛は犯人に仕立てられる。これが、李兵衛の記憶の物語の一部始終である。

李兵衛の最終地点となった牢獄は、抑圧された罪人たちが群れを避け、反逆への同志で集まることが不可能な、孤独の境地に貶められた場だった。そうした状況のもと、時の流れの引き合わせが生まれる。投獄から日の浅い侍の若者と、長年の孤独を貫き通した最底辺の老人。階級の異なる二人の間に、言葉が交わされたのは、闇の牢獄という状況のなせる業でもあった。最底辺に呻いて生き延びた罪人が、侍の新吾に、自分の記憶の物語を託すことができたのである。未だ誰の過去の物語にも招かれたことがなかった新吾が、この牢獄で、記憶を継承する次世代の若者として選ばれ、また記憶を伝えるものとして、最も重要な役割が李兵衛に与えられたのである。多くの登場人物の中にあって、抑圧され続けた李兵衛に作者のまなざしが見える。

また李兵衛が兵庫の裁きを受ける時、本来抑圧者である兵庫が、取り調べ不十分を認め、李兵衛に対等に接する裁判の場も見逃せない。その後、兵庫は要職から失脚し、すべては闇に葬られるが、自分の無実を記憶する父子の存在こそ、李兵衛にとって、何者にも代えがたい力となってゆく。

4　消えた美作

やがて新吾は、釈放の身になり、「みまさか—美作」とは何か、未解決事件を裁くのは、誰か、の二つの問いが残る。ここで、ご城下の誰よりも歴史的知識に長け、資料を読み解く力を持つ草庵先生が登場する。先生は、身を持ち崩し、浪人として辺境に生きる人間である。過去を捨てながら、変身を遂げることもできず老いてゆく人間の悲しみを草庵先生は熟知していた。が、同時に、その愚かさを哀れむだけに終わらず、未来への視線を備えた「師」としても描かれる。

こうした師弟関係の中で、美作の地図は開かれる。そこには、簡単な説明書き「世帯数四十、狩猟生活が全体を占める。廃村後、改名され、薬草園になっている」と、美作が地図上から消えた事件についての詳細な報告「御領内村落変遷控《ごりょうないそんらくへんせんひかえ》」が存在した。過去の事実は次の通り、文書の中ですべてが明らかになる。

美作は御領地に組み入れて十年目、一村をあげ野盗と化し、野伏り《のぶせ》（徒党を組んで村むらを襲い、米や家畜をうばい金品をかすめとり、人を殺め、家に火を放ち、乱暴のかぎりをつくす盗賊の一団）（三〇三）となった。

またこの騒動鎮圧のため、領主美馬さまの命令により、討伐隊が編成され、ついには、村に火が放たれ、村人全員焼き討ちになり、村は廃村に追い込まれ、その惨劇の後にここは薬草園になったのだと草庵先生の口から歴史的な事実が語られる。（三〇四）

同時に、「御領内薬草分布控《ごりょうないやくそうぶんぷひかえ》」からは、美作が一村をあげて罌粟《けし》を栽培し、その薬液から阿片を加工、この薬液のため廃人が生じ、「村には怒りの声がみちている」（五八四）ことも判明する。美作

―野伏り―罌粟の薬液―薬草園。これらは、どこかで一つに結びついているのではないか。偶然とはいえ、李兵衛のふるさとの村で殺人事件が起きた時にも、そこには、薬草園がつくられていた。

こうして書き残された文書と地図に隠された謎解きを終え、李兵衛の無罪、美作の野盗討伐の二件を手に、新吾は、改めて父兵庫と対面する。「その男の言った（みまさか）と焼き討ちにされた美作村は、同じなのか、――本当のことは、いったい何だったのか」を求める息子の姿が父親の目に痛い。この場面は、新吾が父に「なぜ、墓地、無縁堂への墓参りを続けるのか」と尋ねた冒頭シーンと重なり、映画のフラッシュバック手法を思わせる。父子のあいだで交わされる数少ない問答により、兵庫が自分自身を封じ込めていた層をなした過去が剝がされるように崩れてゆく。

こうして兵庫の記憶の門が開き、李兵衛の事件の再捜査がはじまると同時に、新吾は、塾生の仲間と結託し、李兵衛を逃す掟やぶりを決行する。兵庫は、自己の影と対話し、過去に裁いた事例を想いかえしながら、ついに、「己が意識に存在し続けた記憶を遺す」思いに到達する。忌まわしい記憶を語り継ぐことこそ、生き残りの人間の使命であることに、最後に行き着いたのである。

それが、「みまさか野盗討伐隊」の覚書である。美作に起きた地獄は、牧歌的な家族の団欒風景を消しさり、村民殺戮の残虐非道行為だった。さらに恐ろしい暴力の連鎖は、村民の生きた証をすべて消し去る、土地が記憶した物語を消すために、「美作」を抹消する行為に及んだのである。

こうしてこの作品は、最初、目に見えなかった地図（みまさかのおさばきたのみます）を、記憶を辿ることで手繰り寄せ、血のしみ込んだ土地、名前の変更を余儀なくされた辺境の地、美作を可視化することに成功した。また虐殺に及んだ土地を地図上から消し、村人と土地の夕暮れの風景を亡き者にし、過去の記憶を抹消したことが人間の歴史の汚点であることも明らかにしている。

後に上野は、神宮輝夫との対談（神宮輝夫『現代児童文学作家対談7』二二〇）で、『さらば、おやじどの』を書く動機には、自分が抱える「現代の問題意識」が作用するのだと話し、みまさか村の焼き討ちには、ソンミ村虐殺事件を反映させていて、「暴力装置としての国家」の問題が書きたかったと述べている。

3. 記憶の物語

『さらば、おやじどの』を地図で読む試みをおえて、いくつかの興味深い論点が浮かび上がる。一つは、『さらば、おやじどの』については、上野の「書く作法」が変化したことを告げた（『アリスたちの麦わら帽子』五八）点で、ほかのまげもの長編と差別化できる面が生まれていることである。これまでは、国家や組織の悪を追及する際、その焦点を、抑圧される側、アウトサイダーか辺境人などの最底辺に置き、人間の在り方や価値を問う場合には、抑圧される側に立たねば、「書くことの意味をおよそ認めない」ところがあった作家でもある。だが、ここにきて「いったい、抑圧される側に照射される光のみで、真の告発になるか」という冷静な視点が示され、同時に抑圧者を非情極まりないステレオタイプな権力者に固定すれば、二元論で人間を図式的に切るといった浅薄な物語が生まれるのではないか、という自らの疑問に切り込んでいる。

抑圧される側と抑圧する側の両者に光を当てることの重要性について、いまさらの感もあるが、それは、上野の出発点が、「国家・権力対個」の物語にあること、また物語の中で、抑圧する側と抑圧される側の人物が、記号で分別されていたことと無関係ではなさそうである。『さらば、おやじどの』は、国家や体制が、家族と個人の物語にも見られることを、「おやじと息子」の関係の中に視座として設定した意味で、上野にとっての転換期と言える。挑んだのは、抑圧する側と抑圧される側両者を主人公に据え、各々の記憶を並行して辿ることだった。

物語は、一五歳の少年が、お牢という闇の世界を歩く中で辺境思想を身に着け、「過去」のある男たちから父親の過去を教わって「変身」を遂げる。「過去を振り返らなかったおやじ」から、「過去を振り返ることを知らなかった息子」に父親の何を受け継ぐことができるのか。「父と息子」というテーマは、日本の児童文学では、数少ないように思われるが、「息子が受け継ぐのは、果たしておやじからだけだろうか」というごく自然な問いかけに答えるように上野は、「御番所頭の父親と罪人――二人の男の記憶」の重い口を開かせたのである。

兵庫と杢兵衛がそれぞれ佇んだ風景を甦らせ、過去を物語る時、上野の中で人物の記号化は薄れている。確かに、これまでのまげもの長編の登場人物から、人間の膨らみと身体性が伝わりにくい点が挙げられる。その理由の一つに、彼らは、子どもであれ、大人であれ、人間臭さをそぎ落とした「仮面」を被って、異空間冒険譚を演じるように設定された存在で、喜怒哀楽の体液の通った人間でなく、一つのコマのように記号化される節があった。

さらに言えば、登場人物の記号化については、作家自身の遺した言葉はないが、文学における「冒険の世界」を構築するために、上野が設定した一つの装置として考えることはできないだろうか。それは、地図の上に、あるいは、消された地図の上に、あるいは、可視化できない想像上の地図の上に、ある風景を背景に、登場人物も、動物も、まるで一つのコマとして配置されるのであって、それは俯瞰地図の物語を描く上野の方法であったかもしれない。

最後に、新吾の乳母おたきの役割について述べておきたい。おたきは、生涯を陽の当たらない場所で過ごし、わが身の不運と切ない想いを、ざれ歌に託した辺境人である。上野の作品の女性像の中では、珍しく陰影を醸す存在として立ち回るが、ステレオタイプな域を出ていない。

ただ、杢兵衛のいた風景同様に、上野は、このおたきのいた風景を幾重にも重ね合わせ、裏街道の地図に浮かび上がらせる。そこには、「国家や体制による人間破壊」の被害者として生きることを強いられた女が、心ならずも加害者に心を寄せる人間の業が繰り返される。切り取られた風景には、己のまなざしが必ず映し出されていることを、上野は熟知していたようで、おたきのシーンは、雄弁に人間の哀しさと愛おしさを語っている。そして、最後のまげもの長編に登場したおたきは、以後の上野の長編の主人公となる女性へと変身して引き継がれていく。

上野は、その著作のすべてで、辺境人のイメージをいかに残すかに力をそそいできた作家である。時代や社会に埋没するかのように見えるが、逸脱を図る冒険心を持ち合わせた輩。そうした隠れた存在を内包する風景を描き出すことは、上野の終生の課題でもあった。

一九七〇年、上野は、父親の栄之助が亡くなった時、香典のすべてをつぎ込んで私家版の写真入り小冊子『父と母のいる風景』[*2]を出している。以下に記す冒頭の言葉には、その一語一語に、父と母に向けたすべての気持ちが詰まっている。また記憶を、その風景とともに、地図の上に書き残す、作家の決意のようなものも受け取れる。

その時代の一員でありながら、指のあいだから零れ落ちる砂のように、無視され、忘れ去られる人生がある。庶民とよばれる多くの人間は、その砂の一粒にひとしい生涯を送ってきた。しかし、名もなき人間の生活が、時代をつくり、歴史を切り拓いてきた。かけがいのない一回限りの人間の姿。祝日にも、祭日にも、なりえない人生。下積みの人間、砂の一粒だった。「ここに人あり」というには、あまりにも貧しく、あまりにも悲しかった。この貧しさと哀しさが、私たちに残された唯一の遺産である。この遺産の相続人として、父と母の歩みを書きしるさなければならない。(「父と母の生涯」『父と母のいる風景』四)

目に見えない地図に、見過ごされた幾多の複雑な世界が埋め込まれていることを明かすために、風景を一つずつ切り取って紐とき、上野は『さらば、おやじどの』で記憶の伝承を果たしたとも言える。「さらば、おやじどの」は上野が自分や自分の父親に手向けた言葉だったのではないか。この作品を最後に、上野がまげもの長編物語を書くことはなかった。

*1 出雲の阿国は女性芸能者。生没年未詳。歌舞伎の創始者とされている。出雲の国松江の鍛冶職の娘で、出雲大社の巫女であったと伝えられる。江戸時代のはじめに京に上り、大社修繕のための勧進で芸能を演じた。その踊りは、「ややこ踊り」や念仏踊りで、北野天満宮境内に小屋掛けして、踊ったといわれる。コラム「歌」で述べられた花田清輝の『ものみな歌でおわる』はその阿国の実像にせまり、興味深い。上野は、父の出身地が出雲の阿国のふるさとに近いことで、そ

の生涯に興味を持ち、足跡をたどるなど、影響を受けている。

＊2 『父と母のいる風景』は上野の父（上野栄之助）が亡くなった一九七〇年八月に、私家版で出された小冊子。発行人は、上野瞭、他、きょうだい五名の名前が並んでいる。編集は上野瞭とあり、上野の写真と住所が載せられている。小冊子は、表紙写真を入れ、一六ページからなり、大小さまざまな写真が数ページにわたって入っている。冒頭の子ども一同の追悼文にはじまり、上野瞭による「父と母の生涯」、長女、次女、三女による「わたしと父のこと」で構成されている。

参考文献

沖浦和光『旅芸人のいた風景　遍歴・流浪・渡世』河出書房新社、二〇一六年
神宮輝夫『現代児童文学作家対談7（今江祥智・上野瞭・灰谷健次郎）』偕成社、一九九二年
花田清輝『ものみな歌でおわる　かぶきの誕生に関する一考察』晶文社、一九六四年
原武史『〈出雲〉という思想　近代日本の抹殺された神々』講談社、二〇〇一年

6

幼年童話・中編・短編集（六作品）

三宅興子

上野瞭は、小学校低・中学年の読者にも読める作品を六作（出版年順）残している。

一九七八『もしもし　こちらライオン』長谷川集平・絵　理論社（どうわの森のおくりもの）八六頁

一九八〇『もしもし、こちらオオカミ』長谷川集平・絵　小学館（小学館の創作童話シリーズ十八）一四二頁

一九八五『そいつの名前は、はっぱっぱ』杉浦範茂・絵　理論社（きみとぼくの本）一八二頁

一九九四『そいつの名前はエイリアン』杉浦範茂・絵　あかね書房（ジョイ・ストリート）一九七頁

一九九五『グフグフグフフ』青井芳美・絵　あかね書房（グリーンフィールド）一四一頁

一九九五『もしもし、こちらメガネ病院』古川タク・絵　理論社（キッズ・パラダイス2）一三八頁

制作年を年譜で見ると、短編集の『グフグフグフフ』を例外として、長編と長編の間で、一息入れながら、一気に

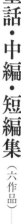

書きあげたのだろうと思われる作品群である。特に、一九九三年刊行の最後の長編小説『三軒目のドラキュラ』刊行後の作品には、並外れたおもしろさが弾けている。タイトルから「もしもし」三部作と「そいつの名前」二部作として扱っているが、それぞれ独立した作品である。別の角度から描かれた上野ワールドであり、長編とは違った切り込みで読ませる。

一．「もしもし」三部作のあらすじと解説

1．『もしもし　こちらライオン』

あらすじ：たかしは、一人っ子で団地の四階に住んでいる。母さんがスーパーに買い物にでかけた留守に、ふいに、猫がやってきて電話代の集金だと言って十円をカバンに入れ、領収書を渡して帰ってしまう。そのあとすぐ、おもちゃの電話のベルが鳴り、「もしもし」と言うと、「もしもし、こちら、ライオン。きこえますか」と言われる。落書きした「でべそのライオン」からだった。慌てて絵を確認すると、絵から蝶が飛び出していった。やってきた隣のちこちゃんに猫の集金の話をするが信じてもらえない。帰って来たお

母さんは、冷蔵庫の上に黒い蝶の死骸をみつけて捨ててしまう。それからもたかしは、ひそかに猫の電話局員を待っている。

解説：出版された一九七八年ころは、まだ電話のない家庭も多かった時代で、団地、核家族の一人っ子という物語の装置は、母親の出かけるスーパーマーケットも含めて新しい「留守番物語」であった。たかしの描いた「でべそのライオン」が電話をかけてきて、でべそに蝶が止まっていて、人間がそれを採ろうとして網がでべそにひっかかりくすぐったいと笑っている。その場面を想像するとくすぐったくなりおもしろい。しかし、母が捨てた黒い蝶の処置とうまくかみあっていない。一人っ子の内面のドラマと考えると、その主人公は、自ら生み出したライオンだったのか、不意に出てきた猫の電話代集金係だったのだろうか、ぴたりとおさまっていない不安感が残る。その虚実が既成の幼年童話の範疇に収まっていないのが魅力ではある（なお、本作の元になった作品は、「でべそのライオン」「児童文学１９７３」聖母女学院短大、一九七三）。

2.『もしもし、こちらオオカミ』

あらすじ：主人公は、カックン六年生、父とケンカの絶えない母、じっと耐えているものの暴力をふるったこともある父、姉につきまとう弟、新助一年生の四人家族。あまりに先行きのない毎日にしっかり者のカックンは、親友ノリマキに打ち明けて家出、全く計画性がなく、やってきたバスに乗って、スーパーマーケット前で降りる。混雑する店内で万引男を目撃して妙案を思いつき、そ

の男に誘拐してもらい、身代金をとろうともちかける。アパート一間の日銭暮らしの男は、しぶりながらもカックンの計画に乗せられていく（読む楽しみのため、結末を省略）。

解説：女の子の理性的な家出と言えば、カニグズバーグ作『クローディアの秘密』（一九六七）を想起するが、影響を受けての着想だとしても、「だれも書かないような『誘拐事件』」（「あとがき」より）になっている。京都弁の会話のおかしさを通して、思いがけない展開を見せる物語は「人情もの」と名付けたいような温かさが出ている。上野作品の中で、京言葉が使われている珍しい作品である。実在の地名や場所を出したからであろうが、上野が長年、京言葉を封印してきたことに気付かないほど、読者としては違和感がなく読める。

3.『もしもし、こちらメガネ病院』

あらすじ：眼科医院をやっているオジイサン医師とオバアサン看護婦夫妻のシュールな日常を綴った短編連作で、一〇章ある。この病院では、言い違いや聞き違い、見間違いなどが横行していて、物事はすべてへんてこに進行していく。眼科なのに、患者第一号が、のどに引っかかった骨をとってほしい野良猫であるところから第一章ははじまっており、ラーメンが食べられないので、ピストルを撃ちたくて駆け込んできたお巡りさん、ファックスに紙のように吸い込まれペチャンコになったオバアサン看護婦、夜中に来た乱視のフクロウ患者、などがハチャメチャな行動に出て、混沌としたナンセンスな場面が展開していく。

一例として「第九章　透明人間」を挙げてみる。患者がいなくてうつらうつらしている夫妻のもとへ、女子プロレスファンの母親が、六年生のサッチンを連れて、この子は透明人間が見えると言い張るので目が悪いのではないかと、診察を受けに来る。夫妻の掛け合い漫才のようなやりとりに、プロレスの技で参戦しそうになる母親を見て、オジイサン先生が本題に戻して、やっと、本人から話を聞き出す。サッチンは一人っ子で、下校すると塾に行っていないので、一人で時間を過ごしているところに、透明人間から話しかけられ、友人になったという。母親が心配してやってきたのだ。結局、オバアサン看護婦が「透明人間の友だちがいてなにがわるいことがありますかね?」(一一七)「みんな、目に見えることだけを大事にしすぎていますよ」(一一八)という理屈で「異常なし」と判断し、ため息をつくオジイサン先生を電気掃除機で吸い取ってしまう。夕方、ゴミ・パックからはい出したオジイサンは、透明人間になれなかったことを残念に思う。

解説::メガネ病院と老夫妻のやりとりを通じて、上野文学を理解するうえで重要な要件である「真実を見る、聞く、知るとは」という隠しテーマが、病院中で躍動しているのに気付く。最晩年の作であり、幼年童話として提供されている。童話作家としてスタートした上野が晩年に帰ってきた世界であり、哲学者としての上野のものの見方がおもしろい物語に結実したと言えよう。

「もしもし、こちらメガネ病院」と誘われて、その病院を訪れると、常識があやふやになり、価値観がくつがえされ、人間がファックス機や掃除機に吸い込まれ、目に見えているものが理解できなくなってくる。自分は「メガネ」をかけているのだろうか。上野作品への入門書として、この奇妙な病院で一度診療を受けることをおすすめする。

「もしもし、こちら三部作」は、それぞれ独立した作品である。声は聞こえるが姿の見えない電話は、上野の不思議を創出する装置として、うまく機能している。読者年齢、リアリズム、ファンタジー、ハッピー・エンドの約束など、「児童文学」の常識を超えた、いわゆる「クロスオーバー・フィクション」である。さし絵が作品と一体化していることにも注目したい。

二.「そいつの名前は」三部作のあらすじと解説

1.『そいつの名前は、はっぱっぱ』

あらすじ：母親が蒸発し、中学生の兄と酔っ払いの父親と暮らす真は、周りからいたわられるのが嫌で、突っ張って暮らしている。そんなある日、落ち葉を蹴って舞い上がった中から、真に付いてくる葉っぱを発見する。学校に行くと教室に出現してしまう。兄から何かを飼っているのではと詰問され、女友達のヨッチンの心配も受け入れず、日常生活がおかしくなっていく。スーパーマーケットに出かけた時、葉っぱを見つけ、つかもうとしていろんな品物が棚から落ちてくる事件が起こる。真が逃げ帰ると、父が珍しく、明日、映画を見に行こうと誘う。翌日、約束を忘れている父を説得してバスで出かけると、バスが停留所に止まらない。そこへあの奇妙な葉っぱが飛び出してきたので、運転席に行くと運転手が気を失っている。兄と父を呼び、急ブレーキをかけてバスを止めた。このあと、父が酒をやめたことで、真も学校への遅刻をやめ、日常を取り戻す。ヨッチンに付き合ってもらい、ふしぎな交流のあった葉っぱを雑木林に放つ。

解説：母親の家出を契機に核家庭がおかしくなっていく様子を、主人公真の不安を可視化した「はっぱっぱ」を出現させて描いている。日常の歯車が狂い出し、まわりのやさしさや気遣いをうまく受け止められない主人公の内心を巧みに描出していく。問題が少しも片付いたわけではないものの、真がやっと現実を受け入れ、まわりの気遣いも受け入れていけそうになった結末に、一息つくことができる。親の不和が、本人の意識しないところで、子どもを危険な状況に追い込んでいくさまを、「はっぱっぱ」というわかりやすい自然とのぎこちない交流を通して、物語に仕立て上げている。その構築力が冴えている。

2.『そいつの名前はエイリアン』

あらすじ：物語は、「ああたねえ、ひどいじゃありませんか。あたしの、あたしのお金を、かえしてくださいよう」という不可解な電話を悠介が聞いたところからはじまる。そのあと、悠介のまわりでおかしなことが起こりはじめる。父が会社を解雇され、母とひどいけんかをはじめ、祖母が仲裁にきてくれるものの事態は好転しない。悠介は眠れぬ夜を過ごし、学校や塾でぼんやりした

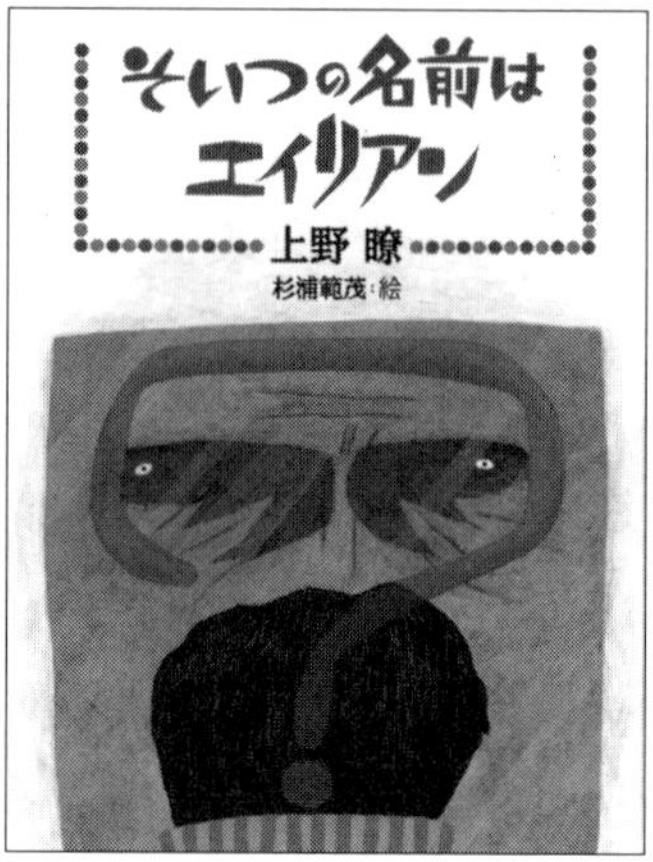

り、居眠りしたりするようになっていく。そして、電車や学校や洗面所などで布切れ一枚を体に巻いた老人の姿が見えることに気が付き、つきまとわれるようになっていく。老人は、学校の給食の時間にも現れ、教室を混乱させる。老人は少しずつ、凶暴性をむき出しにするようになる。幼なじみの奈々ちゃんにも、老人が悠介の後ろを歩いている姿が見えていたことがわかる。悠介を励まそうとする奈々ちゃんを突き飛ばして、老人の姿を追ってスーパーマーケットに入ると、「さあ、はじめるんじゃ」と言う老人に命じられるままに、万引きをはじめる。これでもか、これでもか、と捕まることを目的にしたような盗み方をし、従業員に見つかり、警備員事務所に連れて行かれる。そこから両親に連絡がいき、二人がタクシーでかけつけてくる。驚いたことにそこに奈々ちゃんが現れ、自分が頼んだので主犯だと主張する。最後は、警備主任の計らいで、万引きしたものを親が買い取ることで放免される。この事件によって、家族全員が自分のありようをあらためて確認することができ、崩壊寸前の家庭が修復へと向かう。

解説：両親の不和の間で、どちらにもつけず、自分の意見をきかれることもなかった一人っ子の悠介の心の中の闘いを、その心が生み出した「老人」との出会いが深まっていく物語として描かれている（作中では、「老人」が誰なのかの種明かしがされている）。自分であって自分でない自分がどんどん変化していく怖さから、どうしたら出られるのか、ミステリーのような作品である。『そいつの名前は、はっぱっぱ』出版から本作品までには、『砂の上のロビンソン』、『アリスの穴の中で』、『三軒目のドラキュラ』といったもはや児童文学ではない長編作品三作があり、一〇年近く刊行年が離れている。しかし、この「そいつの名前」二部作は、作品構成が驚くほど類似している。主人公の心理を描くうえで、河合隼雄の影響[*1]ではないかと思われるところがあるし、心の闇の描き方が深化しているのも読み取れる。上野作品のおもしろさを知ることのできる作品として、長編作品に取りかかる前の入門書として、読むこともできるだろう。

発行年順に、この二作と長編三作を再読したところ、いわゆる児童文学離れしたと言われる後期上野ワールドは、時代小説でもなく、ファンタジーでもなく、リアリズムでもなく、「普通の人々は、夢や幻や超常現象も含めて日常を生きている」という世界に移っていったのに気が付く。上野にとっては、大人の文学も子どもの文学も、その根底では同じなのである。

三．短編集『グフグフグフフ』

一九九五年刊のこの短編集は、「ぼくの初めての『短編集』」（あとがき）だと記されている。四つの短編からなり、それぞれの初出は次のとおりである。

「グフグフグフフ」：書き下ろし
「つまり、そういうこと」：「別冊　飛ぶ教室」一九九二年
「ぼくらのラブ・コール」：「別冊　飛ぶ教室」一九九三年
「きみ知るやクサヤノヒモノ」：「新潮現代童話館　2」一九九二年

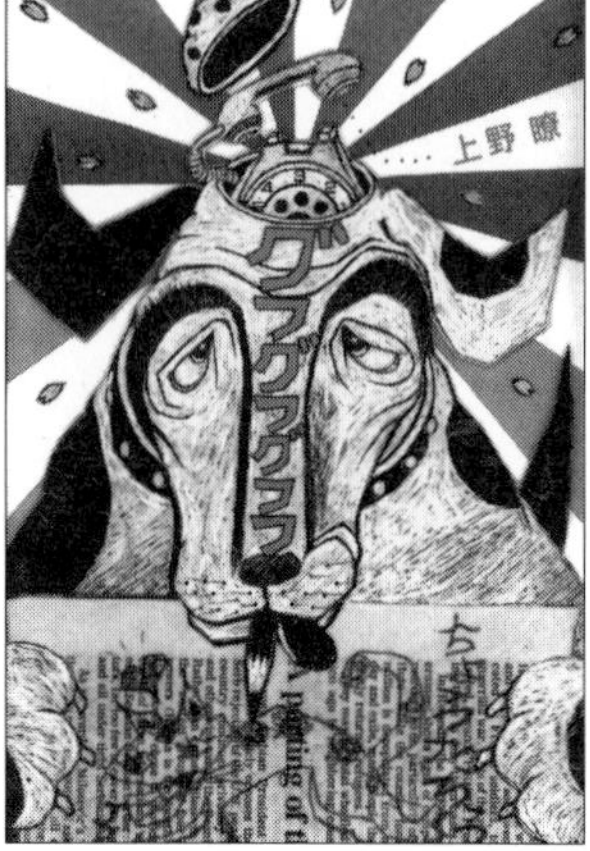

あらすじ：短編というよりは中編に近いのが「グフフグフフ」「きみ知るやクサヤノヒモノ」、ショートショートのように短いのが「つまり、そういうこと」「ぼくらのラブ・コール」である。共通しているテーマは、九〇年代に顕著になってきた「新しい家庭像」との取り組みである。

「グフフグフフ」：物語は、「電話のベルが鳴ると、いつもぼくの体はバラバラになる。花火みたいに、頭と手足が、右と左にポンポンと飛んでいく」という独白からはじまる。独白しているのは長太郎。飼い主の都合で友人宅に一年間預けられた老犬である。預けられた先は、和子（大学教授）、その夫啓介、大学生の子ども進介、葉子の四人家族、猫のネリがいる。それぞれが、「自由気まま」に暮らしている。長太郎は、ビールを飲んでは泥酔する和子の相手をするようになり、会話をかわすようになっていく。電話にあこがれているので、電話に出てみたい誘惑に負けそうになっていく。その長太郎を猫のネリは、自分たちの秘密を人間に知られたくないと、必死で抑える。結末は書かないが、新参者の老犬がバラバラの家族の核になっていく状況が、コミカルに時に辛辣に展開されている。

「つまり、そういうこと」：会社に出入りのイラストレーター吉村さんは、評判が悪く新入社員カスミが担当させられることになる。なかなか呼び出し電話に出ないと聞いていたのに、カスミの電話には感じのよい奥さんが応対してくれる。そして、意外な事実がわかってくる。作中に出てくる

「電話」の使い方がしゃれていて、結末の一行が効いている。

「ぼくらのラブ・コール」：近未来の学校のクラスが舞台。全員が「ポケット・ホン」を持っていて、いつでも交信が許されている。というよりは、教師も含めて家族からの「愛している」コールを絶えず意識して待っている状況にあるのだ。しかも、それが、国家プロジェクトとして「愛情度」を評価することになっている。電話の交信までもが、管理体制に組み込まれている近未来予想が作品化されている。この作品世界は、現在のスマートフォンなどでより現実味を帯びてきた。

「きみ知るやクサヤノヒモノ」：主人公信《のぶ》は、一年前の四年生の時、イラストレーターのパパと作家であるママが離婚し、その後ママと暮らしている。ママは別れた夫のことを罵倒して、いやなことすべてを夫「あいつ」のせいにして頑張っている。ぼくは、その状況を受け入れたものの不安定になって「解体したロボットみたいになにもかもばらばらだった」。そんな時、手の甲に「蚊星人」が止まって、針をさし「注射」をするという出来事が生じ、以後、毎月一度、やってくる。信は、食欲を取り戻していくが、「蚊星人」との最後は唐突にやってくる。なお、「クサヤノヒモノ」は、ママの大嫌いな特有のくさみと風味のある干物で、嫌なことを形容するママの口癖である。

解説：四作とも、結婚や家庭の在り方がテーマになっている。特に、子どもの視座からの両親の離婚における複雑な心情、心理が、長編とは違って、超自然的なものが出現することで描かれていることに注目したい。また、同じ家族の中にいるが、人間とは異なった立場にある犬や猫の視点を入れているのも特徴的である。一人、一人のキャラクターによって、存分に自己を語ることの多い長編作品とは、違った家族像が多様に切り取られている。

四．六作のまとめ

六作を読了して、上野瞭ワールドが、わかりやすいかたちでよく見えてきた。家族の問題を扱っている作品が多く、作品の範囲は家庭・学校・スーパーマーケット、交通手段として自転車やバスがよく使われている。また、電話が共通して作品を語りはじめる動機付けや唐突に家庭に侵入してくる不可解な道具としてプロットを展開させるのに使われている。現在、電話の普及度や役割、道具としての重要度に大きい変化があるものの、声だけで相手の姿が見えないために生じる不安感やいつの間にかその声に巻き込まれていく特性は、変わっていない。

主要テーマは、核家族の基盤の壊れやすさ・不安定さを描くことにある。その中の登場人物は、かなり記号化されていると言える。

父親、おっちゃん　弱い、だらしない、問題解決に逃避的
母親、おばちゃん　強い、感情的
男の子　繊細、強がってはいるが悩みを持って生きている
女の子　強い、生活者としての知恵を持っている
おばあちゃん　自律的で自由に生きている
町のひとびと　善意の庶民
教師　ものわかりがよく、権威主義でない

各作品に超自然的なものを登場させることで、他者の側からの視点が入り、複雑な問題に迫ることに成功してきたと言える。なお、登場人物の記号化は、「まげもの」長編作品の登場人物群との共

通性も指摘できるので、いろいろ考えることのできる興味深い観点と言える。

最後に、一九六〇年代から八〇年代にかけて、新しい形としてできてきた「核家族」を子どもの側から描いているので、長編作品での追及との関連というテーマも考えられる。電話、スーパーマーケット、主婦のパート、父親の権威の失墜などの社会現象がうまく取り込まれている。二一世紀の現在から見てどう読まれるのかが、課題として浮かび上がってきた。

上野作品の楽しみ方としては、大長編を読んだあとに、ここに掲載されている作品を、さし絵とともに、まずは一作、読まれることをおすすめしたい。どの作品も、作品の挑発を受けとめた画家の取り組みが成功していて、新鮮さを保っているのも大きな特徴となっている。

この章に「幼年童話」という見出しを入れ、「小学校低・中学年にも読める作品」と記述しているが、あくまでも「上野瞭の幼年童話」であり、日常に根差しながら、不思議な独自の世界に誘導していく作品群は、長編作品群とは異なったおもしろさを味わうことができる。

*1 一九七〇年代から京都大学で教えはじめた河合は、ユング心理学の分析を駆使して、『影の現象学』(一九七六)や『昔話の深層』(一九七七)などの著書を出版していく。物語に興味を持って、深層心理学的な物語分析をする河合の論とその温かい人柄にふれて、上野との交流がはじまっている。その影響もあって、上野は、作品の中で、登場人物の「深層心理」を風景や風などで表現してみせた。また、河合の『子どもの本を読む』(一九八五)と『ファンタジーを読む』(一九九一)は、当時の子どもの本の読み方に大きい影響を与えた。

歌

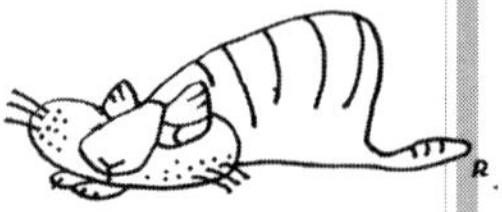

一．ものみな歌でおわる

上野は、自分の臨終には山口百恵の「いい日旅立ち」を流してほしいと頼み、その歌に送られて旅立った。癌マーカーを睨み、病と死に向けドクターとスクラムを組み、「死んだ男の残したものは」（谷川俊太郎作詞）の問いかけには、「僕の書いた物語を読んでください」と笑いながら——その別れにはある種の美学すら潜んでいるようだった。

上野が思想的に、またその壮大な仕事から大きな影響を受けたと思われる花田清輝には、『ものみな歌でおわる　かぶきの誕生に関する一考察』（一一七頁参照）がある。歌舞伎のもとをつくったと言われる出雲の阿国が、差別に屈することなく、「あたらしい芝居を創り出すために、なりふりかまわず、その意気込みで、生きてまいりたいとぞんじまする」と踊り舞う戯曲である。上野は、父親と阿国が同郷であることにも惹かれ、墓にも足を運んだ。京都へ向かった出雲の旅芸人の足取りと歌舞音曲は、上野の語りの根源となって生涯を支えた。特にブルース、浪花節、演歌など、辺境の地で民衆に継承された「歌＝語り」への感情移入は深く、講釈師の祖父との想い出にもつながる。

二．ざれ歌で語る

上野の長編児童文学では、「歌」が物語を拓いてゆく。それらは『ちょんまげ手まり歌』の手まり歌、『目こぼし歌こぼし』の浪人のざれ歌、『日本宝島』の瞽女（三味線を弾いて旅する盲目の女性）、『ひげよ、さらば』の歌い猫、『さらば、おやじどの』の子守歌、及び旅芸人の歌と踊りである。これらのざれ歌や、子守歌は、メッセージ性に富むが教育的でない。そこには散りばめられた風刺、笑い、概念崩しと、権威、絶対化、差別、犠牲を打ち破る力が満ちている。

おまえどこのおひととたずねたれば　帰りたや　よ
っこらしょ　よごろんち
『目こぼし歌こぼし』（二〇〜二一）

しゃれこうべを前に、漂泊民として蔑まれた浪人が、怒りや悲しみや虚しさを噛み締め、口ずさんだ歌。ざれ歌本来の土俗的な面を秘めながら、滑稽さを醸し、パロディーを探る楽しさを含んでいる。

殿御の提灯　ぶうらぶら　提灯なれば灯をともし
嫁御の谷間の道しるべ　提灯　提灯　ぶうらぶら
『さらば、おやじどの』（二四）

ばあやが新吾に歌った子守歌。元来子守歌は子どもをあやす歌だが、労働歌という二面性もあわせ持つ。主人への露骨な心情の吐露と自問自答の語りには、カタルシスを経て、鬱積した思いを晴らすばあやの姿が見える。

とおりすがりに　ひげにささやく　ちぎれた風に
ひげはささやく　ことばすくなに　ひげのささやき
『ひげよ、さらば』（一一五）

「チェシャ猫」を想わせる歌い猫が、吟遊詩人のように歌う「ひげの歌」。繰り返しと言葉遊び、ノンセンスで聴衆を魅惑する。

三首のざれ歌には、かくも自由な語り部の魂が息吹いていて、その響きは永遠である。

（島　式子）

夢

「灰色ろばイーヨー日記抄」四六（「晩年学フォーラム通信」第四七号、一九九八年一一月）の中の「手帳」に、「夢など記録して何になる……そう思わないでもない。日記もおなじである。無駄に思えることをイーヨーは長年やっている。夢は手帳に張りつける」とあり、「夢を記録すること自体が夢みたいなものである。『夢中で生きる』という言い方があるけれど、それはかならずしも『ひた走りに走る』生き方ではないのだろう。なすこともなく虚しく生きても、『夢中で生きる』というのに違いない」と記している。

　何になるでもないと思いながら、長年にわたって夢を記録する作業を続けているのは、夢も含めて自分の日常だと考えていたからである。上野作品の中の「夢」を追っていくと、古代からの「夢占い」やフロイトやユングによって拓かれた深層心理学が扱う「夢判断」などとは違った独自のもので、作品によって「夢」の意味も変化している。

　まず、『ちょんまげ手まり歌』では、山に囲まれた「やさしい藩」の黒い花をつける「ユメミ草」として表現されている。その実をのむと、さむらいのユメやいくさのユメが見られるという。読み進むうちに、その実が国の主要な輸出品であり、ここでの「ユメ」は、作者の眼に見えた世界の比喩であり、「やさしい」という言葉は「残酷な」、「ユメ」は「抑圧された欲求」の別名になっている。

　次に、『ひげよ、さらば』には、ヨゴロウザの悪夢と仲間の猫たちがヨゴロウザに投げつける否定的な夢の二種類が描写されている。悪夢は、片目の指導で、ヨゴロウザが空腹に耐えかねてはじめてドブネズミを殺して食した記憶からくるもので、殺したネズミに噛まれる場面で目覚めるなど、繰り返し見る。また、野犬の群れの中に落ちる夢も出てくる。これらの悪夢は、死にかかわる恐怖からきている。最終章での夢は、片目とヨゴロウザをおいて出ていく黒ひげの「おれたちは、おめえの夢の中で生きてるんじゃねぇってことよ」（七四六）という言葉として発せられる。みんなと力をあわせて戦い、犬のいない平和なくらしを願い、それが実現したかに見えたが、現実は違っていたのだ。この作品での夢は、ヨゴロウザの不安や恐怖であり、他の猫にとっては、理想を実現するために集団行動を強制し、行動の自由を縛る思想そのものを表すものになっている。

　夢がもっとも重大な鍵になっているのは、『アリスの穴の中で』である。主人公の男でありながら妊娠している壮介の物語に寄り添うように語られる老人病棟にいる叔母・長沼ゆきの夢の物語である。両手・両足をベッドに固定されているという設定なので、看護師の木元の言うように「あんたも夢を見て眠りなさい。夢の中なら家だってどこだっていけるからね」（七〇）、つまり、夢を見る以外の生き方がない状況なのだ。命の誕生と老人の死という対比構造の物語を創っている。ゆきの見ている夢のなかに壮介も入り込むようになり、現実の時間では何十年間も出会っていないゆきの人生を知っていく。あきらかに、上野が評価していたフィリパ・ピアス『トムは真夜中の庭で』（一九五八）の老女の夢の中に入る構造を借りているが、もうひとひねりを加えて、ゆきの夢が、ゆきのフィクションだったという結末になる。「ゆきおばさんの内的人生と壮介の胎児は、形こそ違え同質のものだったとはいえないか」（三三〇）と、壮介は独白している。

　上野は「夢」を、かつて児童文学で安易に使われてきた「美しく、楽しいこと」を表現するのには使わなかった。「夢」とは、人間の底に蓄積された辛さや恐怖、独りよがりの思想などを盛る器であり、現実を変更できる武器でもあったのだ。

　人生とは、みた夢も含めてそのひとの歴史なのだという境地からの発想と言えるだろう。

（三宅興子）

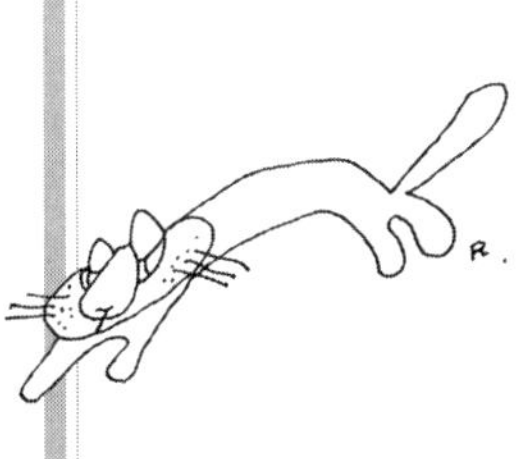

第二章

児童文学の延長線上にある作品と活動

7

『砂の上のロビンソン』

一九八七（昭和六二）……………………相川美恵子

解題

初　出　「京都新聞」一九八五年一一月一九日―八六年一二月六日連載

単行本　初版『砂の上のロビンソン』新潮社　一九八七年五月　五九二頁

テレビドラマ　「砂の上のロビンソン」一九九八年一月九日―三〇日　ＮＨＫ総合「ドラマ人間模様」枠（土曜二一時台）全四話　山本壮太制作、木の実ナナ主演、田中邦衛、麻生祐未、他

映　画　一九八九年九月一五日封切、配給ＡＴＧ。監督すずきじゅんいち、主演浅茅陽子

演　劇　劇団コーロによる。一九八八年大阪郵便貯金会館（現・ホテルメルパルク大阪メルパルクホール）初演、翌年に東京の世田谷区民会館、さらにその翌年の九〇年には中学や高校での巡回公演を行う。なお、脚色および演出はすべて、ふじたあさや。

使用テキスト：『砂の上のロビンソン』新潮社　一九八七年　初版

あらすじ

持ち家を望む人たちに自由に見学してもらうため、住宅販売会社が公開展示している家がモデルハウスである。本作品は、立ち退きを迫られたあるサラリーマンの一家が、そのモデルハウスにふさわしい「理想の家族」像を見学者たちに感じさせることを条件に、ここに住むことになった一年間を描いた物語である。木戸家の主婦、涼子は、入居が決まるとさっそく、会社（ドリーム住建）の意向に沿うことの大切さを夫の周平や長男の恭平、次男の草平、長女の葉子に言い含める。なぜなら一年後にはモデルハウスが本当に自分たちの家になるからである。ただし、津田と宮部という二人の採点係が会社から派遣されており、彼らの採点しだいでは中途での退去もあり得た。涼子は気乗りしない家族を急き立てるようにして新生活に乗り出した。

しかし、見学者たちから注がれる興味本位の、時には侮蔑、嫉妬の混ざった視線は木戸家を次第に追い詰めていく。最初に壊れはじめたのは、当初、一番意気込んでいた涼子だった。それでなくても見学者の対応に追われる中、怪電話が頻繁にかかってきたり、正体不明の老夫婦が長居を決め込んだりと神経をすり減らす出来事が続き、涼子は宮部の誘いに乗るように外出をはじめる。涼子が留守を津田に任せて堂々と出歩くようになるころ、周平もまた痛飲して帰宅が遅れるようになった。さらに三人の子どもたちも、それぞれに社会的逸脱行動へと走り出す。見かねた津田と宮部は採点係という立場を越えて手を差し伸べるようになる。津田は家事全般を引き受け、宮部もまた、それまでの冷笑的な態度を翻して、涼子を精神的に支える側に回るのである。それでも木戸家の瓦解は止まらなかった。

次男の草平は不良グループと深夜に自転車で暴走し、通りがかった家への投石を繰り返していたが、とうとう自分の家にも石を投げつける。また、恭平は恐喝、長女の葉子はスーパーに猫の死体を放置したことで補導されるのである。ついに周平が家を飛び出して行方知れずとなる。前年一〇月はじめにモデルハウスに住みはじめてからまだ半年も経っていなかった。涼子は心の空白を埋めるかのようにパートに出てみたものの、からだを壊して入院してしまう。一方、浮浪者になった周平は地下道で暮らしていたが、そこで、以前顔見知りだった間淵という男と再会する。間淵はサラリーマン人生にむなしさを感じて会社の金を横領し、身を隠していたのだった。彼は、一緒に暮らすことができなかった息子の将来を案じ、周平に金を託す。周平は、板前の見習いになって働いている間淵の息子（実は恭平の先輩の玉田）に金を渡す。

次男の草平は、ある晩、仲間と浮浪者狩りに出かけて父親と遭遇する。二人は家に戻り、涼子も退院。持ち家よりも家族一緒にいるほうがずっといいと、想いを口にする。部下の機転で解雇を免れた周平も、喜んで降格人事を受け入れる。さらに津田と宮部が裏で手を回した甲斐があって、モデルハウスは木戸家に譲り渡されることになり、一家は晴れやかな気持ちで久々に外出する。しかしモデルハウスが手抜き工事をされていたことを彼らは知らない。そのころ、東ヨーロッパの原子力発電所で事故が起き、多量の放射能が拡散したことをニュースが報じていた。

解説

1．はじめに——作品が書かれ、読まれた時代

戦後、この国の経済を駆動し、人々の価値観をも支配してきた住宅政策を持家政策といい、そのようにして形成されてきた社会を持家社会[*1]という。当然ながら持家社会を貫くものは資本の論理である。本作は、ある家族がこの持家社会＝資本の論理に翻弄されつつも何とか自前の論理＝家族の論理をつくり上げていくまでを描いたものである。なお、上野瞭にとってははじめての新聞連載小説であり、この作品をもって、上野はいわゆる児童文学を越境した。

では、この作品が書かれ、読まれた一九八〇年代とは、どんな時代だったのだろう。

今、平湯克子の『戦後児童文学とその周辺年表』[*2]を開いてみると、そこには次のような出来事が並んでいる。八〇年一一月、川崎市で浪人中の予備校生が両親を金属バットで殺害。八二年三月、校内暴力を心配して卒業式に警察官を派遣した中学、高校が一五二八校。八三年二月、浮浪者連続殺人襲撃事件が起き、横浜で中学生らが一〇人逮捕。八五年四月、警察庁が、はじめて「いじめ白書」（現在、名称も含めて詳細は確認できない。筆者補足）を発表する。八六年二月、東京都の中野富士見中学二年生の男子生徒がいじめを苦に自殺。八九年三月、東京都綾瀬で少年四人が女子高校生をコンクリートに詰めて殺害（正しくは、殺害は一月。コンクリートに詰められた遺体の発見が三月。筆者補筆）。同年八月、東京・埼玉県の連続幼女誘拐殺人犯の宮崎勤が逮捕。

八〇年代とは、月並みな言葉を使えば、子どもや若者によって「世間を震撼させた」事件が連続多発的に起こった時代であり、「校内暴力」「家庭内暴力」など当初は大人に向かって暴発した子どものエネルギーが、「いじめ」という鬱屈したかたちで、同世代もしくは下のより弱い存在へと向かっていった時代でもあった。上野は物語後半の重要な場面で、当時の浮浪者連続殺人襲撃事件を模したエピソードを取り入れている。

おそらく人々もまた、何かが変わってきているという漠然とした不安を共有していたのであり、だからこそ、『砂の上のロビンソン』は新聞小説として成立しえたものと思われる（口絵・図7参照）。

2．題名をめぐって

さて、『砂の上のロビンソン』という題名からすぐに想像できるのは、ダニエル・デフォーが一七一九年に発表した『ロビンソン・クルーソー』である。無人島に漂着した主人公が生き延びる過程を描いたこの冒険物語は、その後、一つの系譜をつくる。なかでも主人公を家族に置き換えた『スイスのロビンソン』*3は有名で、日本でも同名での翻訳が戦後すぐに出されている。*4なお、『スイスのロビンソン』では両親と九歳から一六歳までの四人の息子、二匹の犬が難破して無人島に漂着するのだが、この原作をもとに、家族構成を両親と一〇歳の少女フローネ、一五歳の兄、三歳の弟に替えて、一九八一年に日本で放送されたアニメーションが、「世界名作劇場」シリーズの一つ「家族ロビンソン漂流記　ふしぎな島のフローネ」*5である。

郵便はがき

料金受取人払郵便

河内郵便局
承　認

508

差出有効期間
2021年3月
20日まで

(期間後は
切手を
お貼り下さい)

5 7 8 - 8 7 9 0

東大阪市川田3丁目1番27号

株式会社 創元社 通信販売係

創元社愛読者アンケート

今回お買いあげいただいた本

[ご感想]

本書を何でお知りになりましたか(新聞・雑誌名もお書きください)

1. 書店　2. 広告(　　　　　　)　3. 書評(　　　　　　)　4. Web

5. その他

したがって、家族が漂流するという物語が広く受け入れられる素地が、お茶の間にも十分にあったものと考えられる。この点においても、新聞小説「砂の上のロビンソン」はタイムリーな物語だったと言えるだろう（口絵・図2参照）。

3.『岸辺のアルバム』の影響をめぐって

ところで、『砂の上のロビンソン』を考えるうえでどうしても無視できない作品がある。山田太一が東京新聞、中日新聞などに連載した新聞小説「岸辺のアルバム」（一九七六年―七七年）である。小説はすぐに単行本化（一九七七年五月）されたが、それまでにはなかった新しい家族像を描いた問題作、名作として全国に衝撃を与えることとなったのは、なんといってもこれがテレビドラマ化されたことによる。[*6] 上野はこの小説およびドラマからかなりの影響を受けていると考えられるので、まずは、簡潔に物語の内容を記しておく。ただし、ドラマがほぼ忠実に小説をなぞっていること、山田太一が固辞したために、ドラマの脚本は、ドラマ放映前後には出版されていないこと[*7]を考慮して、あらすじは、一九八二年出版の角川文庫版を基にまとめることとする。

本作は、東京都のある堤防下のマイホームに住む家族が舞台である。父親は大手企業の部長、母親は専業主婦、子どもは二人で、姉のほうは大学生、弟は予備校生である。物語は、この家族がそれぞれに秘密を抱え、結果として、少しずつ家族のかたちが壊れていく過程を弟の視点から描いた。少し具体的に述べると、父親は経営不振に陥った会社を立て直すために解剖用死体の輸入に手を染める。じつは、ここはドラマと原作とで唯一、異なる点で、ドラマでは、死体ではなく、武器と売春用のアジア女性に差し替えられている。一方、貞淑なはずの母親も不倫を重ねるようになり、自分探しの道に迷い込んだ姉は外国人男性にレイプされる。視点人物である弟も例外ではなく、謎めいた娘に翻弄されて受験勉強に身が入らない。

こうしてばらばらになった家族を大雨が襲う。雨は堤防を決壊させ、濁流がマイホームを呑み込んでしまう。何もかも失った家族に残されたのは、弟がからくも持ち出すことができた数冊のアルバムだけであった。数日後、屋根まで土砂に埋まった我が家の残骸のそばで、父親は会社を辞める意向を伝え、家族全員が歩き出すところで物語は閉じる。

以上、簡単にあらすじを辿ってきた。そこで、このドラマが『砂の上のロビンソン』といかに類似しているかを見ていこう。そもそも、企業＝資本の論理と、家族の論理との対峙、さらには家族を構成する個々人にとって家族とは何かを考えるというテーマ自体が共通していることは明らかなのであるが、物語を構成する細部においても、少なからぬ共通点を指摘することができる。以下、主な共通点を挙げてみる。

第一に、家族一人一人が秘密を抱える。

第二に、匿名電話が物語を展開させていく重要なアイテムになっている。『岸辺のアルバム』では母親へ男性から匿名電話がかかってくる。一方、『砂の上のロビンソン』ではモデルハウスに住みはじめた直後から、涼子のもとに女性からの匿名の電話が入る。ともに匿名の電話から物語がはじまるのである。

第三に、視られるないしは見張られるという仕掛けが使われる。『岸辺のアルバム』では、両親と息子がその対象となる（ただし母親を除いては、自分たちが視られ、見張られてきたことを知るのは物語の後半になってからである）。『砂の上のロビンソン』では『岸辺のアルバム』以上に視られる、見張られるという仕掛けが露骨である。モデルハウスに見学、見物に来る不特定多数の人々のまなざしも加わるからである。見学、見物人から注がれる好奇、悪意、憎悪、羨望、軽蔑等々のまなざしは、もはや暴力、拷問と言ってよいと考えられ、木戸家の人々の心が荒み、破壊されていく姿の苛烈さが際立つ。山田太一が物語を展開させていく軸として視られる、見張られるという仕掛けを使ったのに対し、上野瞭はそれを人間もしくは個の崩壊と結びつけて、一つのテーマにまで深めている。

第四に、「家族写真」がある。『岸辺のアルバム』では、なにげなく撮った家族写真が実は見かけだけのものであることが読者にも、主人公たちにもわかってくる。『砂の上のロビンソン』では、モデルハウスの宣伝の一部として、すなわち「理想の家族」を表す記号として用いるために、会社の意向で写真が撮られる。

第五の共通点は死体である。ドラマでは採用されなかったが、もともと、小説『岸辺のアルバム』では、父親が手を染める仕事は解剖用の人間の死体の輸入である。一方、『砂の上のロビンソン』では、長女の葉子が友人の誘いを断れず、猫の死体をスーパーの食材コーナーに置かれた肉の冷凍室に捨てる。

第六に、両作品の父親はいずれも女性の部下に翻弄される。

上野瞭は、一九八三年に勤務校である同志社女子大学家政学部主催「児童文学講演会」の講師に山田太一を迎えている。また、「朝日新聞」のコラム、「いま、子どもの本が面白い」(上・下)の中で山田太一脚本のドラマを、「家族の発見」「家族する」という言葉を使いながら熱を込めて語るなど、山田の小説やドラマに強い興味を抱いていたことは明らかであり、『砂の上のロビンソン』の執筆に際して、多くのヒントを『岸辺のアルバム』から得ていた、あるいは下敷きにしたと考えるのが自然である。

一方、だからこそ、『砂の上のロビンソン』ならではの、あるいは上野瞭ならではの独自性もまた、指摘しやすい。先ほどの、視られる見張られるという視点が、上野の場合は個の内面の崩壊という問題にまで深められているという点もそうであるが、他にも、結末が『岸辺のアルバム』とは正反対になっている点には、すぐに気がつく。また、モデルハウスにやってくる老夫婦(妻は、夫が死ぬと夫の骨壺を抱いてやってきて、骨壺を置いていく)の存在は『岸辺のアルバム』にはない独特のものであるし、結末のチェルノブイリを間違いなく連想させる原発の事故の記述もしかりである。『岸辺のアルバム』が『砂の上のロビンソン』を読み解くうえでの有効な補助線たり得るゆえんである。

4. 家族の論理のつくられ方

では『砂の上のロビンソン』では、資本の論理に与しない家族の論理をどうやってつくっていくのか。まず、物語は、資本の論理にもっとも従順であった涼子をそこから引き剝がす。モデルハウスに入居した段階で、家族のための仕事である家事は、資本の論理に従属し、ドリーム住建の企業戦略＝金儲けのための仕事となった。涼子は専業主婦でありながら、同時に会社の社員でもあるという二重性を背負うことになったのである。しかし彼女はすぐにそれに耐えられなくなる。ここで採点係として木戸家に派遣された宮部が重要な役回りを果たす。すなわち、宮部は涼子を買い物や外食に誘うことで彼女を「社員」の縛りから解放するのである。しかし「社員」から逸脱することは、この場合「主婦」からも逸脱することを意味する。涼子が家事を放棄しはじめると、木戸家は扇の要を失ったようにバラバラになっていく。

家族は崩壊しはじめるのである。けれども、涼子が資本の論理から逃れ、さらには母でも妻でもない一人の個人に立ち返るためには、これは通過しなければならない過程であった。同様のことは夫の周平についても言える。周平は、サラリーマンでも父でも夫でもない個人に立ち返るために、浮浪者にならなくてはいけなかった。ただし、人は抽象的な個人として社会の中で生きていくことはできない。木戸家がバラバラになりきってしまう手前のところで崩壊を食い止めようとするのが、もう一人の採点係である津田である。彼は木戸家の家事全般を切り盛りしはじめる。宮部もまた津田に協力して木戸家を守ろうとしはじめる。津田も宮部ももともとは社員なのだが、資本の論理よりも木戸家の人々に対する個人的な親愛の感情を優先させることで資本の論理から自由に振舞いはじめるのである。

もう一人、立場や役割から自由に振舞う人物がいる。周平の部下の土屋多美である。彼女は、『岸辺のアルバム』に登場する、主人公の父親の女性部下を踏襲していると考えられる。時に主人公の父親を誘惑し、時に助け、最後は彼の誘いを拒んで別の男と結婚してしまうこの女性は、周平を翻弄させる多美そっくりである。多美は、自分の裁量で、周平が半年以上も欠勤していた事実をごまかし、彼が会社に残れるような道筋をつくってしまう。

血縁とは無縁であり、かつ、もともとは資本の側に使われているはずの人たちのいわば資本への裏切りによって、木戸家はいったんは崩壊に向かいながらも、再生していく。

もう一つ、木戸家が資本の論理から解放され、同時に抽象的な個人に解体されることなく、再生に向かうにあたって重要と思われるのは、周平と次男の草平との関係性の変化である。浮浪者になった周平の背中に、そうとは知らず次男の草平が投石したり足蹴りをしたりするくだりは、この物語の中でも最も緊迫した場面だが、ここで周平は、ただもう、父親の役割を完全に失ったただ一人の、無力極まりない男として、息子の前に身を晒す。その直後、二人はお互いを確かめ合う。具体的な記述はないが、この出来事は父と息子の関係を決定的に変えたはずである。

草平とともに帰宅した周平は、これからどう生きるかを考えているところだと草平にだけ打ち明ける。草平もまた、浮浪者狩りの一件を他の家族には話さない。二人にとってあの出来事が口にできない恥部だからである。互いの恥部を認め合い許しあうことを通して、父と息子は向き合うようになる。その新しい関係が、再生されていく木戸家の、もう一つの扇の要となるのである（口絵・図8参照）。

5．家族の歴史性へのこだわり

さて、家族を歴史的な視点から見つめようとする姿勢は『岸辺のアルバム』以上に徹底している。『砂の上のロビンソン』では木戸家の歴史が、その誕生以前に遡って語られる。すなわち涼子と周平それぞれの青春が語られ、二人の出会いが語られ、子どもの誕生が語られる。それだけではない。本作に登場する江原老夫婦であるが、かれらは涼子と周平の未来の姿なのではないか。つまりこうである。何十年後、二人は三人の子どものいずれとも同居せず、老人ホームで暮らしている。彼らは、昔、子育てとマイホームの獲得に大わらわだった、家族としての活動期であり、同時に家族の危機の時代でもあったころに、時間軸を超えて戻ってきて懐かしむのである。また周平のほうは骨壺に入ってのち、ようやく本当に死にたかった場所に辿りつく。

一方で涼子と周平の青春時代に遡って木戸家の誕生を語り、他方で家族の終焉＝死後の姿を江原老夫婦に託して描くことで、ここに木戸家の歴史が見通されることとなる。では、そのことでどのような視点が獲得されたのか。簡潔に言えば、今の木戸家のマイホームを巡る騒動が木戸家の歴史全体の中で占める位置を、読者が少し客観的に眺めることができ、今の木戸家の災難、悲劇を絶対的なものとして固定して眺めるのではなく、相対化する視点が獲得される。

そのような視点から眺めれば、タダでマイホームが手に入るかもしれないといううまい話に乗っかって資本の論理に翻弄される木戸家の人々は悲劇的であると同時に喜劇的でもある。

6. 物語の出口をめぐって——家族像とのかかわりから

しかしながら、悲劇的であれ喜劇的であれ、さらに言えば手抜き工事が明らかな欠損住宅であれ、ともかくもマイホームがめでたく木戸家に転がり込んでくるというハッピーエンディングについては、そのうえ、周平が失業もしないというおまけまでついているからには、やはり違和感が残る。『岸辺のアルバム』の結末が、マイホームを失い、父親が仕事を辞める決断をするというのとはずいぶん異なる。この結末について、少し踏み込んだ考察をしてみたい。

というのも、ここまで、『砂の上のロビンソン』を『岸辺のアルバム』との類似性から論じてきたために、あたかも前者が後者を追随したものであるかのように見てしまうのだが、両者は物語の基盤になっている家族像が決定的に違うのである。

『岸辺のアルバム』においては、血縁関係の下にあるいわゆる近代核家族がモデルになっており、その崩壊を衝撃的に描いているが、『砂の上のロビンソン』においては、基盤としている家族の範囲はもっと広く、動的で重層的である。すなわち、血縁関係で結ばれている木戸家のみならず、当初は採点係として一家を監視していた津田と宮部の両人が、自発的に（ここが大切である）家事の代行をはじめ、やがて木戸家の崩壊をくい止めるのになくてはならない人々として木戸家にいわば包摂されていく。はじめのうちは木戸家に対して軽蔑的な態度をとり、モデルハウスを懸命に守ろうとする涼子の足を引っ張っていたのに、やがて涼子を支える側にまわっていくという宮部の不可解な行動も、彼女がどこまでも自分の自由な意志で木戸家の家族に加わっていく過程を表しているものと見ることができる。

繰り返しになるが、津田と宮部が体現しているのは、血縁関係を越え、個人の自由な意志によってつながり合った動的で開かれた家族というものではないだろうか。

当然ながらこのような家族は、そこに属する個々人を社会の理不尽さから守る砦として、より心強いものとなり得る反面、社会の理不尽さを呼び入れる度合いもまた高くなり得る。その象徴が宮部であるのは前述したとおりである。さらには、江原老夫婦もそこに加えることができる。先に見たように、この夫婦は、時を超えて割り込んできた未来の周平と涼子だと解釈できるのだが、いまひとつ、木戸家のマイホーム獲得作戦を何かというと妨害し、涼子を苛立たせる「困った客人」でもある。いったい、この夫婦はなぜ、老人ホームからしばしば木戸家にやってきて、まるで我が家のごとく寛いでいくのか、涼子にはとんとわからない。だが、追い返すわけにもいかない。なぜならば、彼らはモデルルームを「見学」に来ているのであり、見学者を追い返すのは契約違反だからである。涼子は、この「困った客人」にうんざりさせられる。ところが、最終的には家族として迎え入れる決心をする。夫人が置いていった骨壺を自分たちの家で預かろうと涼子が提案するくだりは、その意味で印象的である。骨壺は、いわば家族が他者を包摂することで、包摂した側の家族それぞれの互いへの寛容性を高め、つながりを強めることの象徴となっている。

このように、『砂の上のロビンソン』で描かれる家族像は、血縁を越え、世帯を越え、動的で開放的で、かつ、両義的である。だが、似たような家族像はすでに先行作品において認められるのであって、母子家庭に育った主人公の少年の周囲に、それぞれの動機で集まった登場人物たちを巧みに配して、緩やかな擬似家族をつくり上げた『日本宝島』が、まずはその好例である。さらに、自分たちの生き残りを賭けて、猫たちがそれぞれの個性と縄張りを主張しあいながら共同体を指向する『ひげよ、さらば』も、同列に置くことができるだろう。

要するに、上野が描く家族とは、私たちがイメージするところの一般的な家族というよりはむしろ共同体に近いものだといってよい。上野は、自身にとっての最初の評論集である『戦後児童文学論』の中で、佐藤さとるの『だれも知らない小さな国』[*8]が、なぜ戦後児童文学の出発を高らかに告げた作品であるのかについて、ここには「戦後民主主義が提示してきた理念の具体的な姿」が描かれているからだと熱っぽく語っている。具体的には「自由で、格差なき人間の生き方。生き生きとして、一切の因襲からも自由であるコロボックル。その姿・形こそ小さいとはいえ、そこには、相互の連帯があり、しかも規律と秩序もそなわっている」(『戦後児童文学論』一八六)。コロボックルの国の姿に、個人が、その個々の資質や能力を損なうことなく共同体をつくり、そこにおいてしかるべき役割を生き生きと務めうる、そのような理想的な個と集団の在り方を発見し、それこそが戦後民主主義の理念の形象化だと指摘したのである。

補足するならば、家族であれそれ以外の小集団であれ、血縁や血脈などの出自をもって人間を見定めることへの不快感と警戒感が表れているとも見ることができる。被差別部落民や在日コリアンへの根深い差別感情を支えているものの一つに、出自を殊更に持ち出すこの国の慣習があると、どこかで考えていたのではないか。戦後民主主義的な共同体とは、出自によって人を差別しない共同体だとも言い換えられよう。

ともあれ、上野は『砂の上のロビンソン』において、あるいはおいても、戦後的価値を体現した共同体の可能性について探っていたものと考えられる。木戸家にマイホームを獲得させたのは、上野が一九八〇年代半ばにおいてもなお、戦後民主主義的な共同体が実現しうる可能性への希望を捨てきれなかったためだと考えられる。しかし同時に、現実にはそんな可能性などほとんど失われてもいる事実をもやはり伝えずにはおけず、そのマイホームが欠陥だらけであったというオチをつけずにはいられなかったのではないか。

いや、それどころではない。最後に上野が慌しく書き加えた（ように思われる）原発事故の記述は、欲望に駆動されるまま走ってきた戦後の終わりが不気味に告げられたことを伝えている。そして言うまでもないことだが、二〇一一年三月一一日の福島原発事故を起こした私たちは、今、新たな戦前を生きている。

7．おわりに——間淵謙造に託されたもの、または二一世紀の「個」のゆくえ

最後に、脇役として登場する間淵謙造に焦点を当てて読み替えを試みてみたい。というのも、間淵が今を生きる私たちにメッセージを遺してくれていると考えるからである。間淵は、自分を人として扱おうとしない会社やひいては社会そのものへの個人的な抗いとして、会社の金を横領するという「罪」を犯す。そして逃走し、浮浪者として地下道に潜む。彼は、別れた女性をシングルマザ

ーにしてしまったことを悔い、中学生時代に散々社会的な逸脱行動を繰り返して卒業した後、板前の見習いになった息子のために横領した金を渡したいと、周平に頼む。

浮浪者狩りの現場に出くわして間淵を助けることになった間淵の息子と、息子に助けられた間淵が、その後どうなったのかは不明だ。ただ、少なくとも、物語の中で上野瞭は、この間淵に社会的な制裁を下していない。間淵が権力による制裁の手を逃れ、どのような形であれこの社会のどこかでしぶとく生き延び続けること、そのことを上野は願ったのではないか。状況に対して無力な個人が、無力な個人のままでできうる最終的な抗いのかたちとしての「罪」と、制裁を逃れるための逃走、すなわち状況そのものからの「離脱」。このテーマは実は、一九七四年に書かれた『目こぼし歌こぼし』にすでにはっきりと表れている。目こぼし村から逃走した七十郎、鉄次郎、そしておたまの三人は乞食となって、つまり身分社会から離脱して「北」へ向かう。彼らにとって闘う相手＝状況はあまりにも巨大で、せいぜいが目こぼし村の秘密を暴いて（それは権力の側からすれば社会の秩序を乱した重い「罪」である）、後は命からがら逃げ出すより他に道はないのだし、著者も読者も彼らの逃避行の無事を祈るしかない。

だが、『目こぼし歌こぼし』の結末は明るい。「北」は希望を暗示し、自由を暗示しているからである。ところが間淵の場合はそうではない。なぜなら、現実の社会を舞台にとったこの物語に、「外」はないからだ。だから間淵には重苦しいニヒリズム、あるいは闇の匂いが漂う。それでもここに、「徹底的な自己抹殺」（五〇七）こそが「もっとも人間らしい勇気のある選択ではないか」（五〇七）とうそぶくこの男の中に、「個」として鋭く立ち、生きようとする人間のぎりぎりの姿を見る。

劣悪な環境によって日々弱りゆく身体をモノのように引きずり、間淵はただ己が身体に刻印された時間をのみ拠りどころにして暮らした。石つぶてや足蹴りを受け、呻き声を上げながら、彼は何を見つめていたのだろう。二一世紀の今、あらゆるものは歴史性と社会的輪郭を収奪され、清潔な電子データの集合体へと還元され続けている。もはやモノとしてあることさえ難しい。不気味な時代の到来である。そんな時代に生きる私たちの不安な「個」のゆくえを、間淵は、どこかでじっと見ているに違いない。[*9]

＊1 平山洋介『住宅政策のどこが問題か〈持家社会〉の次を展望する』(光文社新書、二〇〇九)は、持家社会について次のような定義をしている。「持家社会とは、持家が多いだけではなく、人びとのマジョリティが住宅所有に価値があると判断し、持家取得をめざす社会を指す」(七)。そして、戦後、この国の政府が一貫して住宅取得の不断の促進によって社会の方向性をつくりだし、人びとを統合しようとしてきたこと、その結果、この国の人々は「結婚して家庭をつくり、収入を増やし、持家を取得してメインストリームに入るように促され」(二四)、福祉政策も「標準パターンのライフコースを歩む人たちに温かく、そこから外れた人たちに対して冷淡」(一七)となったと論じる。持家社会が戦後経済の基盤をつくったのみならず、いかに巧妙に戦後社会の価値観、幸福観、家族観の基盤をもつくってきたかが考察されている。
＊2 平湯克子『戦後児童文学とその周辺年表』平湯克子発行、二〇一二年
＊3 ヨハン・ダビット・ウィース Johann David Wyss作、一八一二―一三年
＊4 宇多五郎訳、岩波文庫、上・下巻、一九五〇年
＊5 フジテレビ系列、一九八一年一月四日―一二月二七日、全五〇話
＊6 TBS系、一九七七年六月二四日―九月三〇日
＊7『岸辺のアルバム』(角川文庫、一九八二)の解説参照。脚本は、『山田太一作品集2』(大和書房)に収められて、一九八五年五月にようやく出された。

＊8　佐藤さとる『だれも知らない小さな国』講談社、一九五九年
＊9　間淵謙造には上野瞭本人が投影されているように思われる。上野は若いころから死ぬ間際まで病み、痛む身体とともにあった。持続する不調や痛みは「私」が他ならぬ「私」であることを突きつけてくる。彼は病み、痛む自分の身体から人と時代を見つめ続けた作家である。

参考文献

上野瞭「さらば、宝島」『リテレール』メタローグ、一九九六年九月号（17号）
落合恵美子『近代家族の曲がり角』角川書店、二〇〇〇年
千田有紀『日本型近代家族』勁草書房、二〇一一年
村瀬学『児童文学はどこまで闇を描けるか』JICC出版局、一九九二年
山田太一「いま家族は暗闇を失いながら」『波』新潮社、一九八七年五月号

8

『アリスの穴の中で』

一九八九（平成一）……藤井佳子

解題

単行本　初版『アリスの穴の中で』新潮社　一九八九年八月　三三四頁

賞　第三回山本周五郎賞最終候補[*1]

テレビドラマ　「アリスの穴の中で」一九九〇年九月三日　TBS系列「月曜ドラマスペシャル」枠（二一時台）全一話　堀川とんこうプロデューサー、小林薫主演、木内みどり、手塚理美、伊武雅刀、他

使用テキスト：『アリスの穴の中で』新潮社　一九八九年　初版

あらすじ

一九八一年初夏、八月に五〇歳になる壮介は、K市にある紙おむつやベビーフードの製造卸会社の課長であり、四五歳の妻伶子、短大生の香織、中学二年生の悠介と平穏に暮らしていた。ある朝、出勤の途中で吐き気を催した壮介は駅のトイレに駆け込み、変質者に遭遇する。

壮介の亡き母の異母妹で七〇歳のゆきが、K市の病院に移されてきたのは、一年前だった。三〇年ぶりに会うゆきは、内臓の衰弱のため白内障の手術を受けられず、視力を失って、老人病院で寝かされていた。

知人である都築医師の診察で、男性である壮介の妊娠が判明する。受け入れ難い事実に動揺する壮介は、家族に打ち明けることも、仕事に集中することもできない。一方、病院にいるゆきはこれまでの人生を夢で見ているようである。香織が妻子ある男性の子を孕み、壮介も家族に妊娠を告白する。出産が迫った壮介は、ゆきの夢の映像が見えるようになる。香織が中絶し、壮介は帝王切開時の麻酔下でゆきに出会う。ゆきは亡くなり、壮介は男の子を出産する。

解説

1．はじめに

『砂の上のロビンソン』、『アリスの穴の中で』、『三軒目のドラキュラ』は、大人向け長編三部作であり、いずれも中高年の女性あるいは男性を主人公とする。本作品は一九八七年秋から一九八八年夏の終わりまでの一年間に執筆した書き下ろしである。

『アリスの穴の中で』は壮介の物語に、ゆきの物語が交錯する。男性が妊娠して出産するという奇抜な設定と、ゆきの物語は事実とは異なり、ゆきの思い描いたものであったという虚構性が特徴であるが、これらのことは本作品を実験小説、あるいはファンタジーとして考察することを促す。『アリスの穴の中で』という題名は、ルイス・キャロル著『不思議の国のアリス』（一八六五）と同様に不思議なことが起こりうる物語として、つまり、現実ではないけれども真実が描かれたものとして、この物語を読むようにという含みがあるだろう。『不思議の国のアリス』におけるうさぎ穴は、上野が評論において論じてきた別世界への「通路」を表すものである。

上野は朝日新聞のインタビューを受け、『アリスの穴の中で』を執筆した動機について「女の立場や役割を本当に自分の問題として考え、問い詰めんといかんとこにきていると思った」と述べ、以下のように続けた。

ぼくと女房の関係、ぼくと女房の母親である目が見えないおばあちゃんとの同居生活とかね。自分の生活の中から女の問題を考えていっただけなんですね。（「朝日新聞」一九九〇年八月四日、朝刊一九面、東京本社版）

上野は妻、そして同居する妻の母を眺めながら女の問題を考え抜き、男が妊娠するという着想に至った。同じインタビューで「ぼくには抽象はないの。生活者の目ですね」とも語っている。

叙情的な昭和の光景、あるいは山陰地方を思わせる風景をゆきは回想する。上野が技巧を凝らして作り込んだこの作品は、「昭和」という時代をたどる小説でもある。物語には小学校に入ったばかりの壮介が、ゆきから「男と女がいっしょだというなら、男も赤ちゃんを産めばいいのよ（中略）壮ちゃん。おばさんの子どもを産んでくれる？」（一八三）、あるいは「男も子どもを産めばいい、女の苦労がわかるって」（三〇六）と言われる場面がある。男性の妊娠という意表を突く設定の根拠であり、作品を貫く軸となっている。[*2]

男性の妊娠と出産を現実として捉えることは難しいが、この物語では男性が妊娠して、その体内で胎児が成長することと、家から出ることのなかった女性が想像力によって実人生とは異なる人生の物語をふくらませることが、相似形をなすものとして描かれている。胎児も物語も、個々の人間の内部に芽生えて成長するものであるという点で同じだという発想は、きわめて作家的であるように思われるが、この作品は、人の一生をさまざまな物語の集積として捉える上野の世界観を、物語化したものだと言えるだろう。

物語は身体の変調に気づいた壮介が、妊娠を告知されて出産するまでの全二〇章で、胎児の存在を意識し、煩悶する壮介の毎日に、ゆきの回想が挿み込まれる。壮介とゆきの回想の世界が幾度か接続し、最終的に壮介とゆきは、その中で出会い、ゆきが死亡して、壮介は出産する。壮介の胎児の成長と、ゆきの終焉が呼応している。

2. あり得ない物語は、このようにはじまる

出勤の途中、吐き気を覚えた壮介は地下鉄駅のトイレにいた。

男子用トイレは、壁沿いに黄色く汚れた用便器が並び、（中略）ひげだらけの男が立って壮介を見ていた（中略）「おまえのを見せてくれ」（中略）男が激情の頂点に達した時、それに合わせるように壮介が吐いた（一〇—一四）

壮介の嘔吐が繰り返し描かれる物語冒頭から全体の半分弱までは、活字からすえた臭いが漂うかのようであるが、「ひげ男」のおぞましさと醜悪さは、それをも超える。壮介は「ひげ男」に出会った時点で、すでに悪阻《つわり》の症状を呈しているので、壮介の妊娠と「ひげ男」に因果関係はないが、「ひげ男」から受ける衝撃はあまりに強い。

再び電車に乗った壮介は、トイレでの出来事について、このように考える。

あれは、この世界のかすかな裂け目のようなものであって、たまたま壮介が、その窪みに足を取られただけである。（中略）「変質者」を見ただけのことではないか。（一四—一五）

「ひげ男」とその行為が、世界の「裂け目」をこじ開けた。「ひげ男」はその後、バス放火事件を起こし、出産が迫った壮介に不快な記憶と不安を呼び起こすにとどまるが、「ひげ男」の衝撃は平穏な日常の皮膜に覆われた世界を揺さぶり、ざらざらとした不協和音を生じさせ、異界との「裂け目」をこじ開ける。思えばこれは、一八世紀後半にイギリスで流行したゴシック・ロマンス[*3]によくある、感性、特に恐怖に直接訴えて、動揺した読者をいきなり禍々しい世界に引きずり込む手法に似ている。上野は舞台を中世の僧院や古城の塔から、現代の、通勤客で混み合う朝の地下鉄駅のトイレという猥雑な場所に移し、恐怖の代わりに、生々しい生理的不快感を喚起することによって、人々を異様な世界に引きずり込む。「ひげ男」の場面に、既視的な不快感を覚えた読者は、壮介とともに「裂け目」を覗くことになる。

3. 男が妊娠するということ

壮介は、やまない嘔吐を学生時代の知人である都築医師に訴え、検査の結果、壮介は妊娠しており、第一二週目あたりだという診断が下る。壮介の体には女性のように産道がないため、妊娠中絶手術はできない。壮介の妊娠を都築とともに診断した女医である則子は、その夜、酔っぱらって「男が妊娠してどこが悪い。(中略)おまえは、先駆者なんだ。」(九〇)と叫ぶ。則子のようには考えられない壮介は、一人前の男性でありながら妊娠したことを、誰にも打ち明けられずに苦悩する。悪阻のせいで仕事に支障をきたし、心身ともに安定感を欠く壮介への同僚たちの視線は冷たい。「そんなある夜、だれかが（中略）『おかあさぁーん』」（一一二）と呼んだ。この時点では謎であるが、壮介がゆきの世界と最初に接続した瞬間であった。

妊娠するならば女性であって、男性ではないはずだが、産道がないと言われているように、壮介の身体は、あくまで男性である。この作品では、男性が女性の「立場や役割を本当に自分の問題として考え、問い詰め」（前掲、朝日新聞）るために、男性の妊娠が描かれているのである。

第五章の章タイトルは「受胎告知」[*4]であり、人知を超えることが起きたのだということが、この章タイトルによって示されている。男性の身で妊娠したことを世間に知られることを恐れつつ、なにより壮介自身が妊娠を受け入れられるはずもなく、しかしそれでも胎児は、壮介の胎内で順調に成長していくのである。

壮介がはじめて胎動を感じた日、こともあろうに、短大生である長女の香織が妊娠したことが発覚する。生物学的にあり得ない父親の妊娠と、世間体としてあり得ない未婚の娘の妊娠が対比される。壮介は香織が堕胎することを許し、それをきっかけに、壮介は家族に自身の妊娠を告白する。恐怖にも近い驚きと、大きすぎる衝撃に茫然とするばかりの家族であったが、やがて事態をおぼろげながらも呑み込みはじめる。妻である伶子は逆上するが、香織は「でも、あたしたちが信じなかったら、とうさん、気持のやり場なくなると思うんだ。（中略）あたしは、とうさんを信じる」（二一九）と味方し、悠介も「前まえからとうさんのこと、変だなと思ってたんだ。（中略）本当ならすごいと思うよ。（中略）ぼくも協力するよ」（二二〇）と壮介を支持した。子どもたちの温かさと優しさによって、また都築らの助力によって、壮介は自身が置かれた過酷かつ異様な状況を、徐々に受け入れていく。
臨月が近づいた壮介は人目を避けるため休職し、家族の理解と協力を得て自宅からも離れた。その頃から壮介はときおり、叔母であるゆきを映像として見るようになる。帝王切開のための麻酔下の壮介と会ったゆきは、このように述べた。

女はね、ずっと昔から子どもを産んできたの。（中略）女たちの産み落とした命を、ガスで奪い取るなんて、女の考えつくことだと思う？（三〇八）

上野が思い至ったように、男女における究極の不公平は女性だけが妊娠して出産することである。妊娠と出産は身体に負担であり、危険を孕む。順調な経過をたどって出産に漕ぎつけても、出産のために仕事を休まなければならない。出産を男女で分担することができれば、真の意味での男女平等が実現するだろう。ゆきが主張するように、産まない性が命を「壊すことに夢中」（三〇八）になることも、なくなるかもしれない。出産する性すなわち女性であり、女性だけが出産することは当然のことで、それに付随するさまざまな不便や不利益も仕方のないことであるという、一見、合理的かつ科学的思考に異を唱えるために、上野はこの作品を書いたのだろう。男性は出産を自分の問題として考えたことがあるのか、考えたことがなければ、なぜ考えてみようともしないのか。立場や役割の交換については、作品の冒頭付近でも示唆されている。出産前の伶子に自社製のマタニティ・ドレスを着せて、意見や知人の反応を聞いた壮介に対して、伶子は言った。

一度くらい、あなたも、これ着てみたらどうなの。そんなに会社の製品が気になるんだったら、社長も部長も、男子社員全員、妊婦服を着て出勤すればいいんだ。(一二)

上野は男女の平等について考える際、男性にマタニティ・ドレスを着せるどころか、妊娠させるところまで「問い詰めた」のである。

則子も都築も、そして悠介も壮介の妊娠と出産を賛美する中、なぜそれが自分なのか、納得がいかない壮介に、ゆきは言う。

「だれも祝福しないなんていわないことね。壮ちゃんがまず祝福すればいいことよ。(中略)そのうちきっと、壮ちゃんみたいな男の子が現われるようになるに決まっている。」(三〇九)

これが、ゆきの最後の言葉だった。ひとたび妊娠したならば、本当の苦労は出産ではなく子育てであるが、この作品では、男性が妊娠し、出産することの意義が特に強調される。男性の妊娠を描いたこの作品が扱うのは、女性の問題、そして、人生の「入口と出口」(三六)の問題である。

4．観念の実体化を描いたフィクション

ところで、バーソロミュー夫人という老女が人生を回想する夢に、少年トムが入り込む物語、フィリパ・ピアス著『トムは真夜中の庭で』（一九五八）について、上野は「時間」や「愛」の観点から繰り返し論じたが、ことに興味深いのは、上野が妻の母親である同居の「ばあさま」と関連させて『トムは真夜中の庭で』について述べた、次の部分である。

もっともイーヨーのばあさまに近いのは、バーソロミューおばあさんである。なぜなら、バーソロミューおばあさんは、一見、自分の「過ぎし日々」を思い浮べるだけの人物として描かれているからである。ただ、イーヨーのばあさまと決定的に違うのは、その回想が、ピアスの才筆で実在化され、他人の（この場合は少年トムの）深く関わるものとなった点である。
（『月刊絵本』一九七七年一〇月号「絵のない絵本・棄老　続・イーヨーの灰色の思い」七六）

上野は右の引用で、『トムは真夜中の庭で』において「回想が」「実在化され」「他人の」「深く関わるものとなった」と述べた。この構造は『アリスの穴の中で』においてもまた、中心をなす。おそらく上野は本作品を創作するにあたって、『トムは真夜中の庭で』を踏まえ、しかも超えようとした。たとえば、壮介とゆきの世界がつながる場面を見てみよう。ある夜、壮介がトイレのドアを開ける

と、ゆきの少女時代の姿が目に映る。また別の夜には、ゆきの女学校時代をエレベーターのドアの向こう側に見た。

あるべきはずの夜の世界にかわってドアの向こうにひろがるそれは、まぎれもなく昼の風景だった。（中略）それは見覚えのある懐かしい風景だった。（中略）その瞬間、バスの中から若い娘の声がした。（二七九―二八一）

トイレのドア、エレベーターのドア、そしてマンションのドアの向こうに、ゆきが回想する別の世界があるという設定は、『トムは真夜中の庭で』において、トムが真夜中だけ開く庭園へのドアからバーソロミュー夫人が夢で見ている彼女の過去に入り、少女時代の彼女と出会うことと、構造として同じである。上野は『トムは真夜中の庭で』におけるドアの設定を高く評価しており、ファンタジーにおける「通路」について考察した『現代の児童文学』で、次のように語っている。

過去とは、個人的な体験の集積である。（中略）ピアスはそこへドアを設ける。ドアを設定することによって、ただの個人的過去を、現在を生きる人間の共有できる別世界につくりかえる。（中略）他人の「過去」が「現在」を生きる人間にとって大切な意味があるということ。ここから人間のつながりを恢復する道が開けてくる。（『現代の児童文学』七七―七八）

実際には、ピアスは「個人的過去」を記憶している人の意識、あるいは人の考え、つまり観念を実体化して、それを「現在を生きる人間の共有」する世界の中に置き、通路としてドアを設けた。最初に観念の実体化があったのであるが、ともあれ『アリスの穴の中で』第一七章と第一八章で壮介がドアを開けたとたん、ゆきの見ている夢を体全体で感じる場面は、『トムは真夜中の庭で』において、トムがハティの夢に入ったことと同じ構造のものとして、上野が創作したことがわかる。

以下は先の「月刊絵本」からの引用の続きである。

だれも、バーソロミューおばあさんが人工肛門を必要としたかどうかを聞きはしない。また、バーソロミューおばあさんが、胸をときめかせた思い出すら忘れ果て、「老人性痴呆」の状態で植物人間化することを想像もしないのだ。(「月刊絵本」一九七七年一〇月号、七七)

上野は『トムは真夜中の庭で』のその後、つまり老年の行きつく先を書こうとした。生きて病院から出ることがないゆきたち入院患者が、排泄物をたれ流しながら泣き叫び、孤独のうちに死に至る様子、「死を間近にしたものが、残されたおのれの時間を、じぶんの思うままに生きられない悲しみ」(三六)を、そしてその先をも上野は描いた。第一九章で陣痛がはじまり、麻酔をかけられた壮介は、漆黒の闇の中に強い視線を感じながら、ひたすら歩いていた。

「ゆきおばさん!」壮介は、稜線を背にした長沼ゆきの姿がふっと消えたことに気づいた。(中略）その時、砂地に顔を押しつけたまま壮介は見た。斜面を這いのぼってくる漆黒の闇に向かって、一人の痩せこけた少女が駆け降りていく姿を。（三〇九）

上野は老年の行きつく先として、肉体の死の向こうにあるものをも描いた。ここにおいて「アリスの穴」が表象する空間は、宇宙的な拡がりを持つに至るのである。

さて、バーソロミュー夫人が実人生を回想する一方、ゆきの回想にはひねりが加えられている。壮介は病弱だったゆきが女学校に通うどころか、家から外に出ることがほとんどなかったことを、ゆきの死後、従兄から聞いて驚き、このことについて熟考する。

ゆきおばさんは、孤独で閉じ籠ったきりの人に見えたが、おばさんはそうしている間も、バスに乗り、女学校に通い、（中略）男と関係を持ち、現実とは別の年齢のとり方をし、仕事に就き、自分の内側にだけある世界を、どんどん生き続けていたに違いない。（三三〇）

物語の最終部分で壮介は「ゆきおばさんの内的人生と壮介の胎児は、形こそ違え同質のものだったとはいえないか」（三三〇）という結論に至る。ゆきの虚構の人生が他者である壮介にも可視化されること、男性である壮介が妊娠して出産することは、両者とも虚構が、観念が実体を持つという意味で同じなのだ。『アリスの穴の中で』は「観念の実体化」を物語化しようとした上野の渾身の作であると同時に、人それぞれが内側で物語を育んでおり、その物語を他者と共有することが「人間のつながりを恢復する道」だという、後の「晩年学」にも通じる、上野の持論が示された作品である。

5．穴の奥にある池

ゆきがはじめて生理になったのは女学校時代である。家の土蔵の横の古い溜池に泳ぐ、無数のアカハラをゆきは見ていた。

アカハラはゆっくりと、ゆきの足の内側を、膝のほうに向かって這いのぼる。（中略）生ぐさい血の臭いがゆきを包み、しゃがんだまま立ちあがることもできなかった。
アカハラがゆきの体に触れて血に変わったのだと思った。それがゆきの初潮だった。（二三五）

初潮を小さな生き物に例えた作品は、これまでにもあった。日本の児童文学ではじめて初潮を描いたとされる早船ちよ著『キューポラのある街』[*5]（一九六一）では、主人公ジュンは荒川の土手ではじめて生理になり、その出血は「赤いトカゲ」[*6]と表現された。最初の評論集『戦後児童文学論』で、『キューポラのある街』を「その戦後理念を人間の内在的価値と結びつけた」（二〇〇）と評価した上野は、『アリスの穴の中で』を創作するにあたり、『キューポラのある街』が脳裏にあっただろう。[*7]
リアリズム児童文学[*8]『キューポラのある街』と、実験小説である『アリスの穴の中で』は、文学のジャンルとしても、そもそも異なるが、『アリスの穴の中で』を『キューポラのある街』の生命賛美やジュンの強烈な存在感と対蹠させることで明らかになるのは、『アリスの穴の中で』において描かれた人物やものごとの実体のなさである。『アリスの穴の中で』において描かれているものは、虚構なのだ。

『アリスの穴の中で』では、初潮のみならず閉経についても書かれている。

ゆきの閉経はちょうど五十歳だった。（中略）ゆきのアカハラは、胎児に変貌することなく溶けて流れ続けた。（二三七）

上野が人間を、時間幅を持たせて見つめていたことが、閉経をも描いたことからわかる。目の前にいる人の中にさまざまな年齢、さまざまな時期のその人が含まれている。すべての人間は、いろいろな体験を経て今があり、積み重ねた時間がその人間の内に堆積されていることは誰にでもわかっている。しかし風雪にさらされた皺としみだらけのたるみきった皮膚、やせ細って硬直した四肢という「老い」の圧倒的現実を前にして、その人にも異性をひきつける青春時代があったということを思い浮かべることは、凡庸な人間には難しい。しかし上野は妻とその母を並置させて見つめ、女性について、老いについて考察し、女性の性についても、初潮と閉経の両方を捉えようとした。上野は人間を、過ごしてきた時を内包する存在として見つめていた。

『アリスの穴の中で』には、女性という性の重さとやりきれなさが描かれており、上野は、それを当然と考えることの怠慢、あるいは思考の停止状態を、これまでに誰もしたことがないやり方で撃とうとした。しかしそれでも、初潮と閉経の描写は傍観者的である。描かれているのは経験する主体ではなく、一幅の絵であり、女性の生理を現象としてしか捉えていないのではないかという疑念が残る。また、上野は臭いや排泄物、排泄器官の写実にこだわる性癖があり、『アリスの穴の中で』においては、寝たきりの老人たちを描く際にその特性が発揮されたが、悪阻を含め、妊娠の症状の描写には違和感もあった。身体性に固執した上野であるが、彼をして、まったく未経験の身体症状を描くことは、至難のわざであったのかもしれない。

題名にある「アリスの穴」が具体的に指し示すものは母胎であろう。「アリスの穴」の最深部にアカハラが泳ぐ古い溜池がある。子宮の隠喩である古い溜池が、この物語の核心であった。ゆきは「いつも泣きべそかいて、アカハラを見ていた」（三〇七）壮介を妊娠させる。古い家の土蔵の横の、あるいは「アリスの穴」の最奥部にあるアカハラの池こそ、「男も子どもを産めばいい」（三〇六）という、ゆきの観念、すなわち、虚構を実体化させ、育む子宮なのであった。

6. 老年の中に息づくもの

この作品は執筆当時に社会問題になっていた、いくつかの老人病院の暗部を描いた。作品の舞台の一つである「まごころの医療システム」（二五）をキャッチフレーズとする老人施設「双子山病院」では、入院患者全員の髪を短く刈り上げ、夜は両手両足をベッドに縛り付け、長時間にわたっておむつを交換しない。すさんだ環境で勤務する看護師の木元都志子は、ゆきの看護を通じて人間性を回復し、末期のゆきを夢で見て、ゆきと交流するようになる。人間性を取り戻すにつれ、「きもと」から「木元」、そして「木元都志子」へと、物語中の表記も変わる。すでに述べた「他人の過去が現在を生きる人間にとって大切な意味」があり、「人間のつながりを恢復する道が開けてくる」という上野の持論は、木元に託して表されている。

目が見えなくて寝たきりのゆきは、上野が同居していた、妻の盲目の母親をモデルにしたと考えられる。上野は『アリスの穴の中で』において、性に対する固定観念に挑戦するとともに、「老年という可視的現象の中に」ある「人間のふくらみ」と「老年の中の人間の発見」（前掲「月刊絵本」七六—七七）を作品化しようとしたのである。

復職して、ふたたび通勤する壮介は、ある朝、地下鉄駅のトイレで嘔吐する中年男性を見る。「そのうちきっと、壮ちゃんみたいな男の子が現われるようになる」（三〇九）と語ったゆきの願いは叶ったのか。朝の通勤ラッシュ時の地下鉄駅のトイレこそ、アリスにとってのうさぎ穴、すなわち、上野ワールドへの通路であった。

＊1　第三回（一九九〇年）山本周五郎賞受賞作品は、佐々木譲『エトロフ発緊急電』新潮社、一九八九年。

＊2　一九三一年八月生まれの壮介は終戦時には一四歳になっているはずで、作品の他の箇所では、この頃に中学に入ったばかりとされている。壮介の年齢に関して、以下の部分（一八三、二九〇、三〇六）は計算が合わない。

＊3　ゴシック・ロマンス（Gothic Romance）は、墓地や僧院、中世の古城などを舞台とし、怪異、背徳、淫蕩、殺人などが描かれた荒唐無稽の恐怖小説である。代表的な作家として、ウォルポール（Horace Walpole, 一七一七—九七）やアン・ラド

クリフ（Ann Radcliffe, 一七六四―一八二三）がいる。

＊4　受胎告知とは、大天使ガブリエルが、マリアが聖霊によってイエス・キリストを懐妊したことをマリアに告げたことを指す。

＊5　横川寿美子『初潮という切り札』ＪＩＣＣ出版局、一九九一年、九三頁

＊6　おもいきり、小便をして、立ちあがった。と、うちものつけ根を、生ぬるいものが、ぬるりと匍《は》った。「きゃーっ！」ジュンは、悲鳴をあげて、立ちすくむ。ぽったり、草むらのうえに、黒みがかった血がたれた。どろりと、赤い生きもののように、それは動いている。「あっ！　トカゲ」赤いトカゲは、のったりと草の葉をすべりおちて、粘っこく光る。
（『キューポラのある街』五六）

＊7　なぜなら『キューポラのある街』は、ジュンが立ち会う叔母の出産の写実的な描写ではじまり、大詰め近くでジュンたちが映画で出産場面を見る、いわば出産を枠構造とする作品であるうえ、序盤に前掲の初潮場面があり、さらには「〈男〉らしいなんてこと、いわないほうがいいよ。そんなことは、これからの世の中にゃ、通用しないことになるだろうからね」（一二二）とジュンの母が言うなど、『アリスの穴の中で』において上野が描こうとしたものと、重なる部分を持つ作品だからである。しかし二つの作品は明らかに違っている。『キューポラのある街』において、血の赤さは「あかい鮮烈な血潮」（五七）で「生命《いのち》の色」（五七）であり、この作品は出産、女性、そして若さへの賛歌である。ジュンのトカゲが「赤い生きもの」であり、それを見たジュンが「目くらむ思いで、走りに走る」（五六、以上『キューポラのある街』）一方、ゆきはアカハラを見た後、「しゃがんだまま立ち上がることも」（『アリスの穴の中で』二三五）できない。

＊8　一九六二年度日本児童文学者協会賞を受賞。ただし『キューポラのある街』の初出は、雑誌「母と子」に一四回（一九五九年九月―一九六〇年一一月）にわたって連載されたものであり、当初の読者対象は母親たちであったが、当時から子どもたちにも愛読されたという。（早船ちよ、理論社版〈定本〉のあとがき「生活のだいじなところで」より）

参考文献

早船ちよ『キューポラのある街』理論社、一九八四年

9

『三軒目のドラキュラ』

一九九三（平成五）……藤井佳子

解題

単行本　初版『三軒目のドラキュラ』新潮社　一九九三年一〇月四〇一頁

テレビドラマ　「三軒目の誘惑」一九九四年四月一四日—六月三〇日　日本テレビ系列　木曜二一時台　全一二話　冨田求・宮武昭夫プロデューサー、西村晃主演、十朱幸代主演、西村晃、岸辺一徳、津川雅彦、西村和彦、大路恵美、高畑淳子、他

使用テキスト：『三軒目のドラキュラ』新潮社　一九九三年　初版

あらすじ

千草恭子とその家族の一九九〇年冬から一年間の物語である。専業主婦の恭子は企業の管理職である夫の慶、教師で長男の励、長女で女子大生の千洋とK市で穏やかに暮らしており、老人の手伝いをする「手足の会」に誘われ、活動をはじめたところだ。訪問先の老人、吉元孝治郎は恭子に想いを寄せるが、誘いを無視されると、恭子に誘惑されて困惑しているという手紙を「手足の会」に出す。

千洋が気味の悪い中年男性につきまとわれ、励と慶が千洋の通学電車に同乗する。駅で励に殴られた中年男、岡崎清輔が線路に転落して警察沙汰になり、慶と励のそれぞれの職場が知るところとなる。出勤停止になったことを慶も励も家族に隠すが、あろうことか、千洋は岡崎と付き合いはじめる。一方、苦情を言うために吉元を訪ねた恭子は、吉元に促されるままホテルの客室に向かう。その夜、恭子と肉体関係を持った吉元は心臓麻痺で死亡する。家族それぞれが人生を立て直そうとした矢先、恭子は夫、慶の子を妊娠していることを知る。

解説

1. はじめに

『三軒目のドラキュラ』は、上野が六五歳で出版した大人向けの小説であり、最後の長編作品である。「あとがき」によれば『砂の上のロビンソン』、『アリスの穴の中で』に続く三軒目の家族を描く作品として、このタイトルが付けられた（口絵・図3、9参照）。本作品は主役の年齢、最終部分での妊娠の判明、メインプロットに吉元のエピソードが挿み込まれるという構造的特徴、「老い」と「性」がテーマであることなど、前作『アリスの穴の中で』との関連が深い。上野はこの作品について多く語り、かつ書いた。作品には上野の人生、あるいは、上野の父母の人生が描き込まれた側面もある。以下では「老い」、ドラキュラ、家族の三点から、この作品を考察する。

2. 掃き寄せるな

『日本宝島』で老人だけが住む孤島を描いた上野の「老い」への関心と問題意識は、家族三部作でさらに鮮明になる。三部作の第一作『砂の上のロビンソン』では、老人ホームで慎ましく暮らし、必要もないのにモデルハウスを頻繁に訪れる老夫婦が描かれる。老妻は夫の死後、「おじいさんは、ここが気にいって」いたからと骨壺をモデルハウスのリビングに置き去りにする（『砂の上のロビンソン』三二九―三三〇）。この作品では老人問題は呈示にとどまったが、上野は第二作『アリスの穴の中で』で、老人病院が老人を非人間的に扱う様子と老人たちの惨めな姿を活写した。そして、人生は物語の集積であり、老人とは、たくさんの物語を持つ存在なのだという考えを示した。『三軒目のドラキュラ』では、自立して生きる孤独な老人を主人公として、老いた側からも「老い」を描くと同時に、青春の切なさや中年期の苦悶など、それぞれの時を内面に堆積した一人の人間として、老人を描き出した。これら三部作は、後の「晩年学」につながるものである。

さて『三軒目のドラキュラ』では、世の中が「老い」をどう取り扱うかが、老人側からの抗議と抵抗として描かれた。現代社会は老人を社会から払い除けるために「掃き寄せている」と上野は主張する。固定観念とそこから生じる差別への挑戦という点で、『アリスの穴の中で』における性に対する固定観念への挑戦と通底する。満員電車、学校、会社、地域共同体、固定観念、常識、それらは逃げ場のない四角い箱のイメージで繰り返し表現される。上野は『三軒目のドラキュラ』出版直後のインタビューで、「最後の、避けられない〈箱〉が、老いであり、死」(「朝日新聞」一九九三年一二月一二日、日曜版、大阪本社版)だと語った。

「若い人も老いてる人も対等の人生を生きている、っていうことを書きたいわけなのね。年寄りは枯れて悟って穏やかで、という人生観そのものをまず否定したい」(「朝日新聞」同インタビュー)と上野は述べる。作品では、吉元からの手紙が届いた後、「おじいちゃんのさびしい気持はわかるけど、そういうのって、もっと老人クラブかどこかで、お友達を作ればいいと思うんですね」(一〇八)と世間的な常識を示す恭子に、吉元は「わしはごみじゃないぞ。掃き寄せるな」(一〇八)と抗議する。恭子へのあからさまな誘いに対して「ふつうのお年寄りなら、こういうこと、いったりしたりするもんですか!」と詰《なじ》る恭子に「あんたは、また掃き寄せておるぞ。そんなに年齢《とし》くった人間を、片隅に掃き寄せたいのかね」(一〇九)と吉元は言う。

上野は第一回「晩年学フォーラム」で「老いを描くということ」という演題で講演し、要旨を「晩年学フォーラム通信」第一号に掲載した。『三軒目のドラキュラ』は、そこで著者自身によって詳しく解説される。上野は伊藤整の小説『変容』（一九六八）における七〇歳の画家の「老いは、それを生きている人間にしか解らない世界」だという言葉を、距離を置いて眺める「老い」と、「老い」そのものとの違いを峻別していると評価して、以下のように続ける。

「老年」に達していない人間は、おおむね「老人」を、社会的役割を終えた者、自分とは違った人種とどこかで考えがちである。（中略）シルバー・シートに囲い込み、ゲート・ボールに興じる世代と一方的に「掃き寄せている」（中略）わたしは、そうした固定観念を「ひっくり返す」ため、吉元孝治郎なる人物を物語の中で描いてみようと思った。（「晩年学フォーラム通信」第一号、一九九四年一二月）

老人会への入会を勧めにきた永瀬老人に吉元は「皺しわの手は、皺しわの手しか握ってはならんという規則でもあるのかね」と問い、永瀬は「年齢を取るということは、それなりの分別を持つということでしょ」（二一七）と言い返す。しかし永瀬はすぐに「あなたの言葉に年甲斐もなくカッとしてしまったが、これはわたしが悪い。お詫びする」と述べ、吉元は「どうして年齢を取ったら、カッとしてはいかんのだ？　喧嘩をしちゃいかんのだ？　そうやって一つずつ何かを捨てていくのだ？」（二一九）と言う。永瀬は吉元をまじまじと見つめる。

永瀬は、人生の終着駅を目前にした孤独な老人の典型的な姿がそこにあるように感じた。（中

略）本当は人のぬくもりを求めているのだ（二二六）

親切心、そしてひそやかな優越感とともに手を差し伸べてくる永瀬に、吉元は灰皿を投げつけ、二人は取っ組み合いになる。吉元は永瀬につばを吐きかけ、そして思う。

年齢を取るということは個性を失くすということか。嫌味や嫉妬や欲望や執着心が消え去るということか。（二二八）

老いた側もまた、世間の「老い」に対する固定観念を自らに刷り込み、その価値観に基づいて他者の「老い」に接する様子が描かれている。固定観念を疑いもせず踏襲するだけの永瀬は、吉本の苛立ちを理解しない。上野が吉元の口を借りて述べた、老人を「掃き寄せるな」という主張は明快である。

3．ドラキュラ的に生きるしかない

『三軒目のドラキュラ』は七〇歳の吉元と四八歳の恭子、五五歳の岡崎と一八歳の千洋の関係が対置されて進行する。タイトルの一部に使用されたブラム・ストーカー著『ドラキュラ』（一八九七）の主人公である吸血鬼は、古城に住んで若い女性を襲い、血を吸って生きる。吉元と岡崎もドラキュラ同様、自分より若い女性に生きるエネルギーを求める。岡崎が言う。

懲りずにまだ、ぼくはきみに付きまとっているんだ。（中略）みんなぼくを、ドラキュラみたいに思っているに違いないね。そう思われても仕方ないことをやっている（二三五）

社会的地位があり、人格的にも申し分ないと思われていた岡崎は、若い女性の肉体への執着を抑えられない。

娘が体をねじるたびに腕も揺れ、甘酸っぱい体臭がそこからわずかに漂った。（中略）満員電車の中で（中略）何度か見知らぬ娘たちの体に手を触れた。（五一―五二）

岡崎は千洋と会う時には変装し、普段と違う人物になっていた。岡崎と千洋の関係はそもそも虚構で、互いに不実であって、関係の終わりも虚偽の手紙による通告である。

一方、恭子と吉元の関係には、お互いを理解しないながらも真摯なぶつかり合いがあった。それでも、恭子が吉元とホテルの部屋に向かうことが、腑に落ちない読者も少なくないだろう。第一に吉元の大胆さと厚かましさは、本人が回想する少年時代から中高年期までの吉元には、ないものである。第二に「迷惑を通り越して不愉快」（二一一）で「気持ち悪い」（二一二）とすら思っていた吉元に促されるまま、なぜ恭子は吉元と一夜を過ごすのか。吉元が恭子を求める意味を、上野はこのように説明している。

人妻への性関係の強要という「ワイセツ性」は、従来の「枯れた」「おだやかな」老人に関する固定観念を覆すための必然的結果である。(『晩年学フォーラム通信』第一号)

上野は吉元を「生臭い」行動に駆り立てた事情を丁寧に描いていく。まず、七〇才の老人である吉元の恋心である。「あんたの張りつめた美しさが、ぼくをどうしようもないほど切なくする。あんたが、ぼくのためにだけ傍にいてくれるその幸福感。何物にも替えがたいひととき」(八一)と書かれた手紙には、人を恋する気持ちが鮮明である。

講演「家族―昨日・今日・明日―」(一九九四年九月一〇日、於クレオ大阪)の原稿の下書きが「上野瞭遺稿集」に収録されている。上野はその講演で、この作品では「掃き寄せる」こと、そしてもう一つの問題を提示したつもりだとして、次のように書いた。

ある日ふと気づけば、人生をひどく空しい形で生きてきた、出来るならば「やり直したい」。それが不可能な場合、人はどうするか。という問題です。(『上野瞭遺稿集』七二)

五五歳の時に交通事故で妻子を亡くし、孤独のうちに年を取った吉元の前に、死んだ妻、豊子が現れ「恋でもなさったら?」(三六二)「あなたの好きに生きてみてっていってるの」(三六三)と言い、吉元は「一度だけ、それまでの自分とはまったく反対の、「いい人」ではないじぶんを生きてみたい」（三六五）と考えるようになる。「老い」の自覚、「別の人生を生きたい」という願望、そして恋が、吉元をこれまでとは異質の大胆な行動に駆り立てた。

拒絶していた恭子が吉元を受け入れることについては、上野は次のように述べている。

なぜ享子《ママ》が孝次郎《ママ》を受け入れたかというと、享子《ママ》自身、専業主婦としての自分の暮らしに「反逆」したかったからである。（「晩年学フォーラム通信」第一号）

恭子の「別の人生を生きたい」という願望を駆り立てるのは、かなり以前から感じてきた専業主婦のやりきれなさだった。

どうして来る日も来る日もおなじスーパーに買物にいって、夕食の献立を思案しなければばならないのだろう。（中略）ああ、やり切れないな……と思う。（二五）

恭子はこの思いを抱えたまま、四八歳になった。

自転車でどこまで走ろうと、恭子を待ち受けているものは誰もいないのだ。励や千洋には友達がいる。慶には会社がある。それに引きかえ、恭子には何がある？（一六五）

主婦のやりきれなさに加え、恭子には怒りがあった。事件後の無言電話や週刊誌の取材攻勢、夫が出勤していないこと、それをよりによって近所の人から知らされたこと、子どもたちの身勝手な行動、恭子はすべてに耐えてきた。しかし吉元が「手足の会」に出した手紙のせいで、会のメンバーからも理不尽に責められて、恭子は憤る。

うしろから人を突き飛ばしておいて、平気な顔をしている。許せないと思った。そういう奴は、恭子からぶつかっていって、前のめりの屈辱を与えてやる必要がある。（一六六）

「前のめりの屈辱を」与えられるために恭子とホテルで過ごした吉元は、老いた肉体を恭子に弄ばれたあげく、心臓麻痺を起こして死亡するが、恭子は吉元の死後、吉元を理解するに至る。

吉元は、抜けだすことのできぬ「老い」から飛びだしたいと思って、恭子に接近したのではないか。そして、ついに脱けだしたと思った時、今度は死という底なしの箱に包み込まれたのではないのか。（四〇〇）

吉元が恭子にとってドラキュラであるのみならず、吉元にとっては恭子がドラキュラであった。しかし、自分にも相手にも正面から向き合った結果、恭子は吉元を、死後ではあったけれども理解した。一見、不可解な登場人物たちの行動も、上野が構想に沿って緻密に構築した結果であった。しかし、若い異性を求める中高年、恋する老人、虚しさを抱える主婦は、現代小説やテレビドラマの定番である。固定観念への挑戦を掲げながら、上野は別のステレオ・タイプに絡めとられてはいないか。

そしてこのことは、上野文学における類型的な登場人物の問題にも通底するだろう。たしかにこれまでの上野作品における登場人物たちのほとんどが、複雑なプロットを円滑に進行するための駒にすぎず、描かれたそれぞれの人物は、共通する性質や特徴を持つ類型に、とどまることが多かった。しかし本作品では、一見、ステレオ・タイプに見えるが、それから逸脱する人物が描かれた。それが、個性と陰翳と奥行きを持った、吉元孝治郎だった。

4. 父と母のいる風景[*1]

『三軒目のドラキュラ』は親子間の情愛も主要なテーマである。そもそも岡崎の転落事故は、慶と励が千洋を心配するあまり起こしてしまったものである。事件後、家族の心がばらばらになり、慶は励と千洋の子ども時代に、恭子とデパートで諍《いさか》いをした時のことを回想する。

ふいに左手にあたたかいものを感じた。右手にもおずおずと触れる小さな柔らかい指を感じた。励と千洋が左右から慶の手を取っていた。(一七七)

時間潰しをしていて、そのデパートで励と出くわした慶は、励とつかの間の時を過ごす。

親と子の気持が重ならない日がくるなどと考えただろうか。（中略）それが今、二人は膝を触れ合うほどの距離にいて、何と遠く気持の離れていることだろう。（二〇一―二〇二）

父と息子はこの時、気まずさを抱えながらも誠実に向き合い、それが家族の再構築につながる。『アリスの穴の中で』においても、壮介が家族に妊娠を告白した時、妻伶子は逆上するが、長女と長男は壮介を庇い、励ました（『アリスの穴の中で』二一八―二二〇）が、『三軒目のドラキュラ』では、親子の情愛は『アリスの穴の中で』より、こまやかに描かれる。

孝治郎は、トイレの戸を開いた。そこには便器を取り囲む狭い壁のかわりに、よく知っていた牛小舎があり、糞と藁の匂いが漂っていた。痩せた雄牛の体を束ねた藁で擦っているのは父親だった。（中略）「とうちゃん。おら、手伝おうか？」「ばかたれ。今頃、何をいうだ」（中略）父を捨て、母を捨て、故郷を捨て、都会の人間になろうとしてきたじぶんを、その時改めて悲しく感じた。父は、背中でそれを責めているのではなく、気づかっているのだということが痛いほどわかった。（三六〇）

『アリスの穴の中で』と同様、トイレの戸が通路になっている。しかしこの別世界は『アリスの穴の中で』において、ゆきの思念が創造した世界とは異なる。この場面には生々しい現実感があって読者の心に直接響く。それは、死してなお子どもを気づかう親の愛情であり、それを十分に理解していながら、いや、理解していたからこそ、自立するために親と故郷に背を向け、ただひたすら生きねばならなかった子どもが抱く、懐かしさと後悔と、罪悪感である。吉元と相似する慶の回想も見ておこう。

大学にはいった時、島に取り残される流人のように涙を溜めたのは、眼を病んでいる母だった。(中略)慶は、母の死をじぶんのせいのように感じた。(一七〇―一七一)

吉元と慶、『アリスの穴の中で』の壮介、さらには『日本宝島』の庄兵衛も、故郷を捨てた男だった。上野文学では「故郷を捨てた男」と「目の悪い女」が繰り返し登場する。故郷を捨てた男は、実家を出て妻の両親と同居した上野自身とも重なるのか。目の悪い女は『日本宝島』のお駒、『アリスの穴の中で』のゆき、『三軒目のドラキュラ』の慶の母である。慶の母は目を患って早死にするが、やはり目を病んで、五二歳で亡くなった上野の母、満子がモデルかもしれない。上野の妻の母も盲目であり、上野作品において母性を象徴する人物は、目を患っていることが多い。

上野がこの作品に期するものが多かったことは、登場人物や舞台となった場所への思い入れからも明らかである。山陰の農家に生まれ、小学校を出て印刷屋で奉公をして、中年期には胃を患い、七〇歳で死亡した吉元のモデルは、島根県の農家に生まれ、小学校を卒業後、印刷所で働いた上野の父、栄之助であろう。六六歳で死去した栄之助は、吉元と同じく故郷を出て職を変え、胃を病んだ。慶も、『アリスの穴の中で』の壮介も山陰出身のようであり、彼らがともに故郷を捨てたとなると、上野は物語中の父親には栄之助を、母親には満子を念頭において、登場人物を造形していたとも考えられる。

恭子の息子である励が中学教師であり、学校内が教師の視線で活写されること、ガリ版を切ることや闇市の様子が臨場感をもって描かれることは、闇市で働いたことがあり、代用教員や高校教師をしていた上野自身の体験だろう。吉元は軍隊で兵長に足蹴にされて瀕死の重傷を負い、看護兵だった安井も分隊長に銃で足を撃たれた。励の中学の教頭、慶の会社の常務など、上司とは残忍、少なくとも理不尽なものという描かれ方が一貫してなされており、これも上野の経験や記憶によるのかもしれない。*2

さて、先に引用したように、物語中の吉元はある夜、自宅のトイレの戸を開けて、そこに実家の父母を見るが、救急箱が必要になり、母に「ちょっと待っててけれ」(三六一)と言いおいて居間に戻ると、そこには死んだ豊子と孝子がいた。

> 孝治郎は自然に顔が緩んだ。(中略)孝治郎は、トイレに戻るのを止めにしたくなった。胸が変に熱くなり、目が潤みそうになった。(中略)「孝子。おとうさんはな、おまえのおとうさんだったことを心から感謝しているよ」(中略)孝治郎は、じぶんにこんな立派な娘があること

を、父や母に知ってもらいたいと思った。（中略）しかし、息をはずませてその前に戻った孝治郎は、狭い壁に囲まれた古い便器しか発見できなかった。（三六四―三六五）

豊子の娘で、吉元が豊子と一五年ぶりに再会した当時、三歳だった孝子の父親が誰なのか、吉元も読者もついに知らされないが、「孝子」と名付けられていることは重要だろう。豊子は「と、豊子さん、お、お嫁にいかないでください」（二八三）と一七歳の時に頬を引きつらせて豊子に言った吉元孝治郎の名前の一文字を、娘の名に取ったのではないか。「誰が孝子の父親かっていうことよりも、誰が本当に孝子の父親になってくれるかってことのほうが」（三六三）大切だと豊子は述べた。凡庸で地味だが実直な吉元が父親だったらと豊子は考えたのか。吉元と両親、吉元と娘の再会場面にあふれる、温かくも懐かしい心情の描写は、本作品の魅力であろう。

上野が自宅周辺を舞台として、父母の人生を注ぎ込んで創造した吉元孝治郎は、いきいきと、時間幅をもって立体的に描かれた。世界のミニチュアをつくりあげることに腐心して、プロットを重視し、登場人物の造形にともすれば物足りなさが残る点もある上野作品であったが、上野は最後の長編作品で記号でも枠組みでもない、どこにでもいそうな偏屈な老人、吉元孝治郎を、存在感を持った生きた登場人物として描き出すことに成功したと言えるだろう。

5.「晩年学」と「物語」の関わり

上野は『三軒目のドラキュラ』を出版した翌春、一九九四年三月に同志社女子大学を退職し、夏から「晩年学フォーラム」の準備をはじめ、同年暮れに「晩年学フォーラム」を立ち上げた。「フォーラム」は、さまざまな人を招いて順番に話を、特に自分の不幸な話を語ってもらい、それを聴くという形式を取った。上野は、それぞれに異なる不幸の詳細を聴くことを渇望したという。上野が求めたのは、平凡な市井の人間一人一人の物語であり、それは初期の長編に見られるような、国家を語る、国家システムを撃つという性質のものではなかった。

登場人物が自らを延々と語るのは、あるいは脇役にすぎない人物の過去も詳しく描かれるのは、上野文学の特質の一つである。上野の作品には、登場人物の過去が詰まっている。資産家でも名門でもないただの庶民が、「他人にとっては多分何の価値も持たない」過去を語る。児童文学においても、人生経験のいまだ乏しい主人公の少年少女に代わり、親や周囲の大人たちが劇的でも華やかでもない自らの過去を語り、それぞれの人生が描かれる。上野は各人の過去と、それらが絡まり合って現前する「今」に、人間の存在の本質を見ていた。人それぞれが自分の物語を紡ぎながら生き、一人の存在は、長さも重さもある過去という物語の幾つもが、複雑に織り合わされた結果なのだ。ある人の過去はその人の物語だと上野は考え、さらに、ごく普通の人の物語に価値を見出した。老いることは物語をたくさん重ねることであり、上野にとって老人とは、長い物語を、あるいは、幾つもの物語を持つ存在であった。

上野が大人向けの小説の形で書きたかったことは、性について、そして老いについてであることはもちろんだが、さらに家族であり、親子の情愛だったのだろう。『砂の上のロビンソン』、『アリスの穴の中で』、『三軒目のドラキュラ』に描かれた三軒の家族たちは、それぞれに小さくはない試練の時期があり、その渦中で一時的に離散したり、家庭内別居に近い状況であったりするが、最終的に家族はふたたび寄り添う。上野は家族を崩壊させない。

先述のように、『アリスの穴の中で』と『三軒目のドラキュラ』は重なる面を持ちつつ、ある意味で対照的に創作されている。『アリスの穴の中で』に閉塞的で息詰まるような湿った空気が流れているとすると、『三軒目のドラキュラ』はコミカルですらある。たとえば以下は、吉元が死ぬ場面である。

とんとんと、誰かが肩を叩いた。

孝治郎が振りかえると、見慣れない男が立っていた。羽織り袴で黒い紋付きを着ていた。（中略）「あんたはいなくなる。二度とこちらであんたを見かけることはなくなる。」（中略）［男は］呆然と突っ立っている孝治郎の肩を、扇子の先で軽く叩いた。そして、いった。

「時間切れだよ、あんた」（三六八―三七〇、角括弧は筆者補筆）

この物語の真の主人公は吉元であり、吉元の死去で本作品は完結する。上野は本作品以後、児童文学であれ、大人向けであれ、長編を出版することはなく、七三歳で死を迎えるまで、「晩年学」の活動に打ち込んだ。本作品を書き終えたことで、上野が書かねばならないと考えていた物語は終わったのだろう。それは上野の父の人生であり、上野の家族の物語であった。上野の父を踏まえて造形されたであろう吉元は、悲哀と滑稽と、バイタリティを備えた稀有なキャラクターとして、本作品の中で、まさにドラキュラのように永遠に生き続ける。

川面をユリカモメが飛ぶ最終場面の、のびやかな広がりと自由さに爽やかな読後感を得つつ読者は、『三軒目のドラキュラ』という、上野瞭の人生の詰まった最後の長編を読了する。

＊1 「父と母のいる風景」は一九七〇年八月二三日発行。上野の父が同年七月に亡くなった後、上野が妹弟と執筆して発行した私家版の小冊子。家族写真をふんだんに掲載し、父母の人生について語った貴重資料である。

＊2 恭子が卒業し、娘の千洋も通うキリスト教系の女子大は、立地や系列高校の存在、隣に系列の共学大学があることなどから、上野が定年まで勤務した同志社女子大学をモデルとしていると思われる。千草一家の住まいが、上野が長年住んだ京都市営地下鉄「北大路」駅周辺であると思われること、登場人物たちもその界隈で行動していることは、作品世界に現実感を持たせることに寄与している。「侘助」や「リンデンバウム」など作品中で使われる喫茶店も実在したものであり、上野は同志社大学の前にあった「侘助」で原稿を執筆していた。繰り返し描かれるユリカモメが舞う川と、自転車を止めて橋からそれを眺めることも上野の日常であり、上野文学の原風景と言ってよいものである。

R.

家族

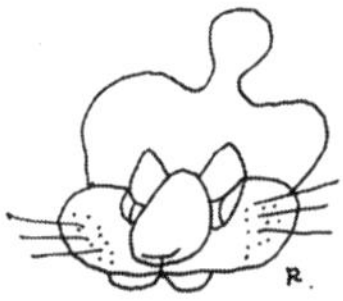

上野文学において家族の問題は、まず〈父親と息子〉という形をとって表れる。『目こぼし歌こぼし』では、殺された父親の謎を息子が追い、『日本宝島』では死んだと聞かされていた父親が生きているのではないかという疑いが、息子を動かす動機の一つになる。二作品とも、自らの欠如により息子を社会の不条理と出会わせることを通して、息子を成長させるという役割を父親が負っている。

また、『さらば、おやじどの』には二組の父親と息子が登場する。一組目は幕府の要職に就く父親と、城下を全裸で走り回るという前代未聞の社会的逸脱行為を行った息子である。父親は公的立場と自らの信念において息子を裁き、牢に繋ぐ。牢に繋がれた息子が社会の不条理と出会うという流れは先行二作品と類似する。しかしそこに加えて、父親自身も自分の加害の記憶と向き合い、ついに自分が所属するはずの権力に呑み込まれて絶命する。父親と息子が別々の方向から闇の中を掘り進んでいったその先で、同じ真実にぶつかるという仕掛けが見事である。二組目は父親を殺してしまった息子という形で登場する。ここでは父親と息子という関係性そのものに焦点が当てられる。息子の自供を通して、父親の殺害は〈父親と息子〉という関係性自体が引き起こしてしまう悲劇として提示される。

さて、『ひげよ、さらば』では、猫たちのリーダーとなるヨゴロウザと、ヨゴロウザをリーダーに育てた片目との関係を擬似親子として見るならば、この関係からは父親＝片目から息子＝ヨゴロウザに夢や希望を託すという継承の問題や、片目がヨゴロウザを独立した「個」として認めず、心中というかたちで独占しようとして起きる悲劇などが描かれていると認められる。

さらに『砂の上のロビンソン』では、サラリーマンの父親は父親で社会の不条理と向き合わざるを得ず、息子は息子で葛藤を抱え込み、前者はホームレス生活へ、後者は民家への投石や浮浪者狩りという社会的逸脱行動へ追い込まれる。両者が地下道での浮浪者狩りの現場で、狩る者と狩られる者として出会ったことをきっかけに互いを認め合い、自尊と自立を支えあう関係へと変わっていくところには、困難な時代を生きる同志として脱皮していく〈父親と息子〉の関係が読み取れる。

次いで上野の描く家族像の特色を挙げるならば、そこに共同体としての一つの理想の形を模索している点にある。典型的な作品が『日本宝島』である。主人公平助の家庭は母子家庭だが、母親に想いを寄せる町医者をはじめとし、さまざまな人々がこの母子を支えており、いわば緩やかな擬似家族を形成している。そこでの関係性は、血縁とか、制度といった決め事の世界に囚われていない点で、自由かつ対等である。

同様のことは『ひげよ、さらば』や『砂の上のロビンソン』においても言える。

上野は、これらの作品において、近代のいわゆる核家族とも、「個」が「家」に従っていた封建的な大家族とも違う家族像を描き出そうとしているように見える。それは、「個」であることと求められる役割を担うこととの狭間で揺らぎ、葛藤しながらも、社会の不条理に抗して生き延びるために世代を超えてつながりあった、動的で柔軟な共同体である。そして、まさにそれこそが、戦後民主主義的理念の実践的形態だと、彼は考えたのではないか。

（相川美恵子）

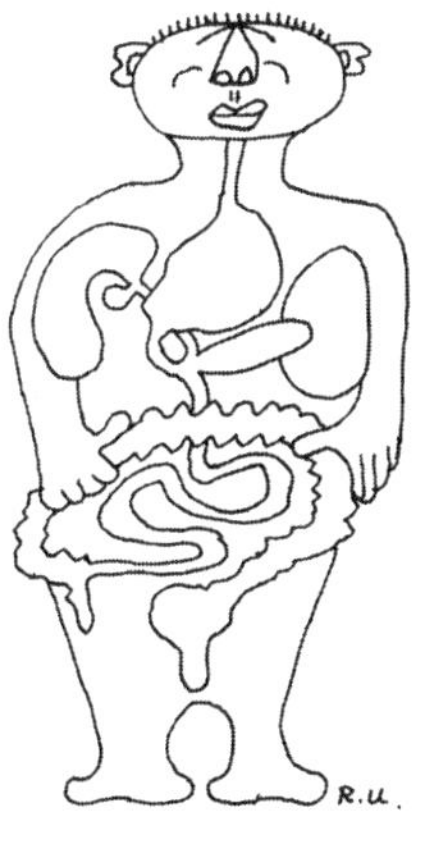

闇

上野瞭は、物事の明るい面よりも暗い面に眼を凝らすタイプの作家である。それが生まれもっての資質から来るものなのか、生育歴によるところが大きいのかはわからない。ただ、一つの推測として、思春期に体験した戦争をどのような視点から対象化し、自己表現の出発点とするかという時に、いわゆる〈戦後文学〉と出遭ったことは大きかったと考えられる。

〈戦後文学〉の書き手の多くは戦前に一度は高い理想を掲げて政治的、文化的活動を行ったり、行おうとした。そして戦中にそれを自ら裏切った経験をし、戦後、その経験を徹底的に対象化することから表現活動を始めた。理想が高かった分、社会や自己への絶望も深かった。一世代下の上野にも似たところがある。戦後民主主義への希望と期待が大きかった分だけ、敗戦直後から始まった戦後民主主義の、変質に継ぐ変質への怒りと絶望は深かったのではないか。

まず、上野が見据えた闇は「国家」である。国家権力が、一つの意志の下に個人の意志と感情を人生ごと束ねる怖さとからくりと非人間性とを告発した。それは『ちょんまげ手まり歌』、『目こぼし歌こぼし』に結実する。この二作からは、闇は排除され、人々は救われなくてはならないのに、現実にはそうならないことへの憤りが感じられる。また、『ちょんまげ手まり歌』の舞台が「やさしい国」であり、その国を支配するのが「おなさけぶかい玄蕃さま」とされているように、闇は明るく優しい顔をして近づいてくるものとして描かれる。

とはいえ、権力の中枢にいる人々を上野は決して悪人としては描かない。彼らは組織の一員として組織を束ねるという立場上、必要な権力を適切に行使しているに過ぎないとされる。こうした視点はその後の物語にも引き継がれる。闇は道徳的悪ではないからこそ、闇なのである。

次に、繁栄の影に隠れて見えなくされた、あるいは意識的に人々が見なくなったものを闇として描いた代表作が、『日本宝島』と『さらば、おやじどの』である。前者では公害と棄老が、後者では加害事実の隠蔽による歴史の改ざん問題が俎上に乗せられ、関わった人々の人間性の解体も同時に描かれる。

上野は個人の内部の闇にも迫った。『ひげよ、さらば』では、ヨゴロウザや片目が、自分の心の中に潜む権力欲、独占欲、嫉妬心などに翻弄され崩れていく様子が寓話的に描かれる。だが、心に潜む闇は、ただ、排除されるべき負の領域としてのみ位置づけられているわけではない。例えば『さらば、おやじどの』や『砂の上のロビンソン』において、主人公たちはそれぞれの心に闇を抱きこむが、それは個人の成長や相互の関係性の再構築のために不可欠なものとして描かれている。

さて、最後に、上野作品にしばしば登場する「老い」と「性」について見ておきたい。とりわけ、『アリスの穴の中で』と、『三軒目のドラキュラ』において、この二つは重要なテーマとして浮上してくる。すなわち、「老い」と「性」は、ときに、個人にとっても家族にとっても引き受けがたい不条理、すなわち闇として描かれ、ときに、人生のかけがえのなさを照らし出す光として描かれる。つまりここにおいて、闇は光と互いに反転しあい、相対化しあい、補完しあうものとして捉えられるに至る。

（相川美恵子）

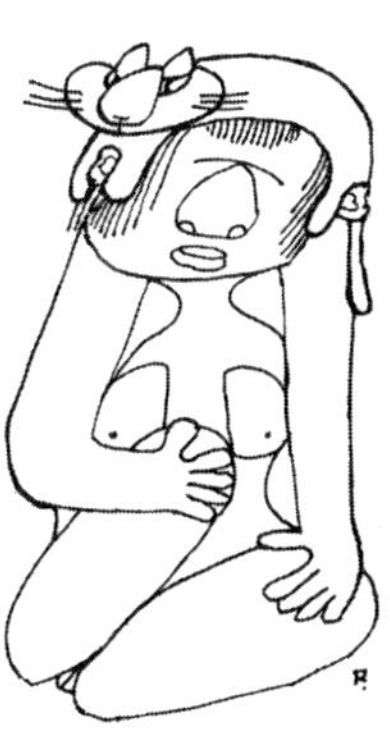

10

「晩年学」が目指したもの

藤井佳子

はじめに

上野瞭は大人向けの小説『三軒目のドラキュラ』を一九九三年一〇月に出版した後、長編作品を執筆することはなく、翌年三月に同志社女子大学を定年退職後、「晩年学フォーラム」を主宰して「晩年学フォーラム通信」を発行した。上野は二〇〇二年一月、原発性胆管癌のため死去するが、退職から死去までの約八年間、短編の執筆や講演を継続しつつ打ち込んだのは、自ら提唱した「晩年学」だった。「晩年」とは「一生の終わりの時期。死に近い時期。年老いたとき。晩歳」(『広辞苑』第四版、二一二七)とある。しかし、上野が掲げた「晩年学」は「一生の終わり」にのみこだわるものではなく、「老い」の問題は中心的ではあるけれども、すべてではない。本章では、上野が「晩年学」によって目指したものについて考える。

1.「晩年学フォーラム」と「晩年学フォーラム通信」

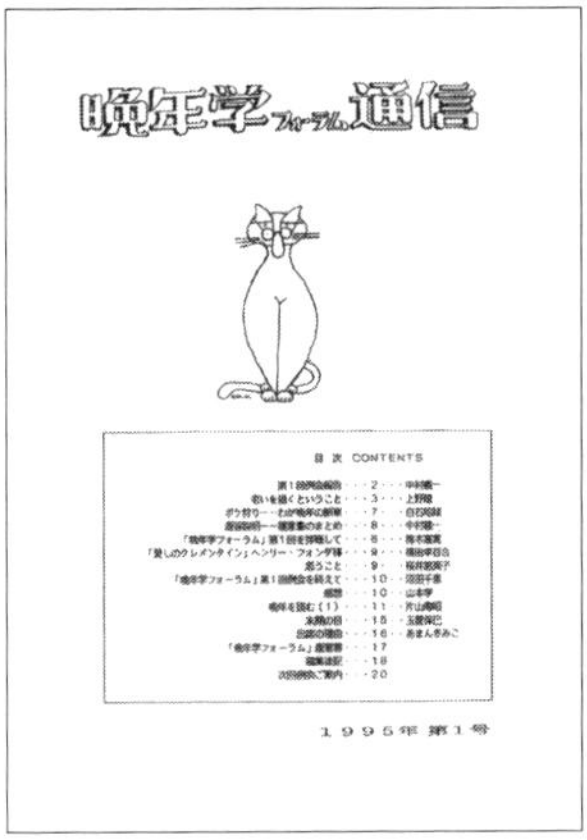

「晩年学フォーラム（以下、フォーラムとする）」第一回例会は一九九四年一二月三日、同志社女子大学（以下、同女大）で開催された。発起人かつ世話人は上野、片山寿昭[*1]、中村義一[*2]であり、村瀬学[*3]が後に加わった。事前に趣意書と「お誘い」[*4]を発起人が配布し、さらに京都新聞に広告を出して、一般参加者を含む約六〇人が集まった。上野は第一回の話題提供者として「老いを描くということ」（「晩年学フォーラム通信」第一号に掲載）という演題で講演をした。以後、月例会を重ね「晩年学フォーラム通信（以下、「通信」）」が八年余り発行された。

一九五〇年春、上野は同志社大学文学部文化学科に編入して、片山と中村に出会い、同人誌「批評地帯」を発行して友情を深めた。一九九四年、仲間の一人である林為三[*5]の死をきっかけに、上野は「今の年齢にふさわしい問題、できれば世代を超えて考えることができる問題（中略）を話し合う開かれた会」（「通信」第一号）をしたいと提案する。上野は同年七月上旬にフォーラムの趣意書を書いて、このフォーラムは年齢、性別に関係なく「晩年とは何か」を考えようとする場であり、「老年学」にとどまらない「人間の晩年」研究を志すものだとして、題材の例として、以下のようなものを挙げた。

「老化現象体験」から「病気」のいろいろまで、また「文学」「音楽」「美術」「演劇」「映画」

「テレビ」などの「老い」の表現内容まで、あるいは統計学的な「高齢者の問題」から「若者の死意識」まで（「通信」第一号に再録）

当時の上野の意気込みを、中村が「特急電車イーヨー号の始発……」（「通信」第四八号）で明かす。引用は、中村に宛てた上野からの書簡二通である。

これからの新しい人間関係、を作りたい。年とって昔を懐かしむのもいいけれど、今をキラキラと生きる必要を感じている。（一九九四年八月一〇日）

死が人々とぼくを分かつまで「現役の人間」を続けるためには、社会的活動と人間関係を必要とする。…どうか、この苛立ちというか焦りというか、それが「老い」の問題であることを、理解してほしい。（一九九四年八月一六日）

フォーラムは会員制をとらず、誰でも参加できた。月例会を同女大で開き、事務局も同女大の児童文化研究室に置き、月一回の合評会（一九九五年一一月—）は同志社大学（以下、同大）で開いた。村瀬が事務局の仕事を担い、上野は月例会の話題提供者を差配する。話題提供者は河合隼雄や井上章一など著名人から、詩人、児童文学者、芸術家、政治家、大学教員、ボランティア活動者、専業主婦まで多岐にわたった。

「通信」はA5判三〇ページ前後のミニコミ誌で、毎月一回、一五〇から二〇〇部の発行ではじめ、第五〇号の頃には毎月二六〇部を印刷して、そのうち二二〇部を送付していた。送付希望者は郵送料だけを支払って申し込み、発行の諸経費は世話人たちの持ち出しであったという。第一号は一九九四年一二月、最終号の第九三号は二〇〇三年二月発行である。フォーラムの会報として例会の報告と案内をするほか、フォーラム参加者の投稿を掲載した。「通信」の編集と印刷は片山が担当し、世話人たちはフォーラムと「通信」の実務をこなす一方、毎号に必ず原稿を寄せた。

「通信」には寄稿者の紹介欄がないが、世話人すべてが同大文学部の哲学専攻者で、片山が同大教授であり、会場が同女大と同大であったということは、同大哲学あるいは同女大も含む同志社人脈が基本としてあったのだろう。主な執筆者と投稿を見ていくと、片山が毎回二〜三頁ほどで連載した「晩年を読む」は「晩年」や「老い」に関する古今東西の著作を紹介した書評である。一つの号で数冊を紹介することがある一方、出版まもない赤瀬川原平の『老人力』(一九九八)を三回にわたって取り上げたこともある。『老人力』は合評会でも取り上げられた。「晩年を読む」は「晩年」について考えるための情報提供であり、また、考え方の指南でもあった。美術評論家である中村は、美術作品や芸術家を取り上げ、自画像と自伝をテーマとした哲学的議論を毎号で展開した。村瀬は毎回三〜九頁を使って、「丘」と歌謡曲をテーマとする連載や、上野が発表した作品を論じるなど、「通信」で評論活動を繰り広げて、それを出版[*6]した。

「通信」の成果は少なくないが、目立った書き手として庭田茂吉[*7]に注目してみたい。彼が投稿した「日常の中の哲学」というエッセイの冒頭部分を見てみよう。

思考や観念を特定の場所や時間から、日常の生の中に取り戻したい。（中略）思考や観念は日常の生の一形態にほかならない。知恵を愛する行為としての哲学も同じく日常の中にある。（「通信」第六号）

「日常の中の哲学」は、「晩年学」を考えるうえで重要な手がかりである。同大で片山の薫陶を受け、やがて後任となる庭田は、「通信」に掲載したエッセイから一九編を選び、『ミニマ・フィロソフィア』（二〇〇二）として出版した。

同女大で非常勤講師をしていて上野から声をかけられた玄善允[*8]は、『「わたし」の『言葉』』を連載し、『「在日」の言葉』（二〇〇二）として出版した。そのほか毎回四〜五頁で松原健二[*9]の「なめくじ物語」、山本学[*10]の「ブルターニュ便り」、山田正章[*11]のエッセイ「父の眠りの傍らで」などが連載され、日比野都[*12]、田中歌子、佐藤亮子[*13]は継続的に創作作品を投稿した。日比野は東芝日曜劇場で作品がドラマ化されたこともある作家である。書くことをなりわいとしない一般の人々の投稿は、歓迎されていたにもかかわらず多くはなかった。連載の充実度から見て、「通信」の最盛期は一九九九年から二〇〇〇年頃かと思われるが、質と量は全期間を通じ、ほぼ一定を保った。

もちろん上野も第一号から原稿を寄せ、映画短評「巻頭蛇足」を第四号から第八一号まで休まず掲載した。また、毎回四頁の「灰色ろばイーヨー日記抄（以下、「日記抄」）」は、話題提供者として、まとめの原稿を載せた第一号と第五〇号を除いて、第二号から第八二号まで、毎号、連載した。「日記抄」八「砂に書いたラブレター」を見てみよう。この二か月前、短編集『グフグフグフフ』を上梓した上野は、表題作の主人公「和子さん」について、「自分のことを書かれた」と怒っている人がいると聞いた。上野は「仕事上のつき合いがある人」を思い浮かべて、「和子さん」を描いたが、

物語の登場人物はすべてイーヨーの分身である。（中略）イーヨーはその人をリアルに描こうとは思わなかった。（中略）自分自身を「和子さん」という登場人物の形で、どれほど描けるか……そこに重点はあった。（「日記抄」八）

と述べた。上野の登場人物造形論として興味深い。この「日記抄」八は単行本などに収められていないが、上野の「晩年学」関連の著述の多くは、単行本や小冊子に収録された。[*14]

2. 不幸の話、不満の会、兵士たちの語り

村瀬によると、フォーラムはいろいろな人が順番に話を、特に自分の不幸の話をする、という趣向だった。学者を招聘した時には専門の話を聴くが、一般参加者が戦争体験について語る場合なども多く、「それがやっぱり良かった」[*15]と村瀬は語る。

上野は同女大の児童文化ゼミで卒業論文を指導した、いわゆるゼミ生を大切にしており、「通信」の様式を踏襲したミニコミ誌（後に上野の案の一つ「猫耳通信」と命名）を発行するよう、ゼミ生たちに

勧めた。「それは君らの愚痴を書く場や。ほんで、僕は幸せな話は聞きたない、何がおもろいかゆうたら、不幸の話や」[*16]と上野は述べた。離婚や家庭内の葛藤を赤裸々に書くのみならず、年一度の同窓会でゼミ生たちは全員マイクを握り、夫や姑、職場の愚痴で盛り上がった。村瀬は「晩年学通信最後の日記抄・闘病記」の「あとがき」にも「人の不幸がおもしろい」が上野の口癖だったと書いている。

実は、人が語る不満を聞き、自らも語りたいという上野の性向は、「晩年学」にはじまったものではない。一九六三年一月から三年ほど上野は「思想の科学研究会」のサークルとして、「不満の会」を立ち上げて活動していた。当時の同僚である西光義敞[*17]と話し合った末に、意見を聞きに行った加藤秀俊の提案によるものであった。第八回までの例会は、おもに読書会の形式をとって京都大学人文科学研究所などを会場として行われた。しかし、出席者同士のコミュニケーションがないまま会を重ねることは、上野を暗澹たる気持ちにした。

　他人の不満の分析指摘はそれでいいとして、そこにじぶんの不満を問いつめることがなぜでてこないのだろう。（『日本のプー横丁』一〇六）

ところが、「手はじめに、メンバーの一人一人が、じぶんの不満を報告することからはじめては」と言う鶴見俊輔が主導した第九回からは空気が一変した。「教師の不満」、「あるナースの不満」など計二一回、二年余りの報告と発表になり、上野は「ある妻の不満」という題目で計四回発表した。[*18]

それは「自身の『裂傷』を語るため、それもできる限り『自己弁護』を避けるため、故意に『妻』の視点から『夫』の裏切りや動揺する心情を語ろうとしたもの」(『日本のプー横丁』一一〇)であった。「ある妻の不満」は、後の上野作品、とくに後期の大人向け小説を想起させる、実に興味深い視点であり、テーマである。それにもまして注目すべきは、それぞれの個人の不満などの私的な報告を基本にして語り合うという、鶴見が主導した、会の運営方式である。これこそ、三〇年後の「晩年学」フォーラムのヒントになっていないか。

不満は「裂傷」を語れないところから生まれる。(中略)イーヨーは、この会に参加することによって、そこから生まれるじぶんの不満をテコにして、「書く」ことにもどり始めたのである。(『日本のプー横丁』一〇四―一〇五)

不満を語ることで「物書き」である自己を取り戻したという約一〇年後、上野は知人を通じて、ある物語論に出会う。それは語り合うことの意味を考察し、人々の語りが説話文学の原点であることを説くものだった。阪倉篤義[*19]は『なよ竹のかぐや姫 竹取物語・伊勢物語・大和物語』の「おわりに 解説に代えて」において、戦争中、一兵士として体験した中国での逸話を披露する。阪倉たちが過ごした兵舎は暗くて本も読めず、兵士たちは毎夜、車座になって「自分の夢と空想とを、話に託して」(一九六)語り合ったという。

いずれも嘘がまじっていると知りながら、それをほんとうのこととして聞くことで、（中略）遠い大陸の地で死に直面している毎日のやりきれなさを忘れることができたのでした。（『なよ竹のかぐや姫』一九六）

車座の語りの中で、阪倉は人の救いになる物語の力、誇張や虚構の物語の中に存在する真実に気づくことになったという。さらに物語は、人が生きることと結びついていた。

ついに味わうことのできなかった経験、知ることのできなかった世界を、せめて話としてでも知っておきたい、果たせなかった夢を、話の中ででも実現したい、という強い欲求は、そのまま、「生きる」ことへの欲求でもあった（同、一九六―一九七）

「話をする」ことは、古い時代に「語り」が持っていた意味につながることなのだ、と阪倉は実感し、さらに語りと人の時間の関係性を示唆する。

兵隊たちにとって、話をする時が、自分の生を過去と未来とへ拡充し得る、ただ一つの時間でした。（同、一九七）

上野が経験によって体得したことを、阪倉もまた、自らの経験に基づいて、学術的観点から説明していた。語りの重要性、人々の語りを物語とみなすこと、虚構であって構わないこと、これらは「晩年学」の根幹をなすものであるのみならず、上野文学、ことに『アリスの穴の中で』や『三軒目のドラキュラ』に通じる。虚構こそ物語であることを、上野は阪倉の解説を読んで確信したのではないか。上野文学は個々の登場人物の語りから成り、上野が「晩年学」で目指したことは、人々に語らせ、それについて語り合うことだった。不幸や不満は語るための原動力になり得る。上野はフォーラム参加者やゼミ生に、そして自分のために、語り合い、かつ、書く場を用意した。上野が目指した「晩年学」の核心は「語り」であり、「語り合うこと」であると言ってよいだろう。

3.「老い」を見つめて

上野の「老い」や「晩年」への関心は七〇年代後半には生じていた。「月刊絵本」一九七七年八月号と一〇月号に掲載された「イーヨーの灰色の思い Eeyore, C'est moi.」と「絵のない絵本・棄老続・イーヨーの灰色の思い」は、それを示している。妻の母である七四歳の盲目の「ばあさま」が人工肛門設置手術を終えて帰宅した日、上野は、たまたまその裸体を見た。

ばあさまのおへその横についたそれは、唇のようにまくれあがり、肛門というよりも、まずはむきだしになった生殖器そっくりだった。(中略)その先に厳然と女性のしるしも亀裂をつくっている。(「月刊絵本」一九七七年一〇月号、七二)

妻の母親の老いさらばえた裸体を、ましてや下半身を、なぜ赤裸々に描くのか。当惑を覚えた読者も少なくないはずだが、上野の思索は、まさにここからはじまる。

ばあさまになるには、測り知れないほどの時間がかかる。それにもかかわらず、ばあさまになってしまうと、そこまでやっとこさたどりついた長い時間を、だれも考慮しなくなる。（同、七三）

上野は時間が人間の肉体に与えた影響と、老人が内包する時間の長さを思うと同時に、自分も含めて人間すべてがこうなるのだということに思い至る。

晩年の生きざまは、晩年以前の生きざまの中でつちかわれるものなのである。（中略）物語や絵本には、魅力あるばあさまがみちている。（同、七七）

上野の「老い」を見つめる視線と「老い」への距離感は、時とともに移ろう。上野は野長瀬正夫の詩「眠られぬ夜の老人ブルース」（『晩年叙情』一九七二、所収）を読んで、「『晩年叙情』には「老いる側」からの言葉がある。「老いることを見つめる側」の言葉ではない」（『日本のプー横丁』四五）と思う。上野自身の「老い」はまだ遠いものだっただろう。老いた立場から考えるようになるのは、やはり一九九〇年代に入ってからであり、本章の冒頭に引用した中村への手紙には、「老い」の問題への切迫感があった。

「通信」第一号に掲載した講演抄録「老いを描くということ」で上野は伊藤整の小説『変容』に触れ、主人公の言葉に「老い」の求める一つの在り方があり、それは「老い」を孤立させないで欲しいという願望だと述べ、「人が人としての誇りや喜びを持つためには、世代を越えた交流が必要」だと続けた。そして「『死』に一番近い年齢層が、同じ予感を持った仲間とだけ接することは、いやがうえにも『掃き寄せられた』思いに駆られる」ことだとして、自作『三軒目のドラキュラ』に言及する。上野はこの作品で「『老い』を『美しく、枯れたもの』として描かないことで」、『老い』の在り方、あるいは『老い』の今後の問題を示したつもり」だと言う。七〇年代に兆した上野の「老い」への問題意識は、まさに上野の人生とともに深化した。

4. 上野の臨終と「晩年学」

さて、七四歳の「ばあさま」の老いを見つめていた上野も、その二〇年後、七〇歳になろうとしていた。自らの病気や体調不良について繰り返し語ってきた上野は、「日記抄」にもやはり詳細に記した。「日記抄」三八「映画『HANA－BI』の前後」に不調のはじまりが、同三九「冒険の旅の始まり」に胆管癌の疑いでの検査入院、同四〇「A病棟七一八号室」に癌切除手術のことが書かれた。同五四「チリレンゲと国歌」に再発が疑われることが記される。以下は「日記抄」六三である。

イーヨーに出来ることは、ベンチでバスを待つことくらいである。バスの時刻表はない。表示もない。バスが来ることだけは確かである。もうすぐ来るのか、まだ少し時間があるのか、不明である。（「日記抄」六三「すぐ手前のベンチで」）

「日記抄」六五「ジジイ・ボイス」では転移癌が肝臓に見つかったことを記し、「日記抄」七〇あたりから、遠からぬ死への言及が多くなる。以下は、「日記抄」七二の末尾部分である。

姿を消す時間が迫っている。「来るな、帰れ！」そんなことを言わなくても誰も来る者はないだろう。それは出来ないことなのである。垣根の曲がり角の向こうには、そういう世界がある。あるはず……なのだ。（「日記抄」七二「垣根の曲がり角」）

上野はただ、死へと確実に歩む日常を書いた。二〇〇二年一月、「猫耳通信」の編集者に送ったメールも、抑制の利いた文章である。

「日記抄」の最終回を書いておきたい……それだけを考えているところです。ボクは毎日、「死」のことを感じる。（「猫耳通信」編集後記　この一年を振り返って[*20]）

数日後に書かれた「日記抄」最終回「馬の鼻向け」には、終焉を迎えつつある身体の状態が記された。かつて、干からびた「ばあさま」の裸体を克明に描写した上野は二〇年後、病変した自らの生殖器をも活写した。以下、絶筆の最終部分である。

「あと半年は持つのでしょうか」小林先生は低く「うーん」とうなった。そりゃそうだろう。イーヨーだってそういう質問をうけたら唸る以外に方法がない。このあたりからは「神様まかせ」ということになる。しかし、今ごろになって「あなた」と付き合いたいというほうが身勝手でもある。（「日記抄」最終回「馬の鼻向け」）

最後までイーヨーを称し、死の直前の神への言及ですら諧謔なのだ。上野は「日記抄」の最終回を書くことで、自ら、馬の鼻向けをした。村瀬は一月二一日、メールを受け取る。

もう原稿を書くどころではないので、テープ・レコーダーを買ってきてもらい、それに「わが遭難記」でも吹き込もうかと考えています。ああ、シンド。もうメールはしないでしょう。

（一月二一日、村瀬へのメール）

死の前日の一月二六日、上野の自宅を訪れていた村瀬は、「もう書くのを捨てた人間やから、終わりやな」（「猫耳通信」三号、五）と上野が呟くのを聞いた。徹頭徹尾、上野は物書きであった。夕方、上野はこう言った。

　福山先生はあと4・5日と言われるそうやが、ぼくには自分の死期が近いことがはっきりとわかる。あと1日かもしれん。（「もうイーヨー」「先生の最後のご様子について」七[*21]、一月二六日午後六時前）

冷静に、乱れることなく上野は、七時間後に迫った自らの死を捉えていた。

5.「晩年学」のゆくえ

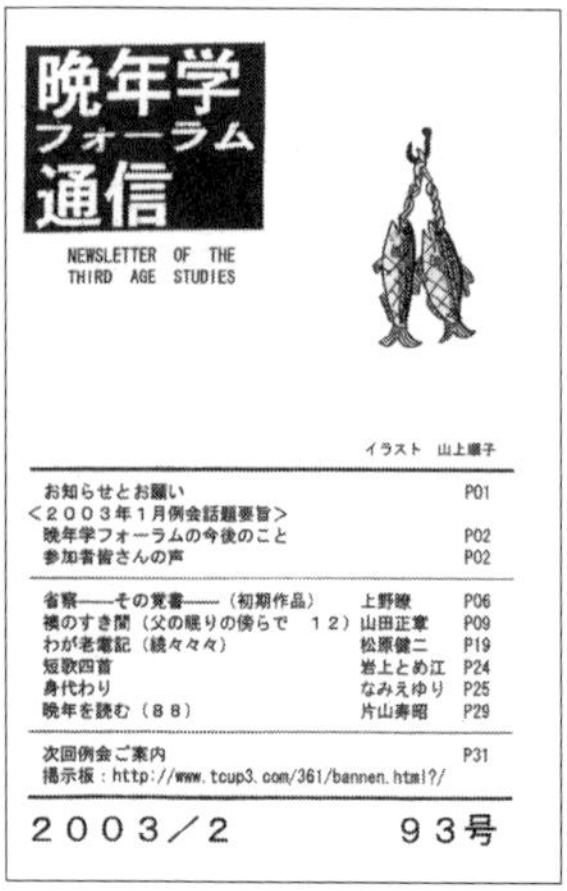
晩年学フォーラム通信
NEWSLETTER OF THE THIRD AGE STUDIES
イラスト　山上順子

お知らせとお願い		P01
＜２００３年１月例会話題要旨＞		
晩年学フォーラムの今後のこと		P02
参加者皆さんの声		P02
省察――その覚書――（初期作品）	上野瞭	P06
襖のすき間（父の眠りの傍らで　１２）	山田正章	P09
わが老耄記（続々々々）	松原健二	P19
短歌四首	岩上とめ江	P24
身代わり	なみえゆり	P25
晩年を読む（８８）	片山寿昭	P29
次回例会ご案内		P31
掲示板：http://www.tcup3.com/361/bannen.html?/		

２００３／２　９３号

　上野は二〇〇二年一月二七日午前一時、不帰の客となった。死去を受けて、二月のフォーラムは服喪の月として、例会も「通信」も休み、三月例会を追悼会、「通信」四月号を「上野瞭追悼特集号」とした。「通信」八四号から上野の初期作品が毎号掲載され、「通信」は第九三号を「一応の区切り」とした。二〇〇三年一月例会の話題は「これからの晩年学」であり、「何らかの形で継続する」ことで一致した（「通信」九三「ご報告」）。

　上野の死に向かう日々は「通信」の連載において本人が語り、一種のドキュメンタリーとして残されることになった。死を前にした上野の冷静さ、そして軽妙さに感じ入る。しかし上野の終末に向かう日々が実録されたことは、貴重な資料ではあるけれども、目的ではなかっただろう。上野が目指した「晩年学」は「晩年以前の生きざまの中でつちかわれる」「晩年の生きざま」（前掲「月刊絵本」七七）に強い関心を持つものであり、死を賛美するものではない。

上野は生活の中での問題を語り、さらにはそれを書いて発表することを奨励した。人に語ることによって自分の問題を意識化して浮かび上がらせ、考察する。抽象的なことからではなく、身近な出来事の中から気になることについて考え、思考を深化させていくのが、上野や片山、村瀬らが実践する「日常の中の哲学」なのだろう。はじめは可視的な現象面だけにとらわれていても、凝視し、考え続けることによって本質に至る。上野が義父母の老いを生活の中で見つめ、視点と距離感をずらさせながら考え続けて「晩年学」の発想に至ったのは、「日常の中の哲学」の顕著な例であっただろう。

老いて死が迫った身体を見つめ、美しく枯れたものとしてではなく、そのグロテスクを描いた理由も同じであろう。表層的な現象がたとえ醜悪きわまりないものであったとしても、刮目することで、その精神、あるいは真髄に至ろうとしたのではないか。上野の終末に向かう日々においても、それは実践された。病変する身体をあますことなく記した後、残り少ない日々に書かれた文章はイヨー節が満載で、神仏にすがらず、生への未練にもとらわれていない。不安気だが自在で、研ぎ澄まされて透明感すらある上野がそこにいた。

老いることは物語をたくさん重ねることだ、という確信に基づいて上野は、「老い」を「人間の内部にある自己の可能性」(「通信」第一号)として、皆で前向きに捉えることを目指していた。一七歳から童話を書き、児童文学の過去、現在、未来を論じる評論家でもあった上野は、児童文学を書き続ける中で「老い」に出会い、児童文学とともに「老い」を考え、児童文学から踏み出す作品をも書くことにもなった。一人の人間の中に「子ども」も「老い」も同時的に捉える上野であってみれば、それは必然の結果であっただろう。「晩年学」において、上野が個々の人間に固有の物語を、それぞれの人から汲み出そうとした試みは、上野文学についてのみならず、物語というものを考えるうえで、きわめて重要な示唆を含んでいると言えよう。

＊1 片山寿昭は二〇〇〇年三月まで同大文学部教授。一九五一年九月上野が私家版『童話集 蟻』を出版する際、全面的に援助した。一九五四年結成の「馬車の会」に上野とともに参加。
＊2 中村義一は京都教育大学の元教員で、美術評論家。
＊3 村瀬学は一九四九年生まれ。同大卒業。同女大で上野の後任であり、「通信」では第二号特別号から、上野や片山とともに世話人をつとめる。
＊4 趣意書と「お誘い」は「晩年学フォーラム通信」第八三号(二〇〇二年三月)、「上野瞭遺稿集『晩年学』事始めの頃」(晩年学フォーラム事務局編、二〇〇五)に転載された。
＊5 林為三は中学教師。一九九四年六月、六五歳で病死。
＊6 『なぜ「丘」を歌う歌謡曲がたくさんつくられてきたのか 戦後歌謡と社会』春秋社、二〇〇二、など。
＊7 庭田茂吉(一九五一—)は片山の後任の同大教授。片山の同大退職時に「通信」の新スタッフとなり、六四号(二〇〇〇年五月)から第八一号まで「通信」の世話人。
＊8 玄善允(一九五〇—)は同女大非常勤講師後、大阪経済法科大学アジア研究所客員教授。
＊9 松原健二は京都市勤務。上野の文学学校講師時代の仲間であるらしい。

＊10 山本学は当時、フランス留学中だった。

＊11 山田正章は同女大英文科教授。同女大英文学会の会報を読んだ上野が「通信」に書くようにと手紙を出した。その手紙には「通信」に連載するためのタイトルが二つ提示されていたという。

＊12 日比野都（一九二一―）は作家。『天国の父ちゃんこんにちは』松香堂書店、一九八七、など。

＊13 佐藤亮子は同女大英文科の卒業生。「通信」八一号に創作「ケンソゴルの会」を投稿。

＊14 「通信」第四二号までの「日記抄」は計二三編が『ただいま故障中　私の晩年学』として出版された。「上野瞭遺稿集『晩年学』事始めの頃」にごく初期の二編が、第四二号から第八二号掲載分「日記抄」は全編が「晩年学通信　最後の日記抄・闘病記」として二〇〇三年七月、村瀬学の編集で発行された。

＊15 村瀬学の談話（「上野瞭を読む会」インタビュー、二〇一三年三月一日、於同志社女子大学）

＊16 村瀬学の談話。村瀬は「晩年学通信　最後の日記抄・闘病記」の「あとがき」でも、上野の「人の不幸がおもしろい」という口癖を紹介し、解説している（二二一―二二二）。

＊17 西光義敞は平安高校の教師で浄土真宗本願寺派に所属する万行寺の住職だった。西光の「坊さんの不満」は「思想の科学　特集日本の宗教」第五次、一九六五年九月（四二）三七―四二頁に掲載。

＊18 上野は一九六四年五月、七月、八月、九月に同大鶴見研究室で「ある妻の不満」を発表した。「女の立場（妻の目）から男の生活（夫のごたごた）を観察し、批判しようと」（「不満の会／その歩み」京都・不満の会編、一九六五、一四）したもので上野の大人向け小説との関連から興味深い。

＊19 京都大学教授であった阪倉篤義（一九一七―九四）は、本書執筆者の一人である島式子の実父。島は『なよ竹のかぐや姫』を上野に見せ、上野は阪倉の中国での戦争体験を、島から熱心に聴いた。

＊20 「猫耳通信」第三号（二〇〇二年四月）四九頁

＊21 「上野瞭先生とむすんでひらく小文集」七頁

参考文献

阪倉篤義『なよ竹のかぐや姫　竹取物語・伊勢物語・大和物語』平凡社、一九七七年

第三章

評論

11

『戦後児童文学論』

一九六七(昭和四二)

相川美恵子

解題

初出　雑誌「日本児童文学」の一九六五年六月号から一九六七年五月号まで断続的に一二回連載された評論、「児童文学における『戦後』の問題」の中のⅠ、Ⅱ、Ⅲ、Ⅵ、Ⅷ、Ⅸ。

単行本　初版『戦後児童文学論』　理論社　一九六七年二月　二八一頁

初出を編集し直し、そこに書き下ろしを加えてまとめられている。初出と初版の違いとしては章の統合やそれに伴う章題の改変、若干の言葉遣いの手直し、初出の最後に数行書かれていた上野のつぶやきめいた独り言や次回の予告を伝える文章の削除などが認められるが、それ以外は初出どおりである。

四版(新装再版)一九八一年三月　副題:『ビルマの竪琴』から『ゴジラ』まで

使用テキスト:『戦後児童文学論』理論社　一九八一年　四版第一刷

内容

『戦後児童文学論』は、ⅠからⅣまでの四つの章からなり、それぞれの章は三つないしは四つの節からなる（ただし本書には「章」「節」の言葉はない）。また、一つ一つの論文は発表順には並んでいない。同じ内容の繰り返しも多い。したがって概要を説明するにあたっては節の並び順にはこだわらず一章ごとにまとめた。

本書は上野瞭の最初の評論集である。戦後、上野は、同人誌「馬車」に創作短編を書き続けていたが、同世代の古田足日や鳥越信らと出会ったのを機に、雑誌「日本児童文学」に精力的に評論を書きはじめる。それらを中心とし、さらに書き下ろしも加えて一冊にまとめたものである。自分の行く方向を見定めることができたという自信と戦後の新しい児童文学を創っていかねばならないという自負とがよく伝わってくる。この時三八歳。

1.「Ⅰ　起点の問題」について

「Ⅰ　起点の問題」は、六〇年代半ば＝執筆当時から二〇年前、すなわち敗戦直後の児童文学を振り返り、当時なされるべきだったはずの何がなされないままに終わったのかを論じた章である。

上野によればそれは二つあり、一つは、戦時下に活動を続けて戦後を迎えた中堅児童文学作家たちが、戦時下の自己を徹底的に対象化し、どのような葛藤を経て戦後民主主義という新しい価値観を獲得するに至ったかという自己検証である。この「立ち直り方」（六七）を巡る自己検証の不徹底さが、中堅作家が「戦後主体」を確立することを妨げ、軍国主義を民主主義に置き換えただけとしか言いようのない作品をその後一〇年以上もつくり続けてきてしまった理由だとする。

二つめは「戦争主体たる国家」との対峙である。国家が個人に対して行った罪を、作品を通して告発するということを、戦後の児童文学はその出発点において行わなかったと上野は言う。国家が負うべき責任は個人の葛藤の内部において処理されてしまい、結果的に国家の戦争責任を曖昧にした。その典型的な作品として挙げたのが竹山道雄の『ビルマの竪琴』[*1]である。なお、これら二つの主張を支えているものは、大人の文学において戦後に一ジャンルを形成したいわゆる〈戦後文学〉への強い共感である。

2.「II　部分的作家論」について

「II　部分的作家論」は、平塚武二、古田足日、山中恒、佐野美津男の四人を論じた章である。まず、戦後民主主義という看板に寄りかかることなく、独自の作風を生み出した平塚武二を高く評価する。ただ、「複雑な社会機構、その国家体制の悪も、それの反映である個々人の生活での歪み」も「解決の方向を、個人の問題にとどめ、個人の内面の回生や思想内に限定して終る」(二〇六)点を限界とした。

一方、平塚とは対照的に、社会の矛盾や国家の悪と果敢に向き合い対決しようとする姿勢を鮮明に打ち出した古田足日の作品を肯定的に評価した。例えば『ぬすまれた町』[*2]については、この作品が政治や時代を取り上げただけでなく、「変革の意志そのものを、作品の主題として定着しようとした」（一二九）戦後最初の作品であると述べる。だが古田作品には共通する欠点があると言う。それは「作者の意図するところに従って、理づめに行動させられる人間を見るということだ。（中略）作者の意図するところ、理念に従って動くだけの人間ではなしに、独自の心情と論理が必要である」（一三八）

また、上野は山中恒を挙げる。ただし、戦後の新しい児童文学の誕生として、古田足日や鳥越信らに高く評価された『赤毛のポチ』[*3]においてではない。むしろ上野は『赤毛のポチ』を山中作品の中の異端として位置づけ、彼の作家的資質はその後の作品群にこそ見られるのだと強調した。その後の作品群では、社会的に抑圧された個人は、団結＝集団＝組織を通して社会を変革するという方向を選ばないし、選べない。したがって、日常からの止むに止まれぬ逸脱行動や秩序の撹乱を通して個としての自立を獲得していくのである。上野はこちらのほうに山中の独自性を見ると同時に、共感も示した。

佐野美津男の『浮浪児の栄光』[*4]を取り上げたのは、古田や山中が描いた戦後とは全く異なった様相をこの作品が帯びているからである。東京大空襲で家族全員を亡くし、戦災孤児＝浮浪児となった自身の体験をもとに描かれたこの物語には、孤独と死が満ちている。「佐野美津男にとって、『戦後』とは、華麗な理念ではなく、しあわせな『日常性』を喪失したところに始まる『追いつめられた生』であり、『死を前にした決断』である」（一一四）

3.「Ⅲ　戦後理念の問題」について

「Ⅲ　戦後理念の問題」もまた、敗戦後から一九六〇年代半ば＝執筆当時に至る約二〇年間にどのような可能性や文学的現象が生まれ、同時に何が取り残されたのかを検証する章である。

この二〇年の間に生まれた戦後児童文学の最も輝かしい可能性を示す作品として、上野は佐藤さとるの『だれも知らない小さな国』[*5]にはじまるコロボックルシリーズを挙げる。なぜならこのシリーズにおいて、戦後民主主義という「原理」だけを叫んでいた時代が終わり、戦後民主主義的価値が豊かな物語として結実する時代が到来したからである。しかしながら六〇年前後には、この国は事実上、高度経済成長＝繁栄を唯一の価値とする格差社会に入っており、コロボックルシリーズに見られる戦後民主主義的な世界は実はすでに幻想となっていた。

上野は、この時期、児童文学は次の四つの方向に展開していったと論じる。

一つは、あえてコロボックル的な理想的世界観を現実的な物語の中で継承させようとする方向への展開：今江祥智『山のむこうは青い海だった』[*6]

二つめは失われつつある戦後民主主義を取り戻す闘いを描く方向への展開：古田足日の作品に加えて、砂田弘『東京のサンタクロース』[*7]、木島始『考えろ丹太！』[*8]。

三つめは、そもそも戦後民主主義と縁もゆかりもないまま、「繁栄のかげに取り残された人間の価値を復権する方法、また、繁栄のイメージによって、忘れられつつある人間の傷について語る」

（一九一）方向への展開：おおえひでの『南の風の物語』[*9]、吉田タキノの『はまべの歌』[*10]など。

四つめは「戦争児童文学」の輩出（二〇二）。この背景として、上野は、時代が「人間の自律的価値や個人の幸福を志向するよりも、国家的利益の優先をあらわにしはじめた」（二〇一）ことがあると指摘する。個人を国家の価値観のもとに括りつけるという点で、時代は戦時下と同質になりつつある。「戦争児童文学」はそのことへの抗いのかたちであると述べる。

もう一つ、この章では、大人の文学でいうところのいわゆる〈戦後文学〉に替わり、六〇年代後半に現れた新しい文学潮流、すなわち、極限状況の戦時下にもなお、失われることがなかった人間的美質に注目した作品群に着目している。その児童文学版として山本和夫の『燃える湖』[*11]を取り上げた上野は、「国家の非情性」（二〇九）およびそこに包摂された日本人が起こした中国人への加害性が、主人公の人間的誠実さによって相殺、あるいは不問に付されていることを批判した。

そして、戦後の児童文学は、何よりもまず、いわゆる〈戦後文学〉の児童文学版をこそ持つところからはじめるべきであったのだと主張、本章の最後では、『燃える湖』がついに国家権力の非情性にまで迫ることなく完結するならば「わたしは、わたしの戦争児童文学を書かねばならぬのだ」（二三二）と、強く宣言する。

4．「Ⅳ　状況の問題」について

「Ⅳ　状況の問題」は、児童文学の枠からはみ出す領域について論じた章である。第一節で山川惣治の絵物語「少年王者」[*12]と「少年ケニヤ」[*13]を、第二節で一九六〇年代の忍者ブームを、第三節で一九五四年に第一作が封切られて以降一〇年間のゴジラ映画の変遷を取り上げた。

山川惣治の絵物語については、ナショナリズムへの傾斜があることを認めたうえで、しかし、葛藤や行動を通して戦後的価値を自らのものにしていく主人公の描き方からは、大いに学ぶべきだと述べる。

また、忍者ブームは、努力は報われるものである＝報労必至という常識的な価値観を反映した剣豪小説＝正統派の失墜と裏腹の関係にあると言う。上野は、戦後的価値観が変容して久しい六〇年代には、人は「個性の意識的放棄」「人間的要素の否定」によって集団に意識的に、「消耗品」として帰属することで、ようやく「一個の統一的人間」になりうる、かつまた、そのようにして自己を「機械の部品化することによってのみ、人として存在しうることとなった」と論じる。そして忍者ブームはこのような時代の姿を反映したものであるとする。

三節では、国内外の格差の否定から容認へ、戦力不保持から保持容認へ、国際協調主義＝理想主義からナショナリズム＝現実主義という名の対米協調主義へと変質した一〇年が、ゴジラシリーズ映画変質の一〇年に重なると論じる。

解説

ここでは、便宜上、表記あるいは論じ方における特色と、内容における特色とに分けて本書の独自性を探ってみたい。

1．表記あるいは論じ方における特色

まず、表記あるいは論じ方における特色である。

その一としては、内容の中で断ったように、本書の各章、各節は発表順には並んでいない。「あとがき」には、「日本児童文学」に掲載されたものに、書き下ろしを加えて編んだとは書かれているものの、きちんとした初出一覧もない。文体も不統一であり、テーマや主張の重複、繰り返しも多い。本文中に引用されている文献、とりわけ論じている対象となっている肝心の資料の簡単な書誌すらない場合もある。評論集としては読者に不親切であると言わざるを得ない。

その二としては、論じる対象が子どもの読み物という境界を越え、大人の文学、漫画、テレビアニメ、映画と多岐に亘っていることである。加えて、一つの主張のために莫大な文献が使われている。そこには必ずしも系統性が感じられず、悪く言えば手当たりしだいといったところがある。だが、引用された文献は、それ自体が、今日においては、戦後の文化思想史の一端を垣間見るうえでの貴重な資料となっている。また、何よりも、多様なジャンルが横断的、相互関連的に論じられることによって、児童文学というジャンルがその時々の時代の空気、文化の流れ全体の中で相対化されていくところに、本書ならではの独自性を見ることができる。ここに、児童文学と児童文学評論を社会に向かって開いていこうとする上野の強い意志を感じる。

その三としては、「論者」（読み物の場合は「語り手」という呼称を使うが、本書は読み物ではないので「論

者」とした）を殊更、前面に出したことである。本文を読んでいると、読者はしばしば、怒ってみたり、皮肉やペーソス、ときには自虐のポーズをとって見せたりする「論者」に戸惑う。あるいは論が「論者」の語りに引きずられて行きつ戻りつして、一直線に読み進めないもどかしさを感じる。その反面「論者」の息遣いが感じられるのは本書の魅力の一つになっている。

さて、表記あるいは論じ方における特色を最後にもう一つ挙げるならば、それは使用されている言葉が、当人によって十分に消化されていないきらいがあることである。「主体」「独占体制」「インターナショナル」「疎外」等々の言葉は五〇年〜六〇年代を彷彿とさせ、本書の書かれたバックグラウンドを推し量るうえで重要な痕跡ではあるのだが、今読むとその言葉だけ古めかしく、また浮き上がっているように感じる。例えば「主体」という言葉が、いわゆる「主体性論争」から引っ張ってこられたことは明らかだが、そもそもこの言葉自体、多くの論争がそうであるように、定義も使い方も各人各様のところがあって成熟した論争になったとは言いがたかった。そのような曖昧さの残る用語を使う場合には上野自身による定義がまず必要ではなかったか。

ただし、先に挙げた言葉が古くなってしまったのは上野だけの責任ではない。おそらく半世紀前には未消化ながらも生き生きと使われていた言葉からいのちを吸い取った責任は、民主主義をついに成熟させられないまま、経済至上主義へと畸形化させてしまった私たちの側にもある。

2. 内容上の特色

1　国家とは何かを問う

特色のその一としては、国家とは何かという問いがまっすぐに本書を貫いていることである。国家とは「だが、戦争時代に、天皇制権力支配のもとで、無理やりにも自己を歪め、また、歪められねばならなかった作家の主体は、いったい、どうして、このように見事に『人民革命の遂行者たる自覚』につながるのか」（六六）という表現から明らかなように、天皇制を軸としている支配権力であり、同時に戦争を起こした支配権力でもあると述べている。

では、国家の何にこだわるのか。それは、国家が個人に対して行った「非情性」にである。いわゆる〈戦後文学〉を上野が高く評価するのは、〈戦後文学〉が、国家が個人に行った「非情性」と徹底して向き合ったところにある。『燃える湖』を取り上げて論じたⅢ章の中でも、『顔の中の赤い月』[*14]や『桜島』[*15]を例に出し、「人間を崩壊するもの、無意味な一個の『物』に化し去るものとして描き出した」（二二〇）と述べている。〈戦後文学〉のこのような徹底性を前にする時、上野の苛立ちの矛先は戦後の児童文学に向かう。具体的には『燃える湖』への次のような批判となる。

どうして、この国家権力の非情さを、避けて通るのであろう。児童文学とはいえ、それなりに、山村少尉「転向」の契機である国家権力の実体を、指摘すべきだったと思うのだ。こうした非情なる権力への黙許が、ひるがえって、日本軍の非情性——加害性への黙許につながり、「たんなる侵略戦争じゃないんだ」「アジア永遠の平和を勝ちとるため」の戦いだ、という山村少尉の「戦争正当化」につながっていくのではないのか。（二三〇）

2 「戦後主体」としての未熟さを批判する

また、当然のことながら批判は作品を越えて、その作品を生み出したところの作家の「戦後主体」のありようにも及ぶ。すなわち、戦時下における自己の言動を十分に検証せず、滑らかに「人民革命の遂行者たる自覚」を獲得した少なからぬ中堅児童文学者への批判に至るのである。

3 「個人の自立的価値」を最優先する

次いで、「個人の自律的価値」より優先されるべきいかなる価値も認めないという点にこそ、「戦後民主主義的価値」の「戦後民主主義的価値」たる根拠がある、という一点を譲らないことである。個人の自律的価値は個人の思想的自由と言い換えることもできる。したがって上野は多様な考えが多様なままに平等に尊重されるべきであるとする立場にたつ。それゆえ、戦後社会が混乱期を経て高度経済成長期に入り、いつのまにか、個人の生活や価値観が、企業論理や繁栄の論理の元に束ねられていくようになったことに警鐘を鳴らす。上野にとって、それは、単に国家の論理が企業の論理や繁栄の論理にすり替わったに過ぎず、個人が個人であることを担保しているところの自由な価値観を手放している、ないしは知らないあいだに抑圧されている点においては、戦時下となんら変わらないからである。

同様の理由で「組合」や「革命」といった言葉のもとに個人が「団結」することに対しても、「組合」や「革命」や「団結」に寄りかかって、それらを、個人を守る絶対的な「信仰」の対象としがちな点に、戦前、戦中と変わらぬこの国の「個」の脆弱さを見る。古田足日や鳥越信らが戦後の児童文学の出発点において目標とした社会主義的リアリズムからは距離を置き、また、組合主義を高く掲げた山中恒の『赤毛のポチ』を山中文学の例外としたのも、そのためと考えられる。

この「個」をめぐる考察は、集団によって暴力的に抑圧ないしは圧殺され、あるいは思想的に包摂されるという方向に対してのみ行われているわけではない。「内容」のところで触れたように、第Ⅳ章第三節「忍者、それは時代のインデックスたり得るか」の中で、上野は忍者ブームの背景に、「個性の意識的放棄」を通して自ら機械の一部になること以外に生きられなくなった現代人の姿を見ようとしている。このことからわかるように、上野は「個」を、集団に圧殺される被害者の側面でのみ捉えるのではなく、自ら進んで手放し、集団に吸収、包摂されることを望む、そのような側面でも捉えている点に注目したい。なぜなら、これはまさしく、空気を読み、同調圧力に屈し、自粛と憶測を重ねて「個」が死滅寸前になっている今の問題だからである。

4　時代の繁栄から取り残されたものを見据える

その四としては、復興から繁栄に向かう時代の流れに取り残されたもの、忘れられたもの、人々が見ようとしないもの、見えているはずなのにあえて見えないふりをしているものを拾い上げたいという姿勢が、作品の選択と評価に表れているということである。第Ⅱ章で佐野美津男の『浮浪児の栄光』を取り上げたところにまず、その意志が見て取れるが、第Ⅲ章二節では、おおえひで、吉田タキノの名を挙げ、彼らの作品を「戦争によって、また、戦後の理念によっても、その存在価値を放置されていた人間の命。戦後においてこそ、もっとも、早くその主座を占めるべきものであったのに、片隅に押しやられ、さらに繁栄のイメージによって、忘れられた価値」(一九九一—二〇〇)を描いたとして評価した点にも認められる。ごく平凡な人物の物語であるおおえひでの『南の風の物語』や吉田タキノの『はまべの歌』を取り上げて熱心に論じたものは当時、少なかったのではなかろうか。

5 「現在」と並走する

その五としては、今、この現在へのこだわりが強いということである。前述したように、本書では、いわゆる児童文学のほかに、大人の文学、映画、テレビドラマ、漫画等々が積極的に取り上げられている。それは、自説のバックグラウンドの広さを誇示しているようにも受け取られかねない。だが、むしろ、できる限り広い視野と他領域への目配りによって、児童文学中心主義にならず、今という時代とはどういう時代か、その中に児童文学をおいて論じる必要性を訴えていると読むことができる。

こうした姿勢は第Ⅲ章二節で取り上げた「戦争児童文学」の論じ方に顕著に認められる。六〇年代に一つのジャンルを形成しつつあった「戦争児童文学」は、上野によれば、今、つまり六〇年代現在を批判するジャンルなのである。こうした読み方、論じ方は今日ではあまり求められていない。二〇二〇年代を迎えようとしている現在、「戦争児童文学」はもっぱら先の十五年戦争を記憶し、子どもたちに継承していくために書かれ、読まれることを願われる、そのような文脈によって論じられることが多いのではないか。上野の視点は、「戦争児童文学」を論じる視野を広げるうえでも、また、子どもたちを、戦争の記憶の継承者という位置から解放するという意味でも貴重である。

6 身体性へのこだわりが希薄——本書の限界、そして創作へ

その六としては、これは本書で当然、書かれてしかるべき事柄が書かれていないということにつ

いて記すのであるが、いわゆる〈戦後文学〉への強い共感が本書を貫いているにもかかわらず、〈戦後文学〉の重要な要素である身体性へのこだわりが、なぜか本書においては欠落していると考えられることである。

〈戦後文学〉の重要な特色の一つは身体性への徹底したこだわりである。椎名麟三が綴る餓えと渇き、吐き気、野間宏が肉体や性を描く時の、読者の皮膚感覚や生理に纏《まと》わりつくようなねっとりした文体、武田泰淳は「ひかりごけ」[*16]において餓えの極限でついに人肉を喰う漁師を描いた。読む者をたじろがせ、不快にさせ、目を逸らさせるようなテーマや文体、表現の創出、それらは破壊されていく人間の身体と、それに連動する心の叫び、すなわち、痛み、吐き気、餓え、性欲、発狂、等々を晒すことで、われわれの身体ないしは身体性こそが、人間の人間たる最後の証であり、同時にまた、取り返しのきかない唯一の「個」であることを主張するのである。あるいはそのように身体性を描くことを通して「個」とは何かを発見し、戦後を出発しようとしたと言える。

佐野美津男から「あなたは戦後文学の読み過ぎだ」（二一〇）と言われたほど〈戦後文学〉を読み耽った上野がそのことを感じなかったはずはない。だが、本書では身体性に直接言及したものはない。

身体性への着目は、むしろ『ちょんまげ手まり歌』以降のほとんどの創作物語において顕著である。具体的には、物語の主題を担う重要な登場人物の身体の一部が欠損していることに認められる。ただし、これらでは、欠損した身体はあくまで象徴的色彩を帯びる。〈戦後文学〉的な意味合いでの身体性がテーマとなってくるのは『アリスの穴の中で』、『三軒目のドラキュラ』であろう。性と老いをテーマにしたこの二作において、取り替えのきかない「個」の取り替えのきかなさゆえの哀しみとかけがえのなさを、我が身の老いや病と重ねつつ描き出した。

3．最後に

以上、ここまで本書の表記、論じ方における特色と内容における特色とについて論じてきた。総じて言えることは、本書が評論、エッセイを含めた上野文学の出発点を知るうえで欠かせないものであるということだが、それを越えて、戦後から六〇年代半ばまでの児童文学の歩みを知るうえでも、また、児童文学を通して戦後社会を考えるうえでも、貴重な一冊となっているということである。

実際のところ、この国の戦後は、ついに変わらなかったのではないだろうか。その証拠に、本書が提示した社会問題のほとんどは、五〇年後の今日において解決していないどころか、より深刻さを増している。例えば台頭する排他的なナショナリズムは、世界的な規模のテロリズムと呼応し合って人々の不安を煽りつつ不気味に膨張を続けている。この不安に耐えられなくなった時、私たちは自分の「個」を「国家」の意志に委ね、自らの自由を喜んで差し出すかもしれない。それこそは何よりも、上野瞭が本書で繰り返し問い質した問題だったはずだ。

『戦後児童文学論』が取り上げた作品の多くは現在ほとんど読まれていない。ただ、読まれ続けている本の、読まれ続けている理由が単純ではないように、忘れられてしまった本の、忘れられてしまった理由も単純ではない。記憶から消されていった文学作品を、ジゼル・サピロの言うように「時代の表象や社会的争点がいかに刻印されているのか」[*17]（七）という視点から読み替えることは意味のあることだと考える。

『戦後児童文学論』自体もまた忘れられている。それはこの評論集がすっかり古くなったことを意味するのだろうか。興味深いことに、本書は調べられた限りにおいて、一九八一年、版にして四版まで出されている。初版が何部であったかは不明だが、評論集が四版まで出されるということは現在ではまず考えられないことで、ここにすでに「時代の表象や社会的争点」の「刻印」を読み取ることができる。『戦後児童文学論』を回顧展の額縁の中に収めて懐かしんだりしたくない。この本は、ノスタルジーの彼方へと遠ざかり続ける「昭和」を私たちの手元に引き戻し、突きつける力をまだ失っていない。

＊1　竹山道雄『ビルマの竪琴』中央公論社、一九四八年
＊2　古田足日『ぬすまれた町』理論社、一九六一年
＊3　山中恒『赤毛のポチ』理論社、一九五六年
＊4　佐野美津男『浮浪児の栄光』三一新書、一九六一年
＊5　佐藤さとる『だれも知らない小さな国』講談社、一九五九年
＊6　今江祥智『山のむこうは青い海だった』理論社、一九六〇年
＊7　砂田弘『東京のサンタクロース』理論社、一九六一年
＊8　木島始『考えろ丹太！』理論社、一九六〇年
＊9　おおえひで『南の風の物語』理論社、一九六一年

＊10 吉田タキノ『はまべの歌』理論社、一九六二年
＊11 山本和夫『燃える湖』理論社、一九六四年
＊12 山川惣治「少年王者」集英社、一九四七年
＊13 山川惣治「少年ケニヤ」産業経済新聞、一九五一年一〇月七日―一九五五年一〇月四日
＊14 野間宏『顔の中の赤い月』目黒書店、一九五一年
＊15 梅崎春生『桜島』大地書房、一九四七年
＊16 武田泰淳「ひかりごけ」「新潮」一九五四年三月号
＊17 サピロ、ジゼル『文学社会学とはなにか』鈴木智之・松下優一訳、世界思想社、二〇一七年

参考文献

相川美恵子「拝啓、上野瞭様。世界を拡げるということ――上野瞭論・序章」「日本児童文学」日本児童文学者協会、二〇〇九年三―四月号、二四―三四頁

12

『現代の児童文学』

一九七二(昭和四七)……………………島式子

解題

単行本　初版『現代の児童文学』イラストレーション・長新太　中公新書　一九七二年六月　二二七頁〈付・児童文学案内書〉「この本でとりあげた本　とりあげたかった本」

一六版『現代の児童文学』イラストレーション・長新太　中公新書　一九九五年六月　二二八頁。初版の「この本でとりあげた本　とりあげたかった本」に加え、「そののち出た本・読んでほしい本」（増補の理由）一ページを増補

使用テキスト：『現代の児童文学』中公新書　一九七二年初版

本書は、『戦後児童文学論』、『わたしの児童文学ノート』に次ぐ上野瞭の三冊目の評論で、この中公新書は版を重ね、初版以来二三年で、一六版の増刷に達している。その後、上野は、児童文学の評論集『ネバーランドの発想　児童文学の周辺』、『子どもの国の太鼓たたき』、『われらの時代のピーター・パン』、『アリスたちの麦わら帽子』の四冊を出版している。しかし、『現代の児童文学』ほどのロングセラーになったものはない。

内容

『現代の児童文学』は、全体を序章・Ⅰ～Ⅳ章・終章・あとがき・児童文学案内書で構成される。それぞれの章には、タイトルがついている。

序章　子どもにとって大人とは何か
Ⅰ章　児童文学のなかの「あたりまえの世界」
Ⅱ章　児童文学のなかの「ふしぎな世界」その1
Ⅲ章　児童文学のなかの「ふしぎな世界」その2
Ⅳ章　児童文学のなかの「おかしな世界」
終章　児童文学とは何か

序章では、現代の児童文学の課題が明快に提起され、I～IV章では、厳選された児童文学のセレクションが、詳細に説明、検討される。終章と「あとがき」には、著者が「児童文学とは何か」に全力で取り組み、追求した結果がこの『現代の児童文学』すべてである、と締めくくられている。

序章

現代の児童文学の大きな課題は、大人の経験主義や子ども観に見られる固定観念を切り崩し、子ども独自の世界を表現することだと上野は明言する。そして、これを克服すれば、児童文学の「人間の可能性の追求」はひろがり、「思想表現」の深さが増すだろうと期待を寄せる。

序章を受けて、I章「あたりまえの世界」からII章・III章「ふしぎな世界」、IV章「おかしな世界」の中で、選ばれた作品の読み解きが示される。

1.「あたりまえの世界」

「あたりまえの世界」は、子どもの日常的世界が描かれ、「ありうるだろう人間の姿を探る」ものである。上野は、山中恒の『ぼくがぼくであること』を選び、大人の権威主義の立場と、そこから自立する子どもの家出を問う。

また、子どもが自分の可能性を求める物語として、カニグズバーグの『クローディアの秘密』を挙げる。これは、未知の世界を冒険する男の物語でなく、現代の大都会を舞台に繰り広げられる、少女の新しい冒険譚で、フランクワイラーおばあさんは、経験主義で人を判断することのない「独自の時間を持つ老人」として圧倒的存在感を示している。

このクローディアに並び、今江祥智の『山のむこうは青い海だった』、シド・フライシュマンの『ぼくのすてきな冒険旅行』にも、大人と対等に関わる子どもが登場する点が指摘され、これらの子どもたちは、過去の枠組みの、古典的名作に囚われた「永遠の子ども像」（四四）と違って、現代を生きる「時代の子ども」（五二）なのだ、と賛辞を送っている。

2.「ふしぎな世界」その1

1　もう一つの世界への通路

作家・評論家のジョン・ロウ・タウンゼンドが「二〇世紀最高の児童文学のファンタジー」と述べたフィリパ・ピアスの『トムは真夜中の庭で』を、上野は自分の文学地図の中で最高の位置に置いている。この作品に出会うことで、上野は、「日常的世界の向うに（中略）『もう一つの世界』をつくりだし、その別世界を描くことで、人間のあり方を追及する」（二〇九）ファンタジーの構造と取り組むことになった。

「ピアスは、ドアを設定することによって、個人的過去を、現在を生きる人間の共有できる別世界につくりかえた」（七三）という発想が最初の出発だった。ピアスは、閉ざされた個人の体験を、個人の枠をこえた、開かれたものとして捉えていること、また老人の中に閉じ込められていた「過去」にトムを入れることで、それは、ただの「個人的反芻」の思い出の世界ではなく、トムにとっても価値を生み出す世界に変えられたのだなど、上野の中で確信が深まった。「ドア」「通路」ともに、上野のつくった用語であるが、それらを駆使し、ドア一つを介入させることによって、ピアスが変えたものとは何だったのか――。「ふしぎな世界」への独自の通路論を展開している。

また上野は他人の「過去」が「現在」を生きる人間にとって大切な意味があること、そしてここから、人間のつながりを回復する道が拓けてくることを確信し、このファンタジーが「時間論」でなく、ここにあるのは「人間論」であると言いきっている。

2　通路の重要性

『トムは真夜中の庭で』では、あたりまえの世界とふしぎな世界の往復運動が裏庭のドアによって成立している、という結論に至った上野は、自己のつくり出した「通路論」を、Ｃ・Ｓ・ルイスの『ナルニア国ものがたり』（全七冊）への通路にも適用している。

『魔術師のおい』の「書斎」、『ライオンと魔女』の「衣装だんす」、『銀のいす』の「学校の裏門」、『さいごの戦い』では「もう一つの世界―死の影におびえることのない神の世界」に入る通路がすべてアスランのもとへと向かっているとしたうえで、ルイスの場合、通路は日常的世界と神の秩序をつなぐことにあったと上野は考えた。

3　通路が必要なかった時代から、通路の設定へ

そのうえで、上野は通路論の発想が、チャールズ・キングズリーの『水の子』から得たものであることを明らかにしている。上野は、これを、信仰退潮の現実世界と信仰の世界の二つの分化した世界を反映する起点として捉え、少年トムの溺死という通路を介して、神の秩序の世界にトムを入れることで、分化した二つの世界をつなぎ、通路の発想が成立したことを明かしている。

元来、苛酷な現実とふしぎな世界の同居は、日常世界ではありえない。ふしぎな世界は、通路の向こうの国になり、そこでは抑圧された生が解放され、驚きと可能性に満ちた世界の発見の場が潜んでいることを、子どもは誰よりも知っている。読者の日常的世界と地続きに成立するふしぎな世界を生み出すのは、まさにこの力だと上野は推論した。現代の児童文学は、現代の人間の可能性をふしぎな世界としてどこまで描ききるか――。上野は作家である自分に問うている。

3.「ふしぎな世界」その2

1　通路なしの時空移動譚

通路論を展開したのち、上野は、通路なくして現代のふしぎな世界を成立させるメアリー・ノートンの世界に入ってゆく。ノートンは、ごく普通の人間が、自然な形でふしぎな世界をつくり出す人間的魔女を生み出した作家である。またノートンが、形も姿も人間と変わらず、人間より小さく、人間を恐れ、床下に暮らす「借りぐらし」と呼ばれる小人をつくり出したことに着目する。そして

ここでは「人間と小人の関係様式を通じて、（中略）人間らしい人間の生き方が、現代では喪われつつあることを、床下に追いやられる小人の立場で暗示」（一四七）していると指摘し、『床下の小人たち』を一つの文明論としても評価する。

さらに、ノートンのリリパットに対する新しい発想「ガリバー的視点」の「否定」（一四五）にも触れた。これまでのように「観察者」として、小人の珍しさを「見下す」のでなく、小人のほうから人間を見返す点である。小人の話でありながら、そこに自分の姿や大人の姿を発見するふしぎさ。魔法と決別しながら、ふしぎさが成立すること、それは必ずしも、空を飛ぶとか時間空間を超えるところに生まれるとは限らない。上野は確信に満ちて「『ふしぎな世界』とは、（中略）身近なこの人間のなかにある」（一五〇）と書いている。

一方、佐藤さとるの『だれも知らない小さな国』といぬいとみこの『木かげの家の小人たち』は、理念や観念だけを伝達する戦後の児童文学の壁を打ち破ったものとして「記念碑的作品」（一五〇）と評価する。

2 戦争と児童文学

『トムは真夜中の庭で』や、『床下の小人たち』の物語を例に「人間の内在的価値の具象化、一つのシンボル」（一六八）と交渉を持つことが可能なのは少数の人間だけであることを上野は明らかにした。と同時にそれが人間信頼回復への道として残されると上野は確信したのではないか。

戦争によって顕在化する人間の歪みやもろさ、罪を過去の事実として伝達するだけでなく、人間は何をなしうるかという問いかけにつながるものとして、乙骨淑子の『ぴいちゃぁしゃん』、早乙女勝元の『火の瞳』、柴田道子の『谷間の底から』、奥田継夫の『ボクちゃんの戦場』を厳選し、人間の状況をえぐり出したとして長崎源之助の『あほうの星』の第二話「蠅」を挙げている。最後にエリック・C・ホガードの『さいごのとりでマサダ』を挙げ、「観念が個人の生命より優先する体制が行きつくところまで行ったとき、まず子どもが犠牲になる」(一七七)と厳しい言葉で結んでいる。

4.「おかしな世界」ナンセンス・テール

「おかしな世界」では、谷川俊太郎の言葉遊びや、舟崎克彦・舟崎靖子の『トンカチと花将軍』を挙げて、言葉遊びやナンセンス・テールの質の高さを披露する一方、翻訳ものとしてジャン・コーの『ぼくの村』を選んだ。

もともと日本の子どもの本の世界にナンセンス・テールが生まれてこなかった原因は、「遊び」の軽視にあると上野は確信する。遊びを奪い取り、人間を限定する「閉ざされた世界」では、人間の思考の飛躍が警戒され、空想力による別世界への志向は危険視されるのではないか。

上野の中で、この「遊び」の必要性は、児童文学の存在理由と強く結びついている。ここで推薦される山下明生の『かいぞくオネション』、松谷みよ子の『ちいさいモモちゃん』、中川李枝子の『ももいろのきりん』、今江祥智の『ぽけっとにいっぱい』に溢れる遊びにこそ、もう一つの世界に飛翔する開放感が詰まっているというのである。

また「児童文学が文学の一ジャンル」(二〇六)とする上野の考えがここで披露されている。人間は、ことばの世界で、日常に失われた自由の存在に気づくのであり、文学のおもしろさは、その人間の内なる世界に眠るあらゆる可能性に形を与えるのだと締め括る。

5. 終章　児童文学とは何か　あとがき

この本では、「児童文学とは何か」、また現代の児童文学はどこまできているか、に答えるため、さまざまな本を取り上げている。その「ひろがり」ついては、リアリズム、ファンタジー、ノンセンス・テールの三つの世界で、また「深さ」については、思想の形象化、書き手の考え方、生き方の問題がどれほど形象化できているか、について考えている。そういう意味で、この新書は、児童文学の案内書でも、概論でも、児童文学史でもないのである。『現代の児童文学』は、まさに本全体で「児童文学とは何か」を語るものになっている。

解説

『現代の児童文学』は、初版が出た一九七二年の出版販売状況から見ても明らかなように、中公新書であったことも含め、日本の児童文学の評論集の中で群を抜いた成績を残している。一九九〇年には、付録の児童文学案内書「この本でとりあげた本・とりあげたかった本」に加え、「そののち出た本・読んでほしい本」〈増補の理由〉が付け加えられ、上野は次のように書いている。

「十年一昔」という言葉がありますが、この一冊はそれを越えて生きのびてきました。その間、ずいぶん沢山の新しい子どもの本が出版されたのですが、何度かブック・リストの改訂を考え、果せませんでした。その気持の一端を示すため、制限されたスペースの中で「それ以後の興味深い本」をほんの一握り追加してみました。わたしの独断と偏見による選択です…。

（一九九〇・一二）

はじめて書き下ろした評論が、二〇年を経て、なお増版を重ね、ブック・リストの追加ができるなど、上野にとっては望外の喜びだったに違いない。『現代の児童文学』は、当時の読者に受け入れられ、日本の児童文学の右肩上がりの隆盛ぶりがおそらく影響して、読者数が増え、読者からのブック・リストへの要望もあったかもしれないことを窺わせる。

この二十余年の歳月が過ぎる中、上野と児童文学の関係は、大いにひろがり、同時に深まっていく。六〇〜七〇年代にかけての国語の教員と評論執筆を兼ねた生活とは異なり、九〇年に入った時、上野瞭は、教員生活は持続しながらも、児童文学四大作『目こぼし歌こぼし』、『日本宝島』、『ひげよ、さらば』、『さらば、おやじどの』の児童文学作家になっている。八〇年代後半には、『砂の上のロビンソン』、『アリスの穴の中で』を出し、大人、子どもを問わぬ小説の新しい境地を開いた。

重要なのは、二〇年を経て上野の肩書きが変化したことではない。『現代の児童文学』がその内容に、揺らぎを持たなかったことである。上野は、二〇年間に出版・翻訳された大変な量の新しい児童文学の作品を読み、厳選して、そのブック・リストに加える作業をしているが、七二年に書き下ろした評論の内容と、その時点で扱った作品を替える必要を感じていない。九〇年代の新しい読者が、『現代の児童文学』の作品と評論に接した時、決して古めかしさを感じず、新鮮な「新しさ」を認めると、上野は確信していたように思われる。

それはいったい何を意味するのだろう。七二年の初版の時点で『現代の児童文学』は、当時四四歳の上野にとっての現代であった。扱われている児童文学作品の多くが、六〇年代のものであり、その時点での現代の児童文学の課題を探求したものと考えられる。九〇年になった時、上野は「現代」の意味を再考したのだろうか。そのうえで、リストに加える本を増やし、本はそのままの姿で読者に現代の児童文学とは何かを提供したのだろうか。

そのことは七二年の出版から、やがて五〇年にもなろうとする我われへの大きな問いかけにもなってくる。「現代」の持つ意味は何にあるのだろう。この評論が、二〇一九年現在、「児童文学とは何か」と鋭く問いかけているだろうか。この点に留意し、評論の中味と時代をなぞりながら、『現代の児童文学』の独自性について考えてみたい。

1．日本の児童文学の批評状況をさぐる——一九六〇～七〇年代を中心に

まず、『現代の児童文学』が出版された時、当時の日本の児童文学の状況、批評、評論はどのような状態にあったのか。上野の批評・評論活動の展開、時代と児童文学を見つめる視座はどのように確立されていったのかを辿りながら、上野瞭にしか書くことのできなかった『現代の児童文学』の

誕生への道を探る。

六〇年代の高度経済成長の結果、子どもの学校教育・家庭教育は大きな変化を促され、子どもの文化の中心を担った漫画、テレビ、児童文学の位置と役割はさまざまな波を受け、揺れ動いていた。児童文学については、五〇年代後半の慢性的不況時代を経たのち、六〇年にかけ、創作児童文学の出版隆盛期を迎えている。上野が『ちょんまげ手まり歌』を出したのもこの頃になる。

六三、四年頃から、岩波書店、講談社、福音館書店などを中心に、石井桃子、渡辺茂男、瀬田貞二、猪熊葉子、神宮輝夫、松永ふみ子などの翻訳者をえて、翻訳児童文学、絵本の出版がはじまり、やがて翻訳児童文学隆盛の七〇年代を迎える。上野の翻訳の仕事は、神宮輝夫からの紹介、勧めがあったことは、上野自身が語っている。

また青少年読書感想文課題図書、日本子どもの本研究会（六七年設立）に続き、親子読書地域文庫全国連絡会結成など、七〇年に向け、子どもの本をめぐる動きも活発になっている。各地の文庫活動、講演会活動が盛んになる一方、大学での児童文学の授業も一般科目として開講され、やがて、児童文学科の設立にもつながってゆく。

そうした中、児童文学評論、批評の出版状況は、以前からの旧態依然の児童文学ハンドブック・名作・古典ブック・リスト類が並ぶ中、新しい児童文学を模索した古田足日の『現代児童文学論』、『児童文学の旗』が出版され、石井桃子・いぬいとみこ・鈴木晋一・瀬田貞二・松居直・渡辺茂男共著の『子どもと文学』が出た。続いて佐藤忠男の『少年の理想主義』、佐野美津男の『現代にとって児童文化とは何か』などがある。神宮輝夫は『世界児童文学案内』、『童話への招待』、『英米児童文学史』を出版している。

六七年に『戦後児童文学論』を著していた上野にとって、この新しい批評・評論の流れは、刺激的なものに違いなかったが、中でも今江祥智の『さよなら子どもの時間』と『大人の時間子どもの時間』には、他の評論・批評に見られない発想と文体の異なりを感じ、児童文学を自在に楽しむ今江から大きい刺激を受けていたのは間違いない。

こうした同時代の風の中にあって、上野の知識、思想性に大きな影響を及ぼしたのは、外国の児童文学論の翻訳である。上野は、丹念に、その一語一語を読み、「児童文学とは何か」を学び、同時に「児童文学の批評」についても研究を重ねている。それらは、ポール・アザールの『本・こども・大人』を筆頭に、L・H・スミスの『児童文学論』とベティーナ・ヒューリマンの『子どもの本の世界』である。

『児童文学論』と『子どもの本の世界』については、後年、作品の選定の不平等さやファンタジーの読み解き方法への異論を辛辣に唱えた上野の文章があるが、子どもと文学と時代思潮を基にして、児童文学の本質を、自由に描き出した『本・こども・大人』には深い信頼を寄せ続けている。

2．上野の批評活動――一九六八〜一九七二年

『戦後児童文学論』後、上野はどんな批評活動を展開したのだろう。七〇年を目前にして、日本の児童文学の状況は大きなうねりを呈しはじめる。大学の授業や、図書館、子ども文庫で、児童文学

の講座は画期的なひろがりを見せ、もはや日本の児童文学に終始する枠は取り払われていた。

そうした時代を背景に、二冊目の評論集『わたしの児童文学ノート』（以下、『ノート』とする）は、六八年から二年間の批評・論文一七編からなり、うち五編は、『日本児童文学』に掲載された論文である。これらを読み解くと、六〇年代末の時代背景・状況・教育・子どもの本への視点など、児童文学研究の深化がわかり、またその検証を通して、上野の新しい児童文学への視座が培われてゆく兆しが窺える。

まず、この『ノート』では全体の七割超が、外国の子どもの本の主題と作家で占められ、「イギリスのファンタジー作家と作品」と「現代児童文学はどこまで拡がり、深まっているか」の二つのテーマに上野の関心は絞られている。

特にイギリスのファンタジー作品の中には、日常性を否定したふしぎな世界に入り込む時、「通路」の設定があるという「通路論」が数編に分けて提起されている。この論考は、山本周五郎の短篇『その木戸を通って』やアンデルセンの作品にも言及して進められた上野の独自の見解であった。これは、未発刊に終わった幻の雑誌「現代児童文学」（発行出版社不明）に掲載が予定されていたもので、タイトルは「定型の発想」と決められていたと、『ノート』の「あとがき」にもある。またこの通路論の発想については、『ノート』の中で、数編の論文に分けて検証を試みている。またこれと同時に、大阪文学学校で上野が「ファンタジー」について授業中、『ナルニア国物語』における通路として説明していた事実も残っている。

さらに上野は、イギリスにすぐれたファンタジーが多いのは絶対的価値観の崩壊と関係があるのではという仮説をたて、それをキリスト教信仰の問題と推論したうえで、いくつかの作品の検証を積み重ねた。こうして確立した「通路論」が『現代の児童文学』の柱になったものと思われる。

たとえば、「既定の価値観の絶対性をこわすこと」こそ、現代の児童文学のひろがりにつながると上野は確信している。人間は一度限りの人生を生きる。たった一度の人生しか持ち合わせない人間が、もう一つの可能性を得るには、「時間と空間を飛び越え、同時に二つの場で二つの人生を展開する方法」しかない。それを物語の中でやり遂げた作家としてローズマリー・サトクリフの『ともしびをかかげて』が取り上げられている。

3.『現代の児童文学』の独自性

『現代の児童文学』の日本語には、それまでの日本語の硬さを取り払い、やさしく、やわらかい調子とともに、おもしろい読み物の語りと、かるい口調に徹する上野の意気込みが感じられる。その表現は、かつて上野が『戦後児童文学論』で見せた、格の高い論文調に徹し、厳しく言いきるのを避けている。また、『ノート』で、目次のタイトル一七項目中、その三分の一に問題、発想の問題、思想、民主主義、意識、などの語群が並び、表現が、レポート論文調であるのとも異なっている。ここでは、対象とする読者の年齢と言語を意識し、新しいひろがりを認識し、あたかも目の前にいる聴衆に対して話すように、丁寧に書いている様子が見える。

上野瞭は、文学のおもしろさと「思想」の融合を目指した作家である。『現代の児童文学』は「現代の児童文学がどこまできているか」について、上野が独自の児童文学論を練り続け、書き下ろした渾身の一冊であった。「どこまで」とは、そのひろがりと深まりの二つの面についてであり、「きているか」は、一九七二年の児童文学の状況——あらゆる意味で可能性に満ちた翻訳児童文学が読めるようになっている——のと、具体的な作品を広く知らせたい思いを反映している。

『戦後児童文学論』から継承される上野の主張は、児童文学が文学としての独自の世界を拓くことにあったのは明らかだった。中でも状況と人間の関係性を注視して、児童文学が時代の申し子であるという視点をはずすことなく向き合う姿勢を強く願った。同時に、状況と個を描くことが、上野の文学の主題に上ってきたのが、一九六五年から七〇年前後と見ることができるだろう。本書でも何度も繰り返される言葉に「人間が限られた生を一度生きることの意味」である。上野は、戦争をくぐりぬけた唯一の原点に、生きることがほかのどの価値観より先行することを置いて思索を重ねた。その一つは、国家権力・体制・価値観の絶対性を告発する流れである。これと並んで、個の人生を越えるいかなる価値も認めない生き方を模索しながら、「かけがえのない個」をどこまでかけがえのないものとして描くかが続く。その立ち位置に自分を置いて、自身の創作への道を探る、上野の「貫かれた」態度がこの時期に確立した感がある。

また、上野が、最も深刻な問題点として提起するのは、「常に絶対的な価値を想定した児童文学」が変化することなく、「啓蒙的な停滞性」を保っていた日本の児童文学の様相である。これを打ち破った作品として、日本の児童文学のふしぎな世界にその功績を認めたのは、『だれも知らない小さな国』と『木かげの家の小人たち』で、上野は、「価値の継承とは、それを絶対化して、ひき継ぐことではない」(一五三)と繰り返している。また「宮沢賢治の童話や、新美南吉の作品を受け継いで空想物語を開花させること」のなかった日本の児童文学の歴史を憂い、同時に、「書き変えられるべき児童文学史の問題」(一五二)を静かに告発する。

『現代の児童文学』の中のこうした確信に満ちた発言の背後には、六〇年代の外国の翻訳児童文学および、評論の力があった。『戦後児童文学論』で扱った児童文学は、日本人の作家による日本語で書かれた作品が主であったが、『ノート』を経て、この『現代の児童文学』では、日本の作品と翻訳作品を同じ線上で扱うことができるようになったのである。翻訳児童文学の中で、大きな影響を受けたのは、時間と空間を飛び越え「別の世界」で生きる喜びや楽しさを感得する物語——「ふしぎな世界」で、哲学、時間、文学、歴史関係の膨大な資料を読み解いたと思われる。この学びの中で、上野は作家である自身が、新しい創造世界への入り口に立ったことを実感したのではないか。

こうして七〇年初頭、外国の児童文学論から多くを学ぶと同時に、既成概念くずしを徹底し、さらには、独自の児童文学論を打ち立てるにあたって、上野が背負った責任と期待は大きかったのだろう。いや、期待は、上野が自分で自分に課したものだったかもしれない。

上野が当時の日本の状況と文学を念頭に置きながら問題視し続けたのは、日本の児童文学に見られる「思潮を基盤にした、真面目な物語」だった。そこには、上野が終生、恐怖し、拒否し、抵抗し続けた個の自由を奪う抑圧体制が感じられたのだった。

上野は、これをなんとしてもあべこべの世界にひっくりかえすことを試みる。真面目を脱して、遊びを得る。不真面目で、自由になる。そこに生まれる「おもしろさ」と「たのしさ」の発想こそ、空想を呼び、意味のない世界のおもしろさをつくるというのである。「おかしな世界」こそ、人間の可能性を拡げ、自由に闊歩することは「生きる喜び」へとつながる。上野は、その強い思いで「ナンセンス・ストーリー」を児童文学の最も重要な要素と考え、一九七二年に、『現代の児童文学』の終章で「児童文学とは何か」への答えとしている。

本編では、読者に向け、一人称の評論家の顔は見えない。上野瞭が考える、告発する、悩む、悲しむといった表現は薄く、児童文学のおもしろさ、笑い、たのしさが全編を占めている。この評論から数年を経て、上野瞭が「イーヨー」の仮面をつけて登場する日を、想像することはできないし、ここには、上野の皮肉や辛辣な言葉が響かないのも事実である。

また上野自身の満足感とは別に、『現代の児童文学』について、その批評や評価が児童文学関係で、話題にのぼることは当時ほとんどなかった。しかし、ただ一つ、今江祥智編集の『児童文学1972』には、奥田継夫が「一冊の本」として『現代の児童文学』を「日本における児童文学は、『現代の児童文学』をとおして、はじめて、〝市民権〟を得たと思えます。少なくとも、その最初の足跡を、くっきりと印したことは確実です」と紹介している。

その後も「児童文学とは何か」という問いかけは、繰り返され、久しい。『現代の児童文学』がその問いかけに、ペンの力で答えた記念碑的一冊の本であることは、間違いない。

参考文献
アザール、ポール『本・こども・大人』矢崎源九郎・横山正矢訳、紀伊國屋書店、一九五七年（一九三二）
いぬいとみこ『木かげの家の小人たち』福音館書店、一九六七年石井桃子・いぬいとみこ・鈴木晋一・瀬田貞二・松居直・渡辺茂男共著『子どもと文学』中央公論社、一九六〇年〈福音館、一九六七年〉
今江祥智『山のむこうは青い海だった』理論社、一九六〇年
今江祥智『ぽけっとにいっぱい』理論社、一九六八年
今江祥智『さよなら子どもの時間』あかね書房、一九六九年
今江祥智『大人の時間子どもの時間』理論社、一九七〇年
今江祥智『児童文学１９７２』聖母女学院短大児童教育科、一九七二年
奥田継夫『ボクちゃんの戦場』理論社、一九六九年
乙骨淑子『ぴぃちゃぁしゃん』理論社、一九六四年
カニグズバーグ、Ｅ・Ｌ『クローディアの秘密』松永ふみ子訳、岩波書店、一九六九年（一九六七）
ケストナー、エーリッヒ『わたしが子どもだったころ』高橋健二訳、岩波書店、一九六二年（一九五七）
コー、ジャン『ぼくの村』花輪莞爾訳、晶文社、一九七一年（一九五八）
キングズリー、チャールズ『水の子どもたち』芹生一訳、偕成社文庫、上・下巻、一九九六年（一八六三）
早乙女勝元『火の瞳』講談社、一九六四年
佐藤さとる『だれも知らない小さな国』講談社、一九五九年
佐藤忠男『少年の理想主義』明治図書、一九六四年
サトクリフ、ローズマリー『ともしびをかかげて』猪熊葉子訳、岩波書店、一九六九年（一九五九）
佐野美津男『現代にとって児童文化とは何か』三一書房、一九六五年
柴田道子『谷間の底から』東都書房、一九五九年
神宮輝夫『世界児童文学案内』理論社、一九六三年
神宮輝夫『童話への招待』日本放送出版協会、一九七〇年
スミス、Ｌ・Ｈ『児童文学論』石井桃子・瀬田貞二・渡辺茂男訳、岩波書店、一九六四年（一九五三）
瀬田貞二・猪熊葉子・神宮輝夫共著『英米児童文学史』研究社出版、一九七一年
中川李枝子『ももいろのきりん』福音館書店、一九六五年
長崎源之助『あほうの星』理論社、一九六四年
ノートン、メアリー『床下の小人たち』林容吉訳、岩波書店、一九六九年（一九五二）
ピアス、フィリパ『トムは真夜中の庭で』高杉一郎訳、岩波書店、一九六七年（一九五八）
平湯克子『戦後児童文学とその周辺年表』二〇一二年
ヒューリマン、ベティーナ『子どもの本の世界　３００年のあゆみ』野村泫訳、福音館書店、一九六九年（一九五九年）
舟崎克彦・舟崎靖子『トンカチと花将軍』福音館書店、一九七一年

フライシュマン、シド『ぼくのすてきな冒険旅行』久保田輝男訳、学習研究社、一九七〇年（一九六五年）
古田足日『現代児童文学論　近代童話批判』くろしお出版、一九五九年
古田足日『児童文学の旗』理論社、一九七〇年
ホガード、エリック・C『さいごのとりでマサダ』犬飼和雄訳、冨山房、一九七一年（一九六八）
松谷みよ子『ちいさいモモちゃん』講談社、一九六四年
ミルン、A・A『くまのプーさん』石井桃子訳、岩波書店、一九五六年（一九二六）
山下明生『かいぞくオネション』偕成社、一九七〇年
山中恒『ぼくがぼくであること』実業之日本社、一九六九年
ルイス、C・S『ナルニア国ものがたり（全七冊）』瀬田貞二訳、岩波書店、一九六六年（一九五〇〜一九五六）

註　丸括弧内の西暦は原書出版年。

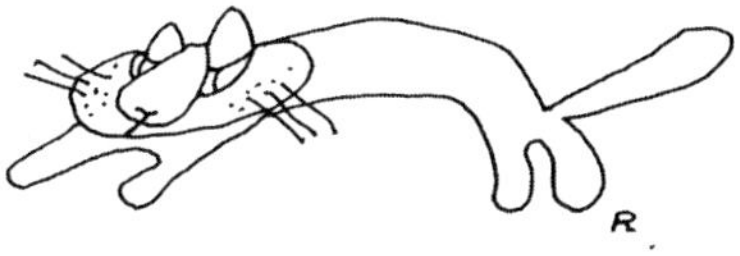

病《やまい》

一．自分の「病」を公表してきたのはなぜか

人間は弱みも含めて「個」として存在していることをその作品の中で追及してきた上野は、テーマや作中人物の描写に深くかかわる重要な要因として「病」を取り上げている。

そして、そこまで言わなくともいいのではないかと感じるほど、細かい描写で病気のことを読者に語っている。病への固執性、誇張癖は、病を患っている身体の感覚をきちんと伝えない限り、人間が描けないという思いを抱えていたからであろう。老・病・死の「病」である。

二．病歴

上野の病歴は、子ども時代は不明であるが、もっとも詳しく語っており、作品への影響が見られるのは、三〇歳時の「疑似日本脳炎」である。市民病院の隔離

病棟に入院し、生死の境をさまよう体験をし、それを脱した。だが、その後、「排尿機能の故障」に悩まされることになる。

また、「歯痛」には長く苦しんでいて、出会うひとに、長々と自分の歯痛のことを語り、遠地まででかけて治療を受けていた。一九九八年には、胆管癌を発症して、六〇日間の入院を経験している。もっとも多いのは、「発熱」状況の描写と、いろんな患部の「痛み」についての記述である。読者にとっては、迫真性を持って迫体験できる面と、読み進むのが息苦しくなって、読み飛ばしたくなる両義的な作用をもたらしている。

三．『ただいま故障中　わたしの晩年学』の中の「病」

「病」への関心が集約して記述されるのは、「老と死」を意識する「晩年」である。『ただいま故障中』は、上野が同志社女子大学退職後、もっとも力を入れて主宰した「晩年学フォーラム」の機関誌「晩年学フォーラム通信」に掲載されたものを収録しており、晩年をどう生きているかの実録のような内容が多い。

「西大寺N眼科のことなど」：「イーヨーのカミサンの

白内障の手術」を、ひとりモニターテレビで見たその報告である。事細かに実況されている。

「歯が痛い！」‥「もの書き」は奥歯を噛みしめるのを理解しない歯医者が多いと自説を展開。

「土手のサラダ菜」‥雑草「ブタナ」の生命力を賛歌して、雑草のたくましさは、身体の不具合を抱えている自身の対極にあって、まぶしいと。

「ただいま故障中」‥膀胱機能障害についての病歴が詳しく描かれている。

「映画『ＨＡＮＡ-ＢＩ』の前後」‥「咽頭から胃袋まで粘膜が燃えているような」痛みで目が覚め、次項の「胆管癌」への記述に続く。

「入院、あるいは旅の始まり」‥病気を未知の冒険の旅と考えはじめている。

「幸福の感覚」には、なぜ、上野が執拗に「病」を描くのかの疑問に対する上野自身の回答が語られている。微熱が一週間以上続き、指関節や膝関節の痛みを抱えている中で「幸福の感覚……そんな言葉が浮かぶのはこういう時である」（九二）と言うのだ。そして「それは失われた日常の側にある」（九三）と続く。何の変哲もない洗濯をしたり、木を眺めたり、仕事に行ったりする行為の「喪失感」を通して思い至るのが「幸福の感覚」だと言う。自分と対象との充ち欠けの関係の中で、自分と自分の肉体との関係が軽視されていくようだとも述べている。

四．個人の身体性を作品の核として

国家と個人という大きなテーマの中に、個人の病の感覚を挿入していったことで、ごく普通のひとの存在を軸に据えた上野作品の世界が深まっていったようだ。自分の病のしんどさを語っていたのは、作品の細部のリアリティーの模索であったのかもしれないと、読者のわたしは何十年もあとで気付いてきている。

（三宅興子）

イーヨー

一．俺はイーヨー

上野が評論やエッセイの類で、自分を「わたし」で名のらず、「イーヨー」を用いていることは広く知られる。イーヨーとは、A・Aミルンの『くまのプーさん』に登場する物悲しく、何事にも悲観的なろばの名前である。ぬいぐるみの動物たちは、男達の友情を育みながら、互いを優しく思いやり、池、川、湿地、森などの風景の中で、それぞれの生命の共存を図り今日も元気に暮らしている。上野は、このユニークな気質の動物たちの中から、イーヨーを選び取ったことになる。

この『くまのプーさん』を最初に上野に手渡したのは、その頃編集者の今江祥智であった。当時鬱々と暮らしていた上野だが、今江の纏う、その時代、その日、その一瞬の風に吹かれると、時間を超え、自分が湿地帯のぬかるみにいることを忘れるのだった。京の街には、今江をプーさん、上野をイーヨーと呼び合い、フクロウたる鶴見俊輔を仰ぐプー横丁がトポスとして形成されていたのかもしれない。

上野が最初にイーヨーを用いたのは、「イーヨーの灰色の思い」（「月刊絵本」一九七七年一〇月号）の中である。この頃上野の日常は、同居するばあさまの「生の最終段階である老年期の過酷」から眼をそらし、逃れることのできない毎日だった。「どれほどばあさまにたえられるか」――自らに湧く「棄老」の発想に、毎日はやるせないものだった。幸せが自分だけを避けて通ると思うろばのイーヨーの気持ちは、上野の「ああ、俺はイーヨーだな」につながっていたのではないか。

二．なぜイーヨーを名のるのか

その後、上野は、老人との暮らしの中で、「わたし」が「イーヨー」の仮面を被って書く理由を述べている。（「なぜ『イーヨー』を名のるのか」『アリスたちの麦わら帽子』）。介護とともにある暮らしは、人間の根源を日夜見据える生活でもある。そこには、「わたし（一人称）で書けば、すべては、「『苦労話』になり、『頑張っている生活報告』になりかねない」厄介な状況が存在する。自分は、ペシミスティックな人間なのに、それで書く行為と言えるのか。そうした事態に陥った時、上野の作家魂は疼き、到達したのは「イーヨー」という仮面だった。「仮面」を被ると、重い現実を、対象との距離をとり冷静かつ滑稽に描ける。正論で糾弾するのでなく、家族のプライバシーに踏み込む後ろめたさが消えてなくなり、屈折した感情の表現もできる。

三．灰色ろばイーヨー、それはわたしである

　こうしてイーヨーの仮面をつけた上野は、イーヨーで書くことを作家として身に着けてゆく。最初、「イーヨーは、わたしの戯画だと考えてもらえばいい」（『われらの時代のピーター・パン』あとがき）と書いた上野だが、この戯画こそ、痛みを秘めた上野の身体を見事に守り抜く。真実を求め、舌鋒鋭いろばなどいるはずもなく、グロテスクな物言いは、ろばには似合わない。所詮、ろばなど、間の抜けた「詩」を呟くだけ、と、まやかしの風は吹いていた。イーヨーは、児童文学と関わり続け、雨の日も風の日も書き続けた。

　やがて雑誌「飛ぶ教室」に「日本のプー横丁　私的な、あまりにも私的な児童文学史」の連載を満を持して持ち込んだのは、ひげのプーさんこと、今江祥智だった。上野は、「プーのために書く」決心をし、誰も書かなかった「独断と偏見に満ちた」児童文学史を全編イーヨー語りで書きあげた。そして、この児童文学史が、すべて「事実の記録」かと問われれば、これは「詩」でもあり「真実」でもあり、「未分化の独白」だと上野の呟きは現在も響いている。

　間近に死を覗き、最後のエッセイとなる「垣根の曲がり角」（『灰色ろばイーヨー日記抄』八一号）には、イーヨーが、「上野瞭」の旅立ちを佇みながら語る姿がある。だがそこにはもう、イーヨーはなく、自らの性、生を見抜き、乾いた冷徹な眼で自分の後ろ姿を追う上野が見える。

（島　式子）

第四章

座談会

座談会

今、なぜ、上野瞭なのか

はじめに

三宅興子（司会）『「ひげよ、さらば」の作家　上野瞭を読む』を出版するにあたり、まとめにかえて座談会をいたします。一．上野瞭との出会い、二．長編の時代もの四作、三．『ひげよ、さらば』と幼年童話、四．新聞連載小説『砂の上のロビンソン』、五．『アリスの穴の中で』と『三軒目のドラキュラ』、六．評論、七．「晩年学」、八．残したい作品など、の順に話し合いましょう。

一．読者としての私たち、それぞれの出会い

藤井佳子：私は上野瞭さんとは個人的なつながりがなく、一読者です。当時、英米児童文学はおもしろいけれど、日本児童文学はつまらないと感じていましたが、『目こぼし歌こぼし』は興味深かったです。その後『現代の児童文学』を読んで、「知らされないでいるこの状況の成立を許す自己のあることを、問わねばならない」というような上野さんの理屈っぽい文章が素敵だと思いました。「月刊絵本」（一九七七年一〇月号）に発表された義母の老いた肉体、しかも下半身の赤裸々な描写については、その意味と必然性に疑念を持ちましたが、本書で『アリスの穴の中で』や『三軒目のドラキュラ』を担当して「晩年学」関係の膨大な資料を読んだ結果、積年の疑問は氷解しました。なぜ、義母の老いた体を見つめ、容赦なく描写したかは、上野瞭を知り、上野瞭を語ることになると思います。

小山明代：私は児童文学の勉強をしはじめたのが遅かったので、上野さんのことは全然知りませんでした。『目こぼし歌こぼし』と『ちょんまげ手まり歌』を読んで、ものすごく衝撃を受けて、すごい人だなあと思い、その思いは勉強していく中で、今も変わりません。目指しているものが、よくわかるし理解できるのです。体制、国家の中で個をどうやって生かすかは、まだまだ重要なテーマですし、むしろこれから問題になっていく作品だと思います。今、世の中が右に傾いている中

で、これだけ戦後にこだわって体制を考えた上野さんの作品の重要性は増してきていると思います。

島式子：一九七二年の晩秋だったと思います。アメリカで児童文学を学んで帰国したばかりの私は、同志社大学で行われた今江祥智さんの講演会「アメリカの児童文学」に出かけました。はじめて出会った今江さんでしたが、センダックがユダヤ系のアメリカ人という話から、話題がぐんと深まる中、「ところで『ちびくろサンボ』は今、アメリカでどないなってんの」が飛び出しました。それからスピード感溢れる、わくわくするような言葉が続き、後にすごい編集者魂を知ることになるのですが、一気におっしゃった「すぐ上野瞭に会いに行ってください、電話しときます。同志社女子大学におる」に押され、気が付くと上野瞭の前にいました。上野さんは、私の自己紹介も待ちきれない様子で、開口一番、「今、今江に聞いたけども、ほんまに現在、アメリカで『ちびくろサンボ』はどないなってんの?」それが上野先生との最初の会話でした。この二人は一体、どういうことでつながっているのだろう、と私には衝撃的でした。しかも、そのあと上野さんは、「あんた『赤い鳥』ってどう思う?」続けて「北原白秋、どう思う?」たじたじとして「表紙の画がきれい……」と話すと遮られ、「あんた、本気でそんなこと言うか?」って。もうどうなっているのか、と思いました。今日は、今江祥智さんの講演会を聴きに来たのに、なぜ私はここで『赤い鳥』について、こうまで詰問されるのだろうって。最後に「あんたと、いろいろ話さないかん。すぐに僕の授業を受けに来たほうがいい」と言われたその日から約一年半、私は、上野瞭先生の児童文化の聴講生になりました。授業はピーンと張りつめた空気で、テキストは『戦後児童文学論』。学生は八人くらい。上野瞭が特徴ある字で「盧溝橋事件」、「松川事件」などと板書し、矢継ぎ早に「知ってる?」と尋ねられる。学生全員下を向いていました。半年後、「僕は、これから文学の授業をはじめる。児童文学とはどういうものかをしゃべります。まず『伝承』」。授業は、言葉も論も明快でよどみなく、物語には、毎回引き込まれ、一時間の授業が一回分の講演以上でした。

三宅：島さんは、その後長い交流が続いていくのですね。

相川美恵子：私の場合、大学三年くらいの時、岐阜に、児童文学の研究会があって、そこで書かれていた童話がとても素朴でぬくもりのあるものだったのですけど、物足りなかったんですね。で、模索していた時に、たまたま『目こぼし歌こぼし』に出会ってこれだ、と思ったのです。これが児童文学なら、私は絶対に勉強のしがいがある、という感じでした。当時、一所懸命読んでいた戦後文学の野間宏の文学と共通して捉えたのですね、たとえば文章の粘着度。野間たちがやろうとしたのは、自分の戦争体験をどうやって表現するか、戦争で破壊されていく個をどうすれば表現できるか、そのためには新しい文体が必要だということで、『暗い絵』のうねった文体はその模索の中から生まれました。同じようなことを、私は上野作品に感じました。そこで、自分のほうから研究室に電話を入れ、聴講の許可をもらい、上野さんの授業を探して、大きな教室の後ろに座って聴きました。とても印象的だったのは、絵本の最初の授業の時に、レオ・レオニの『あおくんときいろちゃん』を見せて、「この絵本を見て感動しない男とは結婚するな」それと「僕は奥さんを愛しています」。そうおっしゃった。マイクを使って言うことやろかと、とびっくりしました。半年くらいしか通えなかったのですけど、最後に『ひげよ、さらば』論を書いて提出したら、葉書が来たんです、上野さんから。「とにかく良いレポートだった。一度会いに来なさい」って。でも会いに行ったら、「僕はあと一〇分くらいしか時間がない。何しに来たの」と言われて「失礼します」って帰ってきてしまって、ずっと片思いのまま、今日に至っています（口絵・図10参照）。

三宅：上野さんは、戦後文学と児童文学の戦後があまりに違うというところから、評論をはじめていたのですね。私の上野瞭さんとの最初の出会いは、一九七三年八月一九日、近畿子ども文庫連絡協議会の合宿に参加した時でした。暑い日で、今江祥智さん、上野瞭さん、新村徹さんの三人組が、アンダーシャツとステテコ姿で、道の向こうから歩いてこられたのね、あっ、この人たちや。私、シンガポールで買った変な長いブラウスを着ていて、そのひらひらの服のすそを、突然、家から飛び出してきた犬に咬みちぎられた、その直後でした。夜の会の自己紹介の時、「大学で子殺しの研究をやってます」と言ったら、今江さんが興味をもたれて、毎月一回、一冊読んで自由にしゃべりあえる「京都子どもの本を読む会」に誘われ入会しました。そこはほんとに自由な雰囲気で、上野さんを中心に回っているような会でした。その時以後、ずっとリアルタイムで、上野さんのすべての作品を読んできました。それが上野さんの作品を再読したい、この会をしようという呼びかけをするエネルギーになったと思います（口絵・図11参照）。

では、本論の作品についての話に入りましょう。

二．長編作品『ちょんまげ手まりうた』からはじまった時代もの四作品

1．『ちょんまげ手まり歌』と『目こぼし歌こぼし』

小山：『ちょんまげ手まり歌』と『目こぼし歌こぼし』初期二作の解説を担当しました。『さらば、おやじどの』に至る「まげもの」は日本児童文学の中で、非常に優れていると思います。今の小説は、個人の思いを綴ったような、いわゆる「癒し系」といわれるものが多いですが、個人の「癒し系」の作品は読んでいて、心地よいですが、衝撃を受けたり、挑発されたりはしません。でも上野さんの作品は衝撃を受けた最初から、そして再読して、何度も考えさせられます。『さらば、おやじどの』に至る「まげもの」は傑作であるにもかかわらず、テーマが重すぎて、現在には合わない点があり、読まれなくなっているのではないでしょうか。

藤井：『ちょんまげ手まりうた』を読んで怖かったです。「あしなえ城」、足を切る、足が不自由な商人だけが通ることを許されている谷間の一本道など、視覚的に示された、治世者が民衆を情報から遮断して「生かさぬよう、死なさぬよう」支配する構図は、昔のことでも、外国のことでもないなと、ぞっとしました。上野さんはそれを子どもにも読める物語にしたのですね、今も、新鮮に読めました。

三宅：文学史的に見ると、短編中心の日本児童文学の世

界に長編作品を次々と刊行して新しい時代を拓いていく旗手でした。日本の児童文学史の中に置くと、画期的な作品だと思ったのが、『目こぼし歌こぼし』だったのを私も覚えています。特に、おたまちゃんのキャラクターが、その頃の私には日本にもこんな女の子が描かれたと大喜びでした。作品の中で登場人物が、しゃべり合っていくとか、長い対話をするというのも斬新でした。プロットのおもしろさだけを求める人には欠点になるでしょうが、挑発を受けているような感じでそこがおもしろかった。

相川：おたまちゃんは、大正時代を象徴するといってもいい立川文庫のそのまた象徴的作品の『猿飛佐助』、確か大正二年発行ですが、その中に出てくる楓というおきゃんなお嬢様を髣髴とさせます。また、戦時中に大佛次郎が書いた『死よりも強し』なる小説に登場してくるお文という武家の娘がいます。許婚をかっさらって戦国時代の日本から船で逃げていっちゃいます。一九四四年に、初出は四三年ですけど、よく、書いたものだと思います。おたまちゃんは、その系譜につながる気がするのです。「おたまちゃん」から私が読み取るのは、近代が産み出したもっとも大切な価値とは何かということです。それは自由という価値であり、しかも、それを戦前、戦中を通してかろうじて守ったのは、女性だろうと上野さんが考えていたのではないかと想像してしまいます。

2.『日本宝島』と『さらば、おやじどの』

藤井：『日本宝島』の解説を書きました。スティーブンソンの『宝島』のパロディーです。それまでの上野作品はプロット重視、そのためのキャラクターかなと思っていましたが、上野さんはこの作品から、人間を描きはじめたように思います。庄兵衛の元になった横井庄一さん、あるいは寛右衛門の原型である小野田寛郎さんについて、若い人たちに知ってもらいたいです。国家と個人の関係を描いた初期の上野作品において、彼らこそ、上野のテーマを具現する生きたモデルだったのですから。

島：『日本宝島』は、まず宝島を求める、宝があるからと思って行ってみたら、逆やった。パロディーも含めて上野先生は、「お・も・ろ・い・ってこういうこと言うんや」と冒険ものの位置づけをしていて、それが、最後のまげものになる『さらば、おやじどの』に引き継がれています。『さらば、おやじどの』は、父の過去の謎を息子が追っていくミステリー仕立ての物語です。

小山：主人公の一五歳の男の子ですけどキャラクターが弱いし、特徴もあまりないですね、なんかみんな同じような感じで。

島：無個性とは言わないまでも似通っていて、どの作品の一五歳もたいして変わらないけど名前だけが違うというか。私が今回、解説で、『さらば、おやじどの』を、地図を主人公にして考えたのは、そのことから解ける何かがあると思ったのですが……。

三宅：人物が記号っぽいですね。

島：そう記号。そこに作家としての考えがあるのかな……という記号化した個々のキャラクターを含めて、眼に見えている世界から、上野はある「風景」を切り取っていく方法を使ってはいないかと思いました。切り取ってみせた風景には、作家の視座が感じられ、そのまなざしも映し出されている。目に見えない地下の世界を選び取って、その風景を、つまり、作家の視点を示すというか。抑圧される側の風景を選びとって丹念に描くことで世界を動かす可能性を探っていったので、感情の流れるキャラクターをもともとつくろうとしていないのかもしれません。

相川：ユーモアも希薄だし、個性的なキャラが立ってないとしたら、上野作品のおもしろさって、結局、何だったのでしょうね。

藤井：私が「まげもの」四作品についてずっと興味を持って考えていたのは、キャラクターの構図が共通していることでした。静かで穏やかな領主と宰相、残酷で下卑た小役人、無垢な少年、親、師、少年の相棒になる勝気な女の子、少年と同じ道場に通う少年グループ。「まげもの」長編四作で共通していると思っていたら、現代を舞台にした幼年童話や短編でも踏襲されていたのは驚きでした。これが上野瞭のコンヴェンション、つまり、あらかじめ設定された決まり事なのかもしれないですね。落語の熊さん、八っつぁん、ご隠居さん、という布陣と同じように定型的なものがあって、いつもそこからはじまるような。後期の大人向け小説には、この構図はないので、上野の児童文学の大きな特徴です。

三宅：上野さん流の仕掛けに読者がはまったら、おもしろく読めるものになるのかな。

島：その通りですね。日本宝島は、やっぱり仮面にパンチがある。仮面の下は何？ということで、仮面の表象と仮面を剥いだ中。だけどちょっとシュールですよね。藤井さんがお書きになっているように。

三宅：今になってみると、「時代もの」は、背景が古くならないので、それだけ作品が風化しない強みがありますし、架空の昔なので制約が少ないのですが、人物の個性を描くというよりは、現代の構造をあぶり出す装置として重要だったと言えそうです。

三．大長編『ひげよ、さらば』と幼年童話・短編作品集

三宅：『ひげよ、さらば』は、一気に読みすぎて、あとで、章ごとの詳細なメモをとりながら、解説を書きました。キャラクターのリストがちゃんとできているかどうか自信が持てないほど、三つの丘に住む猫・犬・ネズミのグループに、それぞれの役割のキャラクターが多数出てきます。NHKの人形劇になりました。この大作の舞台も吉田山周辺で、しっかりした作品の地図ができています（口絵・図4参照）。最初、雑誌に毎月連載されたので、大変だったでしょうね。終わった時点で上野さん五〇歳。

相川：やはり、キャラは立っていないですね。

小山：このころまで、キャラクターを書くつもりはなかったんじゃないですか？「状況の中を人間が通る」ことを書きたかった、と言っている延長にあるような感じがあります。

三宅：でも、NHKの人形劇になったということは、ヨゴロウザを主人公とした冒険物語としても読まれたと言えそうです。

島：NHK連続人形劇『ひげよ　さらば』は、一九六四年の『ひょっこりひょうたん島』に並ぶ人気でした。テーマ曲はシブがき隊。夕方6時からテレビの前にくぎ付けだった子どもの姿が思い出されます。夢中でした。

舞台になっている吉田山の丘を、一文字（原作では片目）探して歩き回りましたもん。上野先生も、活字とは異質の映像世界、自分の物語から生まれた別のドラマに目をみはってらした。チェコで見てこられた人形劇の寓話的な要素がなくて、野良猫大冒険の活劇人形劇が、嬉しかったのかも。あの当時のテレビファンの子どもたちが、今、四〇代。

三宅：この作品の主人公「ヨゴロウザ」だけが、他の猫や犬のように記号的な名前ではありません。記憶を失ったため、他者と関わることで、自分を形成していく冒険物語になっています。リーダーに担ぎ上げられたもののそのストレスから「マタタビ」におぼれて自滅したり、組織の強化が行き過ぎて独裁的になったり、数々の印象に残る場面を繰り出しています。出版当時は、「東大安田講堂事件」「連合赤軍による事件」などの記憶が生々しくて、政治的に読まれたこともありました。しかし、今、読むと、もっと普遍的な「組織と個人」「組織内の他の個人との関係」「個人の内面にある問題」などが多層に語られているのがわかります。終わり方は、上野流を貫いて、読者に考える余地をいっぱい残してくれています。大長編なのに、小学校高学年ぐらいから大人までが、最後まで読まされてしまう迫力のある作品です。作品の構造がしっかりと支えているので、冒険の過程が頭にすう〜っと入ってくるのです。上野の代表作と言えるでしょう。

藤井：『ちょんまげ手まり歌』と『目こぼし歌こぼし』で描かれているのは、われわれの世界のミニチュアで、俯瞰的なつくりですよね。ミニチュアの世界において、キャラクターは単純化され、記号的になったのでしょう。この二作品の登場人物たちは、上野が自在に操る双六の駒です。ところが『日本宝島』では、相変わらず薄っぺらなキャラクターの中で、庄兵衛だけが嵩と重さを持って、双六盤から立ち上がってしまった。物語としての均衡は、そのために崩れたかもしれないけれども、上野は庄兵衛を造形したことで、人間を描くことのおもしろさに目覚めたのだと私は考えています。『ひげよ、さらば』が上野の転換点だということでしたが、実は上野の変容は『日本宝島』からはじまっていたのではないかと。上野の物語はそれぞれに関連し合っていますね。『日本宝島』の与五郎左が『ひげよ、さらば』のヨゴロウザになり、『さらば、おやじどの』では、『日本宝島』の隠蔽や仮面を脱ぎ捨て、主人公がストリーキングするところからはじめるというように。これは庄兵衛の裸踊りとも関連しているでしょう。ちなみに小野田さんをモデルにした寛右衛門が、孤島に生きてなお体制から離脱できない者として描かれているのに対し、逃亡兵だった横井さんを高く評価して、現体制を離脱する庄兵衛として、『日本宝島』の中心に置いたところが、まさに上野瞭、という気がしています。上野のこの作品への思い入れには、並々ならぬものを感じます。

三宅：確かに、出版年代順に読んでいくと、同じように見える記号的な役割を持ったものが、次作で受け継がれて変容していきます。その意味では、どの作品も転換点にあると言えるのではないかしら。そして、作品の終わり方が上野流なので、あらためて考える余地が出てくる、で、次も読みたくなる……いろいろ文句つけながらも大長編を最後まで読まされてしまうことになります。構造がしっかりしているから読める、読み出すと止まらない……。『ひげよ、さらば』は、唯一の動物ファンタジーですので、読者の年齢幅はかなり広く、生きていくための闘いを描いている普遍的なテーマは、今も新鮮なおすすめ作です。

こうした大長編のあとに、短編の作品が六作刊行されています。それぞれに、上野の特徴がよく読み取れます。キャラクターの構図が長編と共通しているところもあるのは発見でした。また、上野作品を渡された長谷川集平、杉浦範茂、青井芳美、古川タク、それぞれの画家が、作品をどう料理しているのか、長編にないおもしろさも味わいました。『もしもし、こちらメガネ病院』は、メガネ病院の老夫妻のこっけいなやりとりを通して隠しテーマとして「真実とは何か」を語っているのではないでしょうか、哲学的です。童話からスタートした上野の最晩年の作品になりました。

四.『砂の上のロビンソン』――はじめての新聞連載小説

相川：この作品は、これまでの長編作品とは違って、現代の核家族が住宅会社のPRに乗って、「モデルハウス」で一年間暮らすという設定です。閉ざされている家族を可視化したことで、いろんな問題が露出するのですが、解説では、山田太一の『岸辺のアルバム』、もとは新聞小説でした、と比較しながら考えています。

小山：上野さんはその時、その時で社会の中で、自分が感じているテーマを作品にしただけで、子どもの本だからこうしようとか、大人の本だからこういうふうに書こうとか、そういう思いはまったくなかったのではないかと思います。初期の作品は国家の体制論が大きく前面に出て、「個」に犠牲を強いる国家と苦しむ個人の関係がテーマになっていますが、『砂の上のロビンソン』あたりから、家族の問題や性の問題、老いの問題など国家に内在する個人の生に直接目を向ける作品に変わっていきます。上野さんは時代の変遷、社会の流れにつれて、その時々の心象風景に浮かんだものをテーマにして、その時、痛切に感じていることを作品化したのではないかと思います。

三宅：ロビンソンというと、無人島に漂着して一人でサバイバルをかけて生きていくイメージですが、この作品も「家族ロビンソン」と見立てると、都会の中で漂流していくプロットの展開が、読者を飽きさせないスリルがありますね。

五.『アリスの穴の中で』と『三軒目のドラキュラ』

藤井：『アリスの穴の中で』は作家としての高度の技巧を駆使した、水準の高い大人向けの作品です。冒頭から続く主人公の嘔吐も作者の意図であり、精読すれば分析意欲を刺激される挑発的な作品です。上野瞭を語るためには必読作品の一つです。『三軒目のドラキュラ』では、主人公の吉元孝治郎のキャラクターに迫力があって、棄老を問う姿が強烈でした。

小山：『アリスの穴の中で』は、山本周五郎賞にノミネートされたでしょ。選者の意見は井上ひさしさんが「危ない方向へ思い切って足を踏み出せばいいと応援しながら読んでいるのですが、倫理とか常識とか、そういうところに、作者自ら話を閉じ込めてしまう」、田辺聖子さんが「作者にユーモアの天賦がないとは思えないんだけど、ちょっと計算違い」、野坂昭如さんが「男が妊娠したとなれば……単に胎動がどうの、他人の目がどうのより、書かなきゃいけないことは別にいっぱいあるはず」など、疑問がいろいろ出されていて、受賞にはいたらなかったのですね。

藤井：私も最初は選者たちのコメントのような印象を持ったと記憶しています。壮介の妊娠は、ゆきの虚構の人生と表裏一体のものとして描かれているということを、選者たちが評価されなかったのは残念です。

相川：『アリスの穴の中で』と『三軒目のドラキュラ』くらいになってくると、もう、個が個である基盤は、自分の肉体に貼りついた気持ち悪さとか、生理とか、つまり我が肉体しかないという感じがします。この日本の社会において個というものが駄目になって追い詰められてしまっている、それへのぎりぎりの抗いとして『アリスの穴の中で』や『三軒目のドラキュラ』があるような気がして仕方がないのです。それはほんとに戦後文学の作家たちが最初にやったこととリンクしてしまうのですよ。戦後、個の復権で出発して、やっぱり最終的にはそこでしか自分を証明できないと、ぐるりと一周して戻った感じがします。この国では、個というものが溶解してしまっているのではないのかなあ、っていうような。

島：「溶解」？

相川：はい、「溶解」。えっと、個の解体っていうと個が部品としてばらばらになって全体の一部に組み込まれる感じなんです。だからね、ばらばらになったパーツをもう一度集めれば再生される。「溶解」は溶けてしまって個の境界と全体の境界が本人にもわからない。なので、個に戻りたくても戻れないっていうか。戻ろうと思わないというか。『新世紀エヴァンゲリオン』っていうテレビアニメと映画が一九九五年あたりからものすごく人気が出て、社会現象になったんですけど、あれが提起した問題の一つが、個が失われることの心地よさを基盤にした精神の融合と全人類の永久平和。話していて気持ち悪くなってくるんですが。これがめちゃくちゃ話題になった「人類補完計画」。めざせ、ゼッタイ永遠のヘイワってとこです……。静謐で滑らかな、誰も傷つけない気遣いと笑顔の全体主義。「エヴァ」が問いかけたのは、君たちはこの誘惑に勝てますかってこと。個の溶解っていう誘惑に。私は「エヴァ」に衝撃を受けて以降、これが「新しい戦前」の空気だと、ずっと身構えてきました。で、論理なんかダメだから、最後は痛む身体だけが「私」の証明になる、なんだ、また戦後文学に戻ってるじゃんって。

話を元にもどします。『ちょんまげ手まり歌』や『目こぼし歌こぼし』、『ひげよ、さらば』、『さらば、おやじどの』にも、闘争して世界を変えるとか、闘って多数を取るという形ではなく、離脱して個というものを保つというのが共通しています。ただ、『砂の上のロビンソン』だと、現代が舞台なので逃げる場所がない。物語としては、会社の金を横領した間宮がやった行為に対して制裁を下さないで、闇にまぎれさせてどこかに逃がしている、離脱させようとしている。そういう意味では『砂の上のロビンソン』までずっと個を守るとか、保つ形としての流れがあったのです。それが『アリスの穴の中で』と『三軒目のドラキュラ』になると、もうそもそも離脱することができなくなって、あとは個の、自分の身体そのものに貼りつくということだけに、個の拠り所を求めざるを得なくなったと、読みました。

藤井：それでいくと、『三軒目のドラキュラ』は吉元孝治郎が最後に死にますが、肉体に固執していたのが、死によって肉体から離脱したと考えることができますね。「老い」のテーマは『ちょんまげ手まり歌』から『三軒目のドラキュラ』までずっとあって、しかも深化していった。いろいろなエピソードがある、多くの物語が詰まった存在が「老い」であるという上野さんの考えは、ずっと変わっていません。上野さんの興味は語りの構造と「老い」で一貫しています。

この会で皆さんが家族、家族と論じられる中で、私は上野瞭には家族が書けていないと思ってきました。でも『三軒目のドラキュラ』で、とうとう家族愛を書いた。トイレのドアを開けたら、故郷の牛小屋で、吉元の死んだ父が牛の世話をしていて、吉元の死んだ妻子も出てくる場面です。最後の作品で、胸に迫る家族愛がやっと書けたのです。

島：そこは上野瞭のお父さんの出身地の山陰地方ですね。それまでの「まげもの」で城下町を書く時とは、情景の書き方が違いますし、辿ってゆく記憶の根源が感じられます。上野さんの作品は明らかに京都が舞台なのに、なぜ京都弁を使わないのか、という問いかけに、それには理由があるという捉え方でなく、なぜ京都弁でなければならないのか、という言い方で、話されていました。京都に押し込んで世界を小さくしたくなかったのでしょうか。

六．評論『戦後児童文学論』と『現代の児童文学』

相川：『戦後児童文学論』は、私にとっては評論とは何かということと、上野瞭とは何者かということを教えてくれた本です。『戦後児童文学論』が取り上げた作品が、今日ほとんど読まれていないことと、『戦後児童文学論』そのものの評価とは別だと思います。

　これほど集団の中で個が溶解してしまった時代に、つまり、もう「新しい戦前」がはじまっている時に、『戦後児童文学論』を何度も何度も読み返すと、鳥肌が立つくらい怖い。たとえば山中恒の『赤毛のポチ』を、実は山中恒にとっては例外的なのだと論じたのは上野さん。山中恒の本領というのは、実は個がどうしようもなく社会的不条理とぶつかった時に、屈折してしまったり暴発してしまったり、衝動的になったりして、社会的に逸脱していく、そこのところが山中恒の山中恒たるゆえんである、と論じた。私は全然古びていないと思う。佐野美津男の『浮浪児の栄光』も、おそらく上野さん以外に正面から論じた人、いなかったのではないかな。それは、「民主主義」とか「解放」とかいう光が届かない、文字通りの闇の領域。だから向日的な作品にばかり注目が集まっていた時期に、『浮浪児の栄光』という作品に光を当てた評論家としての身の置き方は、今も新鮮です。

小山：『戦後児童文学論』みたいな、あんな密度の濃いもの、今、出ないですね。戦後の児童文学に対する上野さんの考え方がはじめから終わりまで一本筋が通っていて、ずっしりと重くのしかかってくるような感じがしました。今、若い人で、あれを読める人がどれほどいるでしょうね。

三宅：活字も小さくて、ぎっしりつまっていますし。『戦後児童文学論』以後は、評論では、講演でもそうですけど、児童文学だけに絞って狭く論じるのではなく、別のことを言ってから本筋に入ってくる技が、上野さんの評論の特徴になっていきます。

島：評論家と作家という意味では、たとえば『アリスの穴の中で』のゆきさんと『トムは真夜中の庭で』のバーソロミューおばあさんとは、ほとんど距離としてはおなじくらいに書ける。それができる人。だから同等に評論と作家としての、位置関係は保つことができる。同じようにまるで『トムは真夜中の庭で』を、自分で書いたかのように語ることができる。そこで作家と評論家としての距離を同じに保てる。

藤井：奥様の親、それから自分の読んだ作品の中のおばあさんを並べる。「イーヨーは、こんなおばあさんだっているのに（中略）と思いながら、一方では、そんなおばあさんにならなかったばあさまを見ている」（「月間絵本」前掲、七六）と。

三宅：そのへんも、一つの発見でしたね。評論を二作に絞ってしまい、あとは取り上げていないのですが、『戦後児童文学論』以後、長編作品と評論集が、自問自答のような関係をもってくるので、他の評論も取り上げるべきだったのではないかという反省はあります。作品と評論との間に矛盾がなく、自身の作品が非常によくわかっていて、できていないことが見えていたような気がします。そのために、次の作品でその宿題を果たしていく……。

藤井：でも自身の評論で書きすぎていませんか。『アリスの穴の中で』でも「ゆきおばさんの内的人生と壮介の胎児は、形こそ違え同質のものだったとはいえないか」とかね。

島：藤井さんが作品解説で、それを書かれるのならわかりますけど……。『ちょんまげ手まり歌』と『目こぼし歌こぼし』は、わりにそれが抑えられている。『日本宝島』くらいからですね。説明と演説が過剰になるのは。

藤井：登場人物が長々と語り合う「ディスカッション・ノベル」のようになっていきますよね。「議論小説」と私は書いたのですが。それは大きな特徴ですね。

相川：上野さんは、評論に語り手を入れた、評論の新しい書き方をしたのです。普通は評論って「沈黙した私」が書くものだという前提があるけれど、上野さんは「私」を前面に出した。

三宅：評論家である上野さんと物語作家である上野さんが、段々と一致してくる。論文のような硬い文体ではなく、エッセイのような柔らかい文体が体になじんできたような感じですね。

小山：上野さんは最初から物語もそうですし、評論もそうですけど、テーマがすごくはっきりしている。この間、テレビで、阿久悠さんのことをやっていて、あの人はとんがっているということをすごく大事にしたい人らしかったのですが、途中から歌が流行らなくなったのだそうです。上野さんも一緒だなあと思いました。上野さんみたいに鋭くて重いものは流行らない世の中だから、今の世の中で上野さんが読まれないというのは、そこだなあと。上野さんに私たちが魅かれるのは、その重い、とんがっている上野さんらしい考え方なのですが。評論を読んでも思うし、作品を読んでも思うのですが、歯ごたえがありすぎる。今の世の中は食べやすいものでないと受け入れられない。

相川：「歯ごたえのある本」を出してくれる出版社や、併走してくれる人がいたってことが大きかったと思います。冒険を許してくれる環境があったと思います。

三宅：評論の賞味期限ということでは、『現代の児童文学』に話を移しましょう。上野さんの中で、版を重ねロングセラーになったのは、偶然ではないと思います。同じ中公新書で、一九六〇年刊の石井桃子さんたちの『子どもと文学』が、戦後の日本児童文学界に大きい影響を与えたのに続くような新鮮さがありました。当時、日本の児童文学作品と外国の作品を同じように扱って論じていて、しかも、とても読みやすかったのです。

島：『現代の児童文学』からは、評論調というか、それまでの評論と違って日本語の硬さが取り払われ、やさしく、やわらかい調子とともに、おもしろい読み物の語りと、かるい口調に徹する上野の意気込みが伝わってきます。読者の年齢と、新しい拡がりを考えて、まるで目の前にいる聴衆に対して話すように、書かれている。「現代の児童文学がどこまできているか」について、上野が独自の児童文学論を練り続け、書き下ろした渾身の一冊でした。ファンタジーという言葉は使っていませんが、「ふしぎの世界」を描いた作品が、当時の日本の児童文学の「啓蒙的な停滞性」を打ち破ったとして、『だれも知らない小さな国』と『木かげの家の小人たち』を、六〇年代に盛んになった外国の翻訳児童文学と同じ線上で扱っています。「ナンセンスの世界」も含めて、自由な「おもしろさ」と「たのしさ」の発想を取り上げており、自身の『戦後児童文学論』への回答のような面も感じ取れる。

相川：『現代の児童文学』は、実用性と批評性をバランスよく織り交ぜたハンドブックといった印象です。個人的にも、海外の児童文学に目を開かせてもらった本です。巻末のブックガイドには、いわゆる正典《カノン》と呼んで差支えがないような海外児童文学が紹介されていて、ずいぶん触発された記憶があります。

小山：私は「通路」論がとてもおもしろかったです。「ふしぎな世界」と人間世界が遮られずに同居している世界では、「通路」は必要がないという上野さんの考えになるほどと思いました。上野さんは日本の伝承にも詳しくて、作品にも伝承の世界を取り込んでいます。それを読んで、西洋のキリスト教世界とは異なり、日本には「通路」の必要のない、八百万の神々がまだ跋扈している世界が残っていることを感じました。

七．「晩年学」について——上野文学の本質に迫る

三宅：「読む会」の後半で「晩年学」を本格的に学んだのは、当初思ってもみなかった大きい意味を持ちましたね。

藤井：最初は「晩年学」、何それ？という感じでしたが、「晩年学フォーラム通信」を読む機会を得たことは僥倖

でした。村瀬学先生、そして「児童文化」の助手を一九八三年から三年間なさった引原直美さんのお蔭です。上野さんの同志社大学の学友、片山寿昭先生たちとの友情と、出会いは後ですけれど村瀬先生への深い信頼もあって、「晩年学」が成立したのがより鮮明に見えました。「哲学」、「同志社の哲学」というのが根底にあって、「不満の会」があり、「不幸の話」へ発展していきました。「晩年学フォーラム通信」には、上野さんの最後の日々が、本人によって記されています。「晩年学」とは、目に見える「老い」という現象の中にある「人間のふくらみ」を意識し、それを人に語ることなのですね。虚であれ、実であれ、自分の物語をどう語るか、それに尽きる。そしてこのことは、上野文学の根幹に関わります。その精神を考えることによって、上野文学の本質は語りなのだ、と気づいていきました。

小山：「晩年学」ではいろんな人がいろんなことをしゃべっていて、それが直接世の中のことが、これがこうだったとかはないのですけど、その中から世界が見えてくるところにおもしろさがあると思いました。いろんな人が語っている中から、名もない人々の織り上げている世界が、それぞれ物語を持っていることがわかって、それを上野さんは晩年学で目指していたと思いました。上野さんが「哲学」をやっておられて、サルトルを勉強されたと聞いて、サルトルと状況というと『シチュアシオン』かな、と思ったのですけど。私の学生時代、サルトルと言うと、その思想を説明するのに、「アンガージュマン」という言葉がよく使われました。知識人や芸術家が現実の問題に取り組み、状況に自ら関わることを言い、政治参加とか社会参加とか説明されることもあります。上野さんは世の中の動きや社会情勢に鋭く反応して、その時々の作品にしておられるので、上野さんの発想の源には、サルトルもいるかもしれません。

三宅：「晩年学」を実践しているような上野さんとの関わり、島さんにはあるのですね。

島：そうです。個人的にですが、一九七三〜七四年にかけ、「カニグズバーグの作品を英語で読みたい」と上野先生からご希望があり、吉田山の麓にある私の実家で、勉強していたことがあります。吉田山付近は、上野さんが、一〇代のころ、米を担いで配達した想い出の場所です。勉強の方法と方向は明快でした。「カニグズバーグの文を、英語で僕が読むさけ、島さんは発音を直してくれんかな。それから辞書引いてもわからんところを教えてほしい。僕は、フロリダのカニグズバーグさんのところに行って、直接、彼女と英語で話しがしたい。それが僕の望み」。この勉強が実を結んだのでしょうか、後に上野先生は、この言葉通り、カニグズバーグをフロリダに訪ね、ロング・インタヴューを果たされました。（口絵・図12参照）

実家には、九四歳になる祖父がおりました。勉強の合間に上野さんは、下の便所に降りて行かれました。昔の便所は、「離れ」の祖父の部屋に続いていて、上野さんは便所から、祖父が一人、新聞の山に囲まれて座っているのを眺め、時に声もかけておられたことがあったのです。祖父は新聞三紙の好んだ記事を丹念に切り抜いて、スクラップブックに一枚ずつ貼り付けて日々を過ごしていましたが、生きている年月より、記事が多すぎて、数年の遅れをときどき嘆いていました。上野さんは二階に上がってくると、そのことをとてもおもしろそうに、お祖父さんと話してきたとか、途中でお母さんと会って、お母さんに誘われて台所でお菓子をつまんできたとか、それは楽しそうなのです。当時、妊娠中で悪阻がひどく、電車での通勤が辛かったこともよく話題になりました。先生は、人一倍心配してくださるのと同時に、悪阻の状態、身体状況、胎児の成長との関係に関心大で、質問攻めになりました。

また「晩年学フォーラム」を立ち上げられた時には、一部はお母さんに、と丁寧なご案内をいただきました。母は幼少時から足の悪い人間で、上野先生は、いつもそのことをやさしく尋ねてくださったと話していました。また、ある時は、私の父が中国で三年間捕虜になっていた話になった時、上野さんは全身耳になって。まさに「晩年学」的な関心を示されたのです。

三宅：「晩年学」の根幹が見えるようなエピソードですね。

八．残したい作品

三宅：上野さんの作品で、これは読んで欲しいという作品について話しましょうか。

藤井：児童文学作品としては、「まげもの」長編と『ひげよ、さらば』が残っていくのだろうし、傑作は、やはり『目こぼし歌こぼし』なのでしょう。この作品に上野文学の真髄があると思います。個人的好みとしては評論で、いち押しは『日本のプー横丁』です。この本は何度読んでも飽きない。上野瞭のエッセイストとしての才能は高く評価されるべきです。「晩年学フォーラム通信」の、死期迫った頃の「イーヨー日記抄」はまさに絶品でした。死を前にして過度に感傷的になることもなく、どこかふっきれた透明感を持つ文章と、その冷静さに心動かされました。『アリスの穴の中で』と『三軒目のドラキュラ』も、正当な評価を受ける機会があれば良いな、と願っています。

小山：上野さんはやっぱりプロットがおもしろいな、と思います。『目こぼし歌こぼし』は、骨組みがものすごくきっちりしていてプロットがよくできている。今江さんが『ひげがあろうがなかろうが』で差別だと言われて、取り下げたじゃないですか、発売中止にして。上野さんが今江さんに言ったことは、「差別やないわ。そやけど下手やで」。「書くんだったらこういうふうに」と言って書いたのが、『目こぼし歌こぼし』だと言っています。差別というのは、天皇を頂点とする階級社会から生まれてきたものだと思われますが、『目こぼし歌こぼし』で、上野さんは部落の問題から天皇の問題まで よく網羅して描いています。被差別部落については、「こぼし」というタイトルに含まれている語句から歴史的に遡って、部落がどのようにして生まれたかがわかるようになっていて、被差別部落を直接的に書いていないですが、差別の構造と根深さがよくわかるように、物語がうまくつくられています。取り上げられている世界の広さと奥行きの深さから、私は上野さんの作品の中では『目こぼし歌こぼし』が一番優れていると評価しています。上野さんの作品は、日本の児童文学に、それまでになかった日本という国家を見る目と社会性、政治性を与えました。上野さんは子どもの本だからと言って、手加減をしていないところが良いと思います。子どもは大人が考えている以上に、物事を理解できるので、子どもを馬鹿にしない、そして子どもにおもねらない児童文学がもっと必要だと、上野さんの作品を読んできて思いました。

相川：最初期、一九六五年の作『空は深くて暗かった』は、再評価したい作品です。あそこに在日朝鮮人家族が登場します。部落の問題は作品の中にうまく組み込まれているのですけど、在日の問題も他の作品に埋め込まれているのですかね。主人公の父親は憲兵という設定で、朝鮮人を拷問にかける場面がかなりストレートに書かれていますが。拷問、どっかの作品の中に書いているのかな。部落の問題というのは、京都にいれば避けて通れない問題、ということを私は京都に来て知ったのですけど。他には、やはり『目こぼし歌こぼし』ですね。この作品には、民俗学が対象とした民間伝承というか、近代以前どころか、それはもう古くから連綿と語り伝えられてきた土着の要素が創作のベースにある。それに、大正期以降に成立、展開してきた大衆小説、とりわけ「まげもの」小説といわれるジャンルから骨格を借りてきている。「まげもの」小説の前身は書き講談、さらには講談は太平記読みまで遡ることができます。こうした妄想を繰り広げさせてくれるので、私は『目こぼし歌こぼし』を残したい。あとは、『戦後児童文学論』。

三宅：私のおすすめは、最後の作品となった『もしもし、こちらメガネ病院』です。幼年童話に入れてしまっていますが、長編でできなかったことをやっているおかし味のある作品です。

九．最後に

三宅：最後に「今、なぜ、上野瞭なのか」を語ってきて、どんな課題が残ったかを、お聞きします。

相川：児童文学における〈ディストピア〉の系譜を辿ってみたいです。〈ディストピア〉というか〈絶望〉を描いた作品の系譜。その中に上野作品を位置づけてみたい。佐野美津男の『浮浪児の栄光』、山中恒の『天文子守唄』や『三人泣きばやし』、さねとうあきらの『地べたっこさま』、二〇一六年に出たばかりの那須正幹の『少年たちの戦場』……。岩瀬成子の幾つかの作品も含めてもいいかと。社会的な承認、つまり評価とは別に、どういう時代に、なぜ、〈ディストピア〉的な児童文学がつくられ、それはどのような意味を持つのか、持たないのか。なぜコーミアは『ぼくが死んだ朝』を書けたのか、日本には必要ないのか、みたいなことを考えますね。よく、絶望を描くより、希望を語るほうが難しいといわれますが、その前提として、絶望をきちんと描けないとあかんと思います。もう一つは、戦後の児童文学批評とか、評論とかって何だったのかという問題を考えたいです。

小山：ここ何年か上野さんの作品と取り組んできて、日本の児童文学に対する考えが変わりました。今まで、頭からつまらないと思っていたところがあって、あまり読んでいなかった日本の児童文学ですが、上野さんの作品や評論を通して、読むべきものがたくさんあることを知りました。課題としては、上野さんの作品のような重いテーマを持つ児童文学が、あまり読まれていないという問題をどうするかだと思います。

藤井：すごい作家だなあ、と思いました。構築力と気になるテーマを何十年も考え続けて作品化するところが。上野作品、絶対に残すべきだなと思い、この仕事の意義を痛感しました。皆で行った黒谷墓地など現地調査は楽しかったし、作品理解のためにとても有意義でした。本書の装画を描いてくださった、御子息である上野宏介さんのお蔭で、「不満の会」関連のとても貴重な資料を見ることができましたので、上野瞭と「不満の会」については、あらためて、きちんとしたものを書きたいと思っています。

島：なぜ、あの時、カニグズバーグを声に出して読んだのか、今もよく振り返って考えます。先生はどうしてもカニグズバーグと自分の言葉で話したいと考えてらした。そしてそれを実行された。アメリカのジューイッシュの児童文学作家に、上野さんは、ホロコーストの後の物語と現在にいたるパレスチナ問題を見据えておられたことが、ひしひしと伝わってくる。「時代と寝ず、時代を読む物語」を説いたケストナーへの上野瞭のオマージュを忘れずにいたいです。

三宅：時代順に上野作品を読んだことで、作家上野が透視したように描き出したそれぞれの作品世界が自分の生きてきた歴史とも重なって見えてきました。それらを通して未来を考える力が得られたように感じています。

「今、なぜ、上野瞭なのか」という問いを発しながら、上野瞭の作家としての独自性とその作品のおもしろさをこの仕事を通して確信してきました。そして、そのことを伝えていくというのが私たち共通の課題となっています。

私たち筆者は、これからも上野瞭作品との対話を、ずっと、続けていくことになるでしょう。

（収録　二〇一七年三月五日）

謝辞

多くの方々に謝辞を捧げなければなりません。上野瞭の後任でもあり、「晩年学」の担い手のおひとりである村瀬学さんは、上野が晩年に至る日々、すべての貴重な資料を託した方です。同志社女子大学でのインタヴューの場で、それらを惜しみなく提供し、魅力ある上野の実の姿を語ってくださいました。上野の助手の任を全うされた引原直美さんからは、「晩年学フォーラム通信」の膨大な資料をお貸しいただき、上野が残した強烈な教師像について印象深く伝えてもらいました。

本書の出版に向け、さまざまな方々から温かいまなざしと助力が寄せられましたが、それらに共通するのは「〈上野瞭の記憶〉を残したい」に尽きます。旧い記録、写真は上野を師と仰ぐ方々から提供されましたが、そのうちの一人、当時の高校生、藤本純さんの後の生き方を支えたのは、理不尽な教育体制に敢然と立ち向かう上野の姿でした。また上野瞭、今江祥智、灰谷健次郎の想いを引き継いだ子どもの本屋「メリーゴーランド」の増田喜昭さん、黒田昌志さん（講演会等の記録担当者）からは貴重な写真、映像などが提供されました。「晩年学フォーラム」に招かれたあまんきみこさん、編集のお仕事も経験された高田桂子さんからは、それぞれの記憶の引き出しを丁寧に手繰った上での、ありがたいご助言をいただきました。

またすべての想いが実を結んだかのように、ご家族との出会いが叶い、夫人の定子さん、ご子息の宏介さんからは家族写真、未発表のノート、カットをご提供いただきました。ダンサー、イラストレーターとして活躍されている宏介さんには、生前の上野を彷彿とさせる素晴らしい装画を制作していただくことができました。こうして、実にたくさんのお力をいただいたことに「上野瞭を読む会」のメンバー一同、あらためて御礼申しあげます。

最後に『上野瞭を読む』を世に問う機会を与えていただいた創元社社長の矢部敬一さん、編集の労をとっていただいた古賀千智さんに、心より感謝いたします。

（島式子　記）

あとがき

『上野瞭を読む』の執筆を終えて、あらためて、上野瞭（一九二八―二〇〇二）は、戦後の児童文学に新しい風を吹き込んだ大きな存在であったと考えています。『ちょんまげ手まり歌』から『ひげよ、さらば』、そして『さらば、おやじどの』までの作品によって、旧来の日本児童文学の枠をはずし、一九七〇―一九八〇年代に、児童文学の可能性を拓いたからです。

上野は大人の文学と児童文学の違いは、作家が誰に向かって書いているかだけであると考え、作家と読者が共有できる根源的な生き方、不確かで不安定な生の問題を書き続けました。当時、「児童文学ではない」と批判された作品は、大人の読者をも取り込んでいった新しい作品群であったのです。その後、上野は大人の読者を意識した作品を残していますが、文学としての本質的な違いはありません。

同時代の京都には、「大長編」と名付けた作品制作を競い合っていた今江祥智（『ぼんぼん』、『優しさごっこ』）、複雑な世界を切り取っておもしろい読み物に仕上げていると上野を高く評価した鶴見俊輔、ユング心理学で児童文学作品を読み解く河合隼雄、神戸には灰谷健次郎（『兎の眼』、『太陽の子』）がいました。日本の児童文学が確かな熱気を帯びた時代でした。

時代は、大きく移り変わりましたが、上野作品は、いまも新鮮な現代文学です。上野は、「『悪魔憑き』ということ――新しい児童文学を考えるために」（河合隼雄編『子どもと生きる』創元社、一九八五）を残しています。映画「エクソシスト」を引き合いに出して「人間の暗闇」を児童文学から排除している限り「オカルト映画」は作り続けられ、「その中の少年少女は『悪魔憑き』として、反吐を吐き続け、器物を破壊し続けるに違いない。」（八一頁）を結語にしています。子どもの現状が深刻化している「今」を予知しているような斬新な内容です。

私たち執筆者は、新しい児童文学を目指した上野文学を紐解き、ここにその現代性と奥深さを紹介できる機会を与えられましたことを、深謝いたします。

二〇一九年一一月一一日

上野瞭を読む会一同

「オトウサン猫」と上野瞭

16年飼っていた猫のロロの晩年、スーパーに行く途中で見かけた哀れな野良猫の親子3匹を連れ帰って、薬を塗ったり、エサを与えていた。

二匹は相次いで非業の死を遂げるが、写真の「オトウサン猫」は上野家の庭先の箱に棲みついた。

年譜

西暦(元号)	年齢	出来事
1928(昭和3)	0	8月16日、京都市下京区西の京左馬寮町に出生。本名瞭(あきら)。父・上野栄之助、母・上野満子。6人兄弟の長男(弟2人、妹3人)。父は結婚後、日本電池勤務。その後オーツルヤ、食糧営団、啓栄商会、京都米穀株式会社役員など
1932(昭和7)	4	妹(長女)出生(1/7)
1934(昭和9)	6	父は「炭と米ならオーツルヤ」というキャッチフレーズの会社の七条店(本店)から、二条店に移る
1935(昭和10)	7	第二錦林尋常小学校入学。母方の祖母・河合民子に連れられ、新京極で映画を楽しむ。「少年倶楽部」を読むようになる。父は熊野店に移る。次男以下末っ子まで熊野神社西横上がる(左京区聖護院川原町)の家で生まれる。弟(次男)出生(12/2)
1939(昭和14)	11	妹(二女)出生(2/14)。母の眼疾が悪化
1941(昭和16)	13	京都市立第二商業学校入学、弟(三男)出生(9/15)
1943(昭和18)	15	舞鶴海軍工廠に学徒動員。製缶工場でガス溶接に従事
1944(昭和19)	16	妹(三女)出生(2/15)。二女入院。家族は父と瞭を残して島根県に縁故疎開
1945(昭和20)	17	第二錦林国民学校の代用教員として半年間、小学校2年生の担任をする。栄養失調の母や弟妹が疎開先から戻る(9/15)。父は食糧営団に勤務。父が家を探し、年末に壬生檜町に引っ越す。母方の祖父・河合源次郎、新京極の帝国館の支配人となる
1946(昭和21)	18	童話「先生」、「夕刊京都」掲載。立命館専門学校第二部入学(「国漢」コース)。仏文学に惹かれ、日仏会館に通う。金子欣哉発行「木馬」、鴫原一穂編「子ども・詩の国」(臼井書房)に童話を発表しはじめる。最初に鴫原に送った短編童話は「水の底の宝」。国文学者岡本彦一にも私淑
1947(昭和22)	19	雑誌「子ども・詩の国」に短編童話「こうもり彗星」と「なめくじらの花」が掲載される
1948(昭和23)	20	両肺浸潤を患う
1950(昭和25)	22	『童話集　蟻』(土山文隆堂、私家版)出版。同人誌「批評地帯」発行。同志社大学文化学科3回生に編入学(哲学専攻)。同じ哲学専攻の片山寿昭、中村義一、林為蔵を知る。作家・港野喜代子、岩本敏男を知る
1951(昭和26)	23	卒業論文「デカルトの『哲学的省察』について」
1952(昭和27)	24	同人誌「児童文学界」に作品掲載(佐藤一男のポケットマネーではじまる)。私立平安高校に国語教諭として就職する(美術教師・鴫原一穂の推薦による)

1954(昭和29)	26	鴫原一穂、片山寿昭、岩本敏男らと「馬車の会」結成。児童文学誌「馬車」第1号発行(1958年10月発行第33号まで確認)。「馬車」発行がきっかけで古田足日と知り合う。作家・乙骨淑子と雑誌「こだま」を通じて知り合い、交流がはじまり、1980年の乙骨の死を「『戦友』の死」と表した(『アリスたちの麦わら帽子』226)
1956(昭和31)	28	粂田定子と結婚(仲人・鴫原一穂、世話役・片山寿昭)。(定子は京都大学人文科学研究所で会田雄次の助手をしていた)。鴫原一穂と上京して日本児童文学者協会の総会に出席、東京在住の若手評論家・作家を知る
1957(昭和32)	29	鴫原一穂と共著『子ども・見ている聞いている』(三一書房)、出版
1958(昭和33)	30	長男・宏介誕生(2/27)。児童文学実験集団に参加、同人は、いぬいとみこ、佐野美津男、神宮輝夫、古田足日、石井美子、岩本敏男、江部みつる、遠藤豊吉、大石真、片山悠、上笙一郎、鈴木喜代春、山中恒(発足記念パーティー、7/19)。母・満子、胃癌で死去(6/21、享年52歳、天理教葬)。9月、疑似日本脳炎で市民病院に隔離入院。昏睡後、半年間の長期入院
1959(昭和34)	31	西部小説選集『ゲリラ隊の兄弟』武笠信英・絵(金の星社)出版。4月職場復帰
1963(昭和38)	35	思想の科学研究会のサークル「不満の会」を西光義敞と始める(1月から5年間)。鶴見俊輔、加藤秀俊を知る。「不満の会」第一期8回は加藤のもとで、書かれたものを中心に話し合い。第二期は同志社大学の鶴見研究室にて行う
1965(昭和40)	37	杉本秀太郎ほか共著『京都の散歩みち』菅野梅三郎・装幀(山と渓谷社)出版。『空は深くて暗かった』高校生新書(三一書房)出版。寺村嘉夫のすすめによる。小冊子「不満の会・その歩み」発行
1966(昭和41)	38	今江祥智を知る。今江祥智、古田足日、上笙一郎に『戦後児童文学論』の出版をすすめられる
1967(昭和42)	39	『戦後児童文学論　「ビルマの竪琴」から「ゴジラ」まで』赤坂三好・表紙絵と装幀(理論社)出版。同書出版記念会(4/4)出席者は古田足日、鳥越信、乙骨淑子、いぬいとみこ、筒井敬介、関英雄、横谷輝、神宮輝夫、香山美子、今江祥智、大田美那子、理論社から3名。『ちょっと変った人生論』高校生新書(三一書房)出版。胃潰瘍を患う
1968(昭和43)	40	ポール・ベルナ著『オルリー空港22時30分』長尾みのる・さし絵、山口はるみ・装幀(学習研究社)翻訳出版。神宮輝夫と神戸光男のすすめによる。翻訳の下調べのため、エール・フランスの本社に行く。職場の教職員組合の執行委員長になる。『ちょんまげ手まり歌』井上洋介・え(理論社)出版。十二指腸潰瘍を患う。春、今江祥智が国立市から京都市上賀茂に転居して、頻繁な交流がはじまる

1969（昭和44）	41	シャルル・ペロー著『ながぐつをはいたねこ』（あかね書房）翻訳出版。大阪文学学校の木曜講座「児童文学講座」開始（講師は中川正文、花岡大学、今江祥智、上野瞭、灰谷健次郎、奥田継夫、岡田純也、中川雅祐、川村たかし）。9月はじめ、自転車の自損事故で胸骨を不全骨折し、二週間ほど欠勤する。京都市教育委員会「成人講座」（講師は土方鉄、片山寿昭、今江祥智、新村徹、上野瞭）。聖母女学院短大の児童文学講座に参加（10/5）。第一回講師は上野のほか、いぬいとみこ、中川正文、古田足日。10月、父、栄之助、城北病院で胃を手術。職場で一部生徒の反戦運動が起こり、上司からは職場外での仕事に厳しい眼を向けられる。執筆の時間を確保できる大学教員の環境にあこがれ、中川正文に就職の斡旋を依頼。平安高校での当時の月給は手取りで6万5182円
1970（昭和45）	42	アンリ・ファーブル著『ファーブルこん虫記』藤沢治雄・イラスト（文研出版）翻訳出版。『わたしの児童文学ノート』長新太・絵（理論社）出版。父・栄之助、城北病院に入院（5/12-6/6）。父、胃癌のため死去（7/14 、享年66歳、天理教葬、霊源寺に葬る）。「父と母のいる風景」（私家版）発行
1971（昭和46）	43	アラン・シリトー著『マーマレード・ジムのぼうけん』栗田八重子・絵（あかね書房）翻訳出版。新村徹、斎藤寿始子と「子どもの芸術を考える会」（発足と同時に「子どもの文化を考える会」に改名）について打ち合わせ
1972（昭和47）	44	R. ピルキントン著『カイツブリ号の追跡』武部本一郎・絵（学習研究社）翻訳出版。『現代の児童文学』（中公新書）出版。加納光雄のすすめによる。「子どもの文化を考える会」（1972-1975、第四期で終了。大谷大学研究室）第一期「幼年童話」、初期メンバーは今関信子、嶋路和夫、稲内恵、長井美和子、斎藤寿始子、新村徹。第二期「ファーストブック」、「赤ちゃん絵本」、「幼児の絵本」。第三期「絵本を読む」、第四期「少年少女小説の再読再考」。後期は今江祥智、三宅興子、島式子、船越晴美、村田拓、村田孝子、横川和子、横川寿美子、竹下桃子、松扉博、栗本哲弘、迫田敏暉、増田弓子が加わった。フォークシンガー・加川良が上野の文章を詞にして、フォークソング「教訓1」を制作。雑誌「児童文学」（1972-）（聖母女学院短大児童文化研究室内、今江祥智）発行。上野はほぼ毎号執筆
1973（昭和48）	45	平安高校を退職。奈良佐保女学院短期大学初等教育科専任教員として着任し、児童文化を講義。児童文化サークル「えのぐばこ」顧問
1974（昭和49）	46	神宮輝夫、古田足日、上野瞭共著『現代日本児童文学史』講座日本児童文学5（明治書院）で「第二次大戦以降の日本児童文学思潮」を担当。『ネバーランドの発想　児童文学の周辺』黒田真理子・絵（すばる書房）出版。『目こぼし歌こぼし』梶山俊夫・画（あかね書房）出版。今江祥智と「児童文学通信 U&I」第1号発行（1978年第3号最終号）。奈良佐保女学院短期大学を退職し

		て、同志社女子大学家政学部専任教員(児童文化担当)。11月、退職後の奈良佐保女学院の学園祭で、灰谷健次郎著『兎の眼』について講演する。あかね書房編『子どものころ戦争があった　児童文学作家と画家が語る戦争体験』に学徒動員された頃の話を書く。夫妻でイギリスに1週間の旅。「すばる書房」を始めた長谷川佳哉を知る。今江と「部落解放文学賞」の選考を務める(-1983年)
1975(昭和50)	47	ロロ(猫)を飼いはじめる(5/30)。来日中のE. L. カニグズバーグに、松永ふみ子、今江祥智らと会う
1976(昭和51)	48	『子どもの国の太鼓たたき　絵本・児童文学で何ができるか』長新太・絵(すばる書房)出版。『日本宝島』粟津潔・絵(理論社)出版。E. L. カニグズバーグをアメリカに訪ねる
1977(昭和52)	49	『戦後児童文学論』(理論社)新装版出版。「月刊絵本」にイーヨーと称して、書きはじめる。雑誌「子どもの館」に「猫たちのバラード・ひげよ、さらば」連載(1977.8-1980.11)。同居の義父母の容態が悪化し、自宅から自転車で10分の距離に仕事部屋を借りる(契約期間2年。「ほくざん荘ビル」5階)
1978(昭和53)	50	編著『田島征三』嶋岡晨、灰谷健次郎、長谷川集平、小宮山量平、今江祥智と共著、邑崎恵子・装幀(すばる書房)出版。『目こぼし歌こぼし』梶山俊夫・絵(講談社文庫)出版。『もしもしこちらライオン』長谷川集平・絵、杉浦範茂・装幀(理論社)出版。『われらの時代のピーター・パン』長谷川集平・カバー絵、平野甲賀・ブックデザイン(晶文社)出版。「日本児童文学」、「月刊絵本」などに発表したものを収録した。猫学の本『絵本・猫の国からの挨拶　messages from paper cats』赤塚不二夫、今江祥智、宇野亜喜良、熊井明子、長田弘、萩原朔太郎、矢川澄子、四谷シモン、上野瞭らのエッセイ、詩、挿絵、福田庄助・絵、杉浦範茂・装幀(すばる書房)を編集部の阿部やよいと編集、出版
1979(昭和54)	51	叢書児童文学第3巻『空想の部屋』責任編集、長新太・絵(世界思想社)出版。P. ビーヘル著『小さな船長の大ぼうけん』C. ホランダー・絵(あかね書房)翻訳出版。渡辺茂男のすすめでワルシャワの日本児童図書展に行き、ワルシャワ大学で講演
1980(昭和55)	52	P. ビーヘル著『小さな船長と七つの塔』C. ホランダー・絵(あかね書房)翻訳出版。『ちょんまげ手まり歌』井上洋介・絵(理論社名作の愛蔵版・理論社)出版。『もしもし、こちらオオカミ』長谷川集平・絵(小学館)出版。「子どもの館」に連載していた「猫たちのバラード・ひげよ、さらば」が最終回を迎えたが、福音館書店が出版しない旨、表明した
1981(昭和56)	53	マーク・ブラウン作、絵『アーサーのめがね』(佑学社)翻訳出版。今江祥智、上野瞭、灰谷健次郎共編『想像力の冒険　私の創作作法』(理論社)出版。『ちょんまげ手まり歌』井上洋介・絵』(フォア文庫・理論社)出版。『港野喜代子選集　詩・童話・エッセイ

		永瀬清子と編集（編集工房ノア）出版。「教育評論」に「さらば、おやじどの」連載開始（1981.4-1985.5）。12月、「飛ぶ教室」創刊号に「日本のプー横丁　私的な、あまりにも私的な児童文学史」の連載をはじめる（1985年12月に第13章までをまとめ、光村図書出版より出版）。詩人かつ世界思想社の編集者であった黒瀬勝巳が自殺して「だれとも口をききたくないほどの衝撃」（『日本のプー横丁』303）を受ける
1982（昭和57）	54	今江祥智、上野瞭、遠藤豊吉ほか共編『児童文学アニュアル1982』（偕成社）出版。以後3年間、編集委員を務める。『ひげよ、さらば』福田庄助・絵（理論社）出版。家の土台工事。義兄死去（享年51歳。印刷会社社長）。大阪国際児童文学館のことで鳥越信、古田足日と今江とともに旅館「梁山泊」で会う。同志社女子大学で「児童文学セミナー」をはじめて開催（講師は谷川俊太郎、灰谷健次郎、今江祥智。上野は司会）
1983（昭和58）	55	春、灰谷健次郎の「太陽の子保育園」竣工式に小宮山量平らと出席。第23回日本児童文学者協会・協会賞受賞（『ひげよ、さらば』）。夏、歯根膜炎で苦しむ。IBBY公開講座（講師は渡辺茂男、今江祥智、上野瞭）。「四人の男を励ます会」（今江祥智、上野瞭、灰谷健次郎、鹿島和夫）が京都で開かれる。四日市にある子どもの本屋「メリー・ゴーランド」で講演（鹿島和夫、高科正信、上野瞭）。東京の童話屋で小宮山量平と対談。同志社女子大学家政学部主催EVE「児童文学講演会」講師に山田太一を迎える
1984（昭和59）	56	『アリスたちの麦わら帽子　児童文学者たちの雑記帖』御子柴滋・写真、杉浦範茂・装幀（理論社）出版。NHK連続人形劇「ひげよ、さらば」（月-金18:00-18:10）がテレビ放映（1984.4/2-1985.3/18）。テーマソングを「シブがき隊」が歌い、榊原郁恵がヨゴロウザの声を担当。『ひげよさらば　ムック版』（理論社）出版。『ひげよさらば　テレビ文庫』(1)-(6)（理論社）出版。10月21日、友人・新村徹が交通事故で死亡して、衝撃を受ける。右足膝内側軟骨の炎症で鍼治療に通う
1985（昭和60）	57	『さらば、おやじどの』田島征三・絵（理論社）出版。『そいつの名前は、はっぱっぱ』杉浦範茂・絵、平野甲賀・装幀（理論社）出版。『日本のプー横丁』杉浦範茂・装画、平野甲賀・装幀（光村図書）出版。『ひげよさらば　テレビ文庫』(7)-(10)（理論社）出版。同志社女子大学家政学部主催EVE「児童文学講演会」講師にあまんきみこを迎える。この後、同講演会の講師は以下のとおり。長谷川集平、田島征三、五味太郎、いぬいとみこ、寺村輝夫、角野栄子、神沢利子、本田和子、清水眞砂子、鹿島和夫、村瀬学、河合雅雄、工藤直子、岡田淳。「砂の上のロビンソン」を島野千鶴子による型絵染の挿絵で「京都新聞」に連載（1985.11/19-1986.12/6）
1987（昭和62）	59	『砂の上のロビンソン』北見隆・装幀（新潮社）出版。『ひげよ、さらば』上・下（新潮文庫）出版。『ひげよ、さらば』福田庄助・絵（日本児童文学名作版・理論社）出版

1988(昭和63)	60	『もしもし、こちらオオカミ』長谷川集平・絵(てんとう虫ブックス・小学館)出版。『砂の上のロビンソン』がNHK「ドラマ人間模様」で全4回の連続ドラマ化(1/9-1/30 、21時台、山本壮太制作、木の実ナナ主演)。大阪国際児童文学館日独シンポジウム――児童文学に見る今日の〈子ども〉講師(11/10-12、ビネッテ・シュレーダー、ペーター・ヘルトリング、佐野洋子、三宅興子、村瀬学)。劇団コーロが『砂の上のロビンソン』を舞台化(1988-1990)。大阪郵便貯金会館〈現・メルパルク大阪〉、世田谷区民会館、その後、中学や高校での巡回公演。主演した三沢和子は本作品で1988年度大阪新劇フェスティバル「女優演技賞」受賞。映画「砂の上のロビンソン」(すずきじゅんいち監督、浅茅陽子主演、ATG配給、9/15封切)
1989(平成1)	61	『アリスの穴の中で』北見隆・装幀(新潮社)出版
1990(平成2)	62	『さらば、おやじどの』上・下(新潮文庫)出版。『アリスの穴の中で』がTBSで単発ドラマ化(9/3、21:00-22:54、堀川とんこうプロデューサー兼ディレクター、小林薫主演)
1991(平成3)	63	5月の連休より頸骨に異常を生じ、病院とカイロプラクティック通いをして、もの書きは開店休業。16年同居した猫、ロロ死亡(11/26)
1992(平成4)	64	『晴れ、ときどき苦もあり』上野宏介・装幀(PHP研究所)出版。2月、村瀬学『児童文学はどこまで闇を描けるか　上野瞭の場所から』(JICC出版局)出版に「まるで自分の本が出版されたようにどきどきした」(『現代児童文学作家対談7(今江祥智・灰谷健次郎・上野瞭)』「自筆年譜」261)。同志社女子大学家政学部主催EVE「児童文学講演会」最終回(講師は今江祥智、灰谷健次郎、上野瞭)
1993(平成5)	65	『三軒目のドラキュラ』北見隆・装幀(新潮社)出版
1994(平成6)	66	『そいつの名前はエイリアン』杉浦範茂・絵(あかね書房)出版。『三軒目のドラキュラ』が日本テレビ系列で「三軒目の誘惑」というタイトルで全12回の連続ドラマ化(4/14-6/30、21:00-21:54、冨田求、宮武昭夫プロデューサー、十朱幸代主演)。同志社女子大学を定年退職して名誉教授になる。片山寿昭、中村義一らと話し合い、「晩年学フォーラム」準備委員会を立ち上げる。9月、ロンドン旅行。「京都新聞」に「猫の老眼鏡」連載、上野宏介・カット(1994.10/25-1995.10/14)。第1回「晩年学」フォーラムで講演「老いを描くということ」(12/3、同志社女子大学)
1995(平成7)	67	『グフグフグフフ』青井芳美・表紙とさし絵(あかね書房)出版。『もしもし、こちらメガネ病院』古川タク・絵(理論社)出版。阪神・淡路大震災の救援ボランティアをする。自転車でコンクリート塀に激突。8月、夫妻でシンガポール旅行
1996(平成8)	68	「『池袋母子餓死日記』に関する覚書」(「同志社家政」第30号82-89)

1998（平成10）	70	『ただいま故障中　わたしの晩年学』上野瞭・カット、平野甲賀・ブックデザイン、（晶文社）出版。今江祥智、山下明生と共著『宝島へのパスポート　子どもの本はいま』鼎談集（解放出版社）出版。2月、胆管癌のため、肝臓半分と胆嚢を摘出手術。手術の説明に妻定子、息子宏介、信頼する村瀬学、長井苑子医師が立ち会う。4月26日退院。友人関係者限定15名に手紙を書き、手術痕の写真を同封
1999（平成11）	71	『映画をマクラに』（解放出版社）出版。同志社女子大学生活科学学会で講演「人生を再読する」
2000（平成12）	72	同志社女子大学英文学会で5回連続講演会「家族」、「青春」、「国家」、「伝承」、「晩年」。講演会聴衆は毎回、50名から80名以上。毎回の講演冒頭で自らの体調、主に癌の転移について語る。日本イギリス児童文学会西日本支部で講演「ハリー・ポッターを読む―物語との距離」（6/24、OAG神戸センター）。癌、転移の疑い。二戸一の隣家工事の騒音に悩む
2002（平成14）		胆管癌のため、1月27日午前1時10分死去。享年73歳
2003（平成15）		『猫の老眼鏡』上野瞭・カット（同志社女子大学児童文化研究室）発行。『晩年学通信　最後の日記抄・闘病記』（同志社女子大学児童文化研究室）発行
2005（平成17）		「上野瞭遺稿集　『晩年学』事始の頃」（晩年学フォーラム事務局編、同志社女子大学児童文化研究室）発行
2006（平成18）		『上野瞭童話集　蟻』細川由香理・挿絵（同志社女子大学児童文化研究室）発行
2010（平成22）		『さらば、おやじどの』田島征三・絵（復刻版理論社の大長編シリーズ・理論社）発行
2011（平成23）		村瀬学『上野瞭先生とむすんでひらく小文集』（同志社女子大学児童文化研究室）発行
2014（平成26）		『目こぼし歌こぼし』梶山俊夫・絵（童話館出版）出版。「もしもしこちらオオカミ」を人形劇団京芸が公演
2020（令和2）		「ひげよ、さらば」の作家、上野瞭を読む』（創元社）出版

『現代児童文学作家対談7』の著者自筆年譜、『日本のプー横丁』、「父と母のいる風景」、「灰色ろばイーヨー日記抄」などを基とした。

（年譜作成：藤井 佳子）

著作目録（出版年　書名　出版社　頁数）

◆Ⅰ　単著

1950　『蟻　上野瞭童話集』土山文隆堂印刷（私家版）61p
（復刻版　2006『蟻』同志社女子大学児童文化研究室　76p）
1959　『ゲリラ隊の兄弟』金の星社　244p
1965　『空は深くて暗かった』三一書房　253p
1967　『戦後児童文学論　「ビルマの竪琴」から「ゴジラ」まで』理論社　281p
『ちょっと変った人生論　やぶにらみ人生論ノート』三一書房　239p
1968　『ちょんまげ手まり歌』井上洋介・画　理論社　246p
1970　『わたしの児童文学ノート』理論社　214p
1972　『現代の児童文学』中公新書　227p
1974　『目こぼし歌こぼし』梶山俊夫・画　あかね書房　343p
『ネバーランドの発想　児童文学の周辺』すばる書房　295p
1976　『日本宝島』粟津潔・絵　理論社　397p
『子どもの国の太鼓たたき　絵本・児童文学で何ができるか』すばる書房　253p
1978　『われらの時代のピーター・パン』晶文社　277p
『絵本・猫の国からの挨拶』すばる書房　155p
『もしもしこちらライオン』長谷川集平・絵　理論社　84p
1980　『もしもし、こちらオオカミ』長谷川集平・画　小学館　142p
1982　『ひげよ、さらば』福田庄助・絵　理論社　780p
1984　『アリスたちの麦わら帽子　児童文学者の雑記帖』理論社　362p
1985　『さらば、おやじどの』田島征三・絵　理論社　653p
『そいつの名前は、はっぱっぱ』杉浦範茂・絵　理論社　181p
『日本のプー横丁』光村図書　309p
1987　『砂の上のロビンソン』新潮社　592p
1989　『アリスの穴の中で』新潮社　334p
1992　『晴れ、ときどき苦もあり』上野宏介・装丁　PHP研究所　258p
1993　『三軒目のドラキュラ』新潮社　403p
1994　『そいつの名前はエイリアン』杉浦範茂・絵　あかね書房　197p
1995　『グフグフグフフ』青井芳美・表紙とさし絵　あかね書房　141p
『もしもし、こちらメガネ病院』古川タク・絵　理論社　137p
1998　『ただいま故障中　わたしの晩年学』晶文社　244p
1999　『映画をマクラに』解放出版社　180p
2003　『猫の老眼鏡』同志社女子大学児童文化研究室　76p
『晩年学通信　最後の日記抄・闘病記』同志社女子大学児童文化研究室　222p
2005　『「晩年学」事始の頃　上野瞭遺稿集』同志社女子大学児童文化研究室　118p

◆Ⅱ　翻訳

1968　『オルリー空港22時30分』ポール・ベルナ著　学習研究社　272p
1969　『ながぐつをはいたねこ』シャルル・ペロー著　あかね書房　110p
1970　『ファーブルこん虫記』アンリ・ファーブル著　文研出版　254p
1971　『マーマレード・ジムのぼうけん』アラン・シリトー作　あかね書房　74p
1972　『カイツブリ号の追跡』R・ピルキントン作　学習研究社　324p
1979　『小さな船長の大ぼうけん』P・ビーゲル作　あかね書房　225p
1980　『小さな船長と七つの塔』P・ビーゲル作　あかね書房　225p
1981　『アーサーのめがね』マーク・ブラウン作・絵　佑学社　32p

◆ III　単行本記載記事

1957　『子ども・見ている聞いている　マス・コミの影響』上野瞭、小西良郎、鴫原一穂、鳥居一夫、藤野喜吉共著　三一書房　242p

1965　上賀茂・深泥池・宝池の道　p75-82、大徳寺から鷹ヶ峰まで　p83-90、洛東さまざま　p93-100、吉田山への散策　p101-106、黒谷のみち　p107-114、南禅寺その道　p115-120、疎水べりの道　p121-128、清水への道・奥山の道　p129-134（『京都の散歩みち』山と渓谷社　256p）

1968　弥次さん喜多さん　京・大阪の巻　p6-33、弥次さん喜多さん　木曽街道の巻　p34-62（『日本ユーモア文学全集6　日本一のはな高男』ポプラ社　222p）

1970　『父と母のいる風景』（私家版）上野瞭、枡井栄美子、上野利樹、平田幸美、上野誠、郡上末喜子共著　15p

1971　『わたしたちがすすめる本　1971』上野瞭、今江祥智、中川正文共著　聖母女学院短大児童文化研究室　3p

1974　第二次世界大戦後の日本児童文学の思潮　p8-98（『講座日本児童文学5』治書院　45p）

1975　ファンタジーにおける「通路」の問題　p247-257（『アンデルセン研究』小峰書店　379p）

1978　土と風と草の絵本　p68-77（『田島征三』すばる書房 79p）

1979　「食う」発想　ひとつの異界譚　p72-92（『空想の部屋　叢書児童文学第3巻　上野瞭責任編集』世界思想社　293p）

1981　闇をくぐって姿をあらわすもの『日本宝島』の背景　p245-262（『想像力の冒険　わたしの創作作法』理論社　318p）

　　　夏草の中の風景　児童文学にふれて　p700-704（『港野喜代子選集　詩・童話・エッセイ』編集工房ノア　728p）

1982　対談　教育における『安全地帯』の発想をめぐって　p87-100、『写楽暗殺』私考　p238-239（『児童文学アニュアル　1982』偕成社　271、170p）

1983　ミヒャエル＝エンデへの手紙『はてしない物語』をめぐって　p101-103（『児童文学アニュアル　1983』偕成社　235、128p）

1984　穴掘りか、地ならしか　p74-77（『児童文学アニュアル　1984』偕成社　215、145p）

1985　「悪魔憑き」ということ——新しい児童文学を考えるために　p64-81（『子どもと生きる』創元社　280p）

1988　たかが物語、されど物語　p.79-86（『日独シンポジウム　児童文学に見る今日の〈子ども〉報告書』大阪国際児童文学館　107、129p）

1991　「まがり角」の発想　p343-384（『現代童話V』福武書店　401p）

1995　児童文学における「国境」と「越境」　p265-287（『研究＝日本の児童文学3』東京書籍　287p）

　　　子どもの世界・大人の眼　p125-144（『ファンタジーの大学』ディーエイチシー　247p）

　　　大人にとって子どもの本とは何か　p2-3、うちへ帰ろう　p40-41、砂の妖精　p104-105（『児童文学の魅力　いま読む100冊　海外編』文渓堂　253p）

1998　児童文学はお子様ランチか？　p52-103（『宝島へのパスポート　子どもの本はいま』解放出版社　215p）

　　　「木戸」の話　p134-141（『山本周五郎読本』新人物往来社　424p）

　　　おとうさんがいっぱい　p34-35、じいと山のコボたち　p74-75、ルドルフとイッパイアッテナ　p210-211（『児童文学の魅力　いま読む100冊　日本編』文渓堂　271p）

2002　なぜ書くか、なぜ読むか　p108-130（『児童文学とわたし　講演集Ⅱ』梅花女子大学大学院児童文学会　283p）

（書誌作成：小山 明代）

◆上野瞭と「日本児童文学」(日本児童文学者協会)

通巻	掲載巻号	発行年月	タイトル	掲載頁
1	1-1	1955.8	「馬車」の会	p42-43
2	1-2	1955.9	私とアンデルセン	p37
11	2-7	1956.7	生活記録と児童文学について——一つの解説	p70-76
17	3-2	1957.3	赤ランプと青ランプの谷間	p11-17
21	3-7	1957.8	児童文学と愛国心	p51
27	4-1	1958.2	児童文学に冒険あるべし	p70-73
			総会感想	p90
29	4-3	1958.4	続・児童文学の冒険のこと	p60-65
41	5-6	1959.6	平塚武二	p74-85
49	6-3	1960.4	創作・研究上の私の課題——並に児童文学者協会への意見	p2-3
63	7-8	1961-11	児童文学と映画の間で——ぼくらの中の古めかしさについて	p5-12
86	10-1	1964.1	新しい年のプランと抱負	p3
91	10-6	1964.6	忍者——それは時代のインデックスたり得るか	p2-10
97	10-12	1964.12	宇宙大怪獣「ドゴラ」のことなど	p25-30
99	11-2	1965.2	なぜか——いつか書く本のための一種のまえがき	p48-52
103	11-6	1965.6	『ビルマの竪琴』について——児童文学における「戦後」の問題・I	p6-27
109	11-12	1965.12	不動の座標・コルプス先生からノンちゃんまで児童文学における「戦後」の問題・II	p67-80
111	12-2	1966.2	塚原健二郎における「戦後」の部分的考察	p71-75
112	12-3	1966.3	ジャングルの発想——児童文学における「戦後」の問題III	p94-102
114	12-5	1966.5	「馬車」はどんなことをしてきたか　覚書	p55-57
			ないないづくし　斜視的壺井栄論——児童文学における「戦後」の問題・IV	p97-104
115	12-6	1966.6	単眼の発想——児童文学における「戦後」の問題・V	p86-94
116	12-7	1966.7	公開討論会戦後児童文学の問題点　第2部思想と方法——戦後児童文学を中心に	p6-32
117	12-8	1966.8	戦争について——児童文学における「戦後」の問題・VI	p44-60
118	12-9	1966.9	わたしにおける「起点」——児童文学における「戦後」の問題・VII	p117-125
119	12-10	1966.10	戦後児童文学の転換点／その一——児童文学における「戦後」の問題・VIII	p34-43
120	12-11	1966.11	戦後児童文学の転換点について／その二——児童文学における「戦後」の問題IX	p40-47
122	13-1	1967.1	アポロギア　「戦後の問題」休載のことなど	p94-95
123	13-2	1967.2	戦後児童文学の転換点について／その三——児童文学における「戦後」の問題・X	p70-78
125	13-4	1967.4	幕間狂言／あるいは実像と虚像の間で——児童文学における「戦後」の問題・XI	p45-53
126	13-5	1967.5	非文学的独白——児童文学における「戦後」の問題・XIの補稿	p70-72
131	13-10	1967.10	贋金づくり日記抄——戦後児童文学の起点と到達点I	p14-22
143	14-10	1968.10	贋金づくり日記抄・II〈南吉と私〉	p65-67
151	15-6	1969.6	山中恒論——贋金づくり日記抄・III	p46-53
154	15-9	1969.9	ビルドゥングス・ロマン——贋金づくり日記抄・IV	p118-121
155	15-10	1969.10	借りぐらしの思想——贋金づくり日記・V	p96-99
156	15-11	1969.11	魔女失格——贋金づくり日記・VI	p108-111
157	15-12	1969.12	サン・テグジュペリと「星の王子さま」	p16-25
158	16-1	1970.1	「行く」思想と「来る」思想——贋金づくり日記・VII	p90-93
170	16-13	1970.12	「児童文学をめぐる言論出版抑圧問題」の問題	p86-89
175	17-5	1971.5	わたしの鉄道唱歌——現代児童文学と文体について	p46-50
182	17-2	1971.12	戦時下の児童文学、あるいはそれを「問い直す」ための覚書	p10-20
186	18-3	1972.3	未決事項としての差別問題〈特集・児童文学一九七一年〉	p77-85
190	18-7	1972.8	誤訳・迷訳・珍訳、あるいはわが恥・おのれの救いがたさについて	p102-106
194	18-11	1972-12	盗作ということ	p11-13
197	19-3	1973.2	「いい先生」ということ	p11-13
199	19-5	1973.4	ある日・・・	p11-12

201	19-7	1973.6	非政治的人間の独白	p14-15
203	19-9	1973.8	「とげ」あるいは「ふしぎなマドレーヌ」	p11-12
			塚原健二郎における「戦後」の部分的考察	p113-117
207	19-13	1973.11	『マアおばさんはネコが好き』のこと	p41-43
209	20-1	1974.1	二〇〇号記念作品応募入選者発表「評論」の感想	p109-110
213	20-5	1974.5	墓参的感想〈今、賢治から何を学ぶか〉	p53-54
215	20-7	1974.7	今、ぼくの読んでいる本　私の読んだ本	p65-67
221	20-13	1974.12	『モモちゃんとアカネちゃん』	p96-99
228	21-7	1975.5	「爵位」の発想――イタロ・カルヴィーノに関する覚書《カルヴィーノ論》	p63-66
231	21-10	1975.7	E・L・カニグズバーグに関する「つぎはぎ」的覚書	p66-75
232	21-11	1975.8	対談・外国児童文学の影響とそれからの自立	p48-63
237	21-16	1975.12	「おもしろさ」を考えることが「おもしろくない」ということについて	p14-18
241	22-4	1976.3	「復活」という発想	p73-75
245	22-8	1976.7	ひそかにここが女の終発――港野喜代子さんのこと	p100-101
253	23-1	1977.1	オコタエイタシマス	p55-56
256	23-4	1977.4	ブーメランの発想――『ゲド戦記』をめぐって	p42
257	23-5	1977.5	プアー・アメリカの発想――『ハックルベリィ・フィンの冒険』論	p51-57
277	24-10	1978.9	キリノさんの昨日・今日・明日――同時代を生きる	p12-36
280	24-13	1978.12	『おれは鉄平』の周辺――「落ちこぼれ」はみだし談義	p75-94
285	25-5	1979.4	〈現代児童文学作家対談〉作家の背景――文学以前の問題を起点として	p72-94
289	25-9	1979.8	フライパンからはじまる別世界	p12-41
293	25-13	1979.11	異質の同世代――タルッピ・フルタルの生活と文学	p10-38
296	26-1	1980.1	〈現代児童文学作家対談〉「風ぐるま」の発想	p104-127
300	26-5	1980.4	かあさん、ぼくの麦わら帽子はどうなったのでしょうね	p52-59
309	26-14	1980.11	〈現代児童文学作家対談〉夢みることと生きること	p102-117
344	29-8	1983.7	〈受賞の言葉〉そこをどことはいわないが	p48
463	39-5	1993.5	〈批評の現場から3〉国境の町、あるいはコーゼルの湿地	p96-99
488	41-6	1995.6	ジジイとわたし――ファンタジーに関する独白的考察	p56-61

◆上野瞭と「日本児童文学」臨時増刊号および別冊

通巻	掲載巻号	発行年月	雑誌タイトル	タイトル	掲載頁
167	16-9	1970.9	臨時増刊号『児童文学読本』	切り張りケストナー入門	p101-105
			寓話の時代から物語の時代へ――イソップ・ペロー・デフォ・グリム・アンデルセン		p194-203
183	17-13	1971.12	臨時増刊号『絵本』	映像文化の中の絵本の位置――大人・テレビ・絵本	p125-130
196	19-2	1973.1	臨時増刊号『民話』	「走る」ということ――斉藤隆介論	p201-208
204	19-10	1973.8	臨時増刊号『日本児童文学作品論』	子どもの本・運動・批評	p243-279
			仮空のインタビュー、あるいは、上方風児童文学談義・支離滅裂篇		p282-291
217	20-9	1974.8	別冊『絵本』	映像文化の中の絵本の位置――大人・テレビ・絵本（再録）	p125-130
224	21-2	1975.1	別冊『児童文学読本』	切り張りケストナー入門（再録）	p101-105
			寓話の時代から物語の時代へ（再録）		p194-203
226	21-5	1975.3	別冊『民話』	「走る」ということ――斉藤隆介論（再録）	p201-208
230	21-9	1975.6	別冊『現代日本児童文学作品論』	子どもの本・運動・批評（再録）	p243-279
			仮空のインタビュー、あるいは上方風児童文学談義・支離滅裂篇（再録）		p282-291
265	23-12	1977.10	別冊『現代絵本研究』	絵本とは何か	p6-31
			トミー・ウンゲラー論　人間狂態凝視の発想		p219-228
282	25-2	1979.1	別冊『日本児童文学100選』	100冊の選考と戦後日本児童文学	p12-38
			山のトムさん〈日本児童文学100選〉		p52-53
			花咲か〈日本児童文学100選〉		p66-67
			考えろ丹太！〈日本児童文学100選〉		p110-111

			春駒のうた〈日本児童文学100選〉		p226-227
			おとうさんがいっぱい〈短編集20選〉		p288-289
295	25-15	1979.12	別冊『世界児童文学100選』	対談　児童文学の「現代」とは何か	p12-31
			あしながおじさん〈世界児童文学100選〉		p94-95
			ぼくのすてきな冒険旅行〈世界児童文学100選〉		p210-211
			コサック軍シベリアをゆく〈世界児童文学100選〉		p226-227
			赤毛のアン〈世界児童文学100選〉		p266-267
302	26-7	1980.5	別冊『革新と模索の時代　資料戦後児童文学論集』	「児童文学者の戦争戦後責任」への疑問	p95-101
			続・児童文学の冒険のこと(再録)		p140-146
305	26-10	1980.7	別冊『過渡期の児童文学　資料戦後児童文学論集』	「ビルマの竪琴」について(再録)	p18-39
			わたしにおける「起点」(再録)		p115-124

◆上野瞭と「飛ぶ教室」(光村図書出版)

掲載号	発行年月	タイトル	掲載頁
1	1981.12	日本のプー横町:イーヨーはどのように児童文学とかかわったか	p94-100
2	1982.4	日本のプー横町:イーヨーはどのように児童文学とかかわったか②	p92-99
3	1982.7	日本のプー横町:イーヨーはどのように児童文学とかかわったか③	p65-71
4	1982.10	日本のプー横町:イーヨーはどのように児童文学とかかわったか④	p83-89
5	1983.2	日本のプー横町:イーヨーはどのように児童文学とかかわったか⑤	p71-77
6	1983.5	日本のプー横町:イーヨーはどのように児童文学とかかわったか⑥	p102-109
7	1983.8	日本のプー横町:イーヨーはどのように児童文学とかかわったか⑦	p106-113
8	1983.11	日本のプー横町:イーヨーはどのように児童文学とかかわったか⑧	p112-119
9	1984.2	日本のプー横町:イーヨーはどのように児童文学とかかわったか⑨	p118-125
10	1984.5	日本のプー横町:イーヨーはどのように児童文学とかかわったか⑩	p122-129
11	1984.8	日本のプー横町:イーヨーはどのように児童文学とかかわったか⑪	p56-64
12	1984.11	日本のプー横町:イーヨーはどのように児童文学とかかわったか⑫	p116-123
13	1985.2	日本のプー横町:イーヨーはどのように児童文学とかかわったか⑬	p123-130
14	1985.5	日本のプー横町:イーヨーはどのように児童文学とかかわったか⑭	p117-124
15	1985.8	日本のプー横町:イーヨーはどのように児童文学とかかわったか⑮	p47-54
16	1985.11	日本のプー横町:イーヨーはどのように児童文学とかかわったか⑯	p140-147
17	1986.2	日本のプー横町:イーヨーはどのように児童文学とかかわったか⑰	p56-64
18	1986.5	日本のプー横町:イーヨーはどのように児童文学とかかわったか⑱	p56-64
19	1986.8	日本のプー横町:イーヨーはどのように児童文学とかかわったか⑲	p92-99
20	1986.11	日本のプー横町:イーヨーはどのように児童文学とかかわったか⑳	p99-106
21	1987.2	日本のプー横町:イーヨーはどのように児童文学とかかわったか㉑	p93-100
22	1987.5	日本のプー横町:イーヨーはどのように児童文学とかかわったか㉒	p93-102
23	1987.8	日本のプー横町:イーヨーはどのように児童文学とかかわったか㉓	p86-96
24	1987.11	日本のプー横町:イーヨーはどのように児童文学とかかわったか㉔	p49-59
25	1988.2	まぶしい海	p91-93
26	1988.5	日本のプー横町:イーヨーはどのように児童文学とかかわったか㉕	p98-106
27	1988.8	日本のプー横町:イーヨーはどのように児童文学とかかわったか㉖	p96-104
28	1988.11	日本のプー横町:イーヨーはどのように児童文学とかかわったか㉗	p45-53
29	1989.2	日本のプー横町:イーヨーはどのように児童文学とかかわったか㉘	p82-91
30	1989.5	線路にそった道	p97-99
31	1989.8	日本のプー横町:イーヨーはどのように児童文学とかかわったか㉙	p87-95
32	1989.11	日本のプー横町:イーヨーはどのように児童文学とかかわったか㉚	p81-89
33	1990.2	日本のプー横町:イーヨーはどのように児童文学とかかわったか㉛	p55-64
34	1990.5	日本のプー横町:イーヨーはどのように児童文学とかかわったか㉜	p98-106
35	1990.8	日本のプー横町:イーヨーはどのように児童文学とかかわったか㉝	p45-53
36	1990.11	日本のプー横町:イーヨーはどのように児童文学とかかわったか㉞	p38-46
別冊	1992.10	つまり、そういうこと	p151-155
46	1993.5	落ち穂ひろい	p107-109

別冊	1993.7	ぼくらのラブ・コール	p86-89
47	1993.8	同病相憐レムナ　乙骨淑子のこと	p90-96

◆上野瞭と「月刊絵本」(すばる書房盛光社/すばる書房)

掲載号	発行年月	タイトル	掲載頁
1(3)〈3〉	1973.7	巨人と鬼とバスと〈絵本私論〉	p106-111
2(3)〈11〉	1974.4	「どろんここぶた」	p42
2(10)〈18〉	1974.11	「待つ」発想——岩崎ちひろの絵本・雑感	p28-34
2(11)〈19〉	1974.12	バンナーマンおばさんの本	p19-21
3(3)〈22〉	1975.3	「飛ぶ」発想——あるいは絵本を考える前の道草	p41-44
3(6)〈25〉	1975.6	いろいろないろ——あるいはキーピングの一冊の絵本のこと	p38-41
3(8)〈27〉	1975.8	「もこもこさん」のいる世界	p48-49
3(9)〈28〉	1975.9	田島征三に関する「シリキレトンボ」な感想	p13-16
3(11)〈30〉	1975.11	なぜ猫なのか……ということ	p21-23
4(2)〈33〉	1976.2	サリイ・アンの手紙　あるいは、本また本の話	p56-59
4(9)〈40〉	1976.7	垣根のそばでインタビュー	p40-43
4(13)〈44〉	1976.9	「置き換え」の発想『ミッドウェイ』と赤鼻のじいさん	p33-36
5(4)〈53〉	1977.3	絵本楽屋ばなし	p66-69
5(8)〈57〉	1977.6	箱庭の中の野生	p13-18
5(9)〈58〉	1977.7	イーハトヴのアリス、あるいは風景としての宮沢賢治	p40-42
5(9)〈59〉	1977.8	イーヨーの灰色の思い——Eeyore, c'est moi	p50-53
5(13)〈62〉	1977.10	絵のない絵本・棄老——続・イーヨーの灰色の思い	p72-77
5(15)〈64〉	1977.12	「賞罰なし」と履歴書にかくように	p22-25
6(6)〈70〉	1978.6	対談　ケイト・グリーナウェイについて　上野瞭×さくまゆみこ	p42-51
6(12)〈76〉	1978.11	駆け足の感想	p14-15
7(2)〈81〉	1979.1	いじわる対談　今江祥智の鏡の国　今江祥智vs上野瞭(聞き手)	p64-73

◆上野瞭と「児童文学」(聖母女学院短大児童教育科)

掲載巻	掲載号	発行年月	タイトル	掲載頁
児童文学1972	1	1972.6	やぶにらみ絵本論	p6-15
児童文学1972	2	1972.12	大きい提灯・小さい提灯	p19-23
児童文学1973	3	1973.6	でべそのライオン	p153-159
児童文学1973	4	1973.12	巨人譚・SFに関する支離滅裂なる感想	p53-59
児童文学1975	5	1975.12	一冊の本から語りはじめて	p21-31
児童文学1976	6	1976.12	「逃亡」の発想——ポターと絵本のこと	p6-26
児童文学1977	7	1977.11	元祖天才バカボンの鉢巻き	p34-43
児童文学1978	8	1978.11	対談　テレビドラマの周辺　山田太一・上野瞭	p23-39
児童文学1978	9	1978.11	わたしたちのすすめる本1978	p241-267
児童文学1981	10	1981.11	鼎談・児童文学東西南北　今江祥智/上野瞭/灰谷健次郎	p219-235
児童文学1982	11	1982.12	町ぐらし、がたがたの夏——イーヨーの日記抄	p117-125
児童文学1984	12	1984.4	子どもの本屋全力投球!	p109-113
児童文学1985	13	1985.7	イーヨーの最近書名一覧	p11-15
			インタヴュー　ようこそ・メリーゴーランドへ	p142-150
児童文学1986	14	1987.2	鼎談　今江祥智+上野瞭+清水真砂子	p4-34
児童文学1988	15	1988.12	インタヴュー　ようこそ・メリーゴーランドへ	p98-128

◆上野瞭とその他の雑誌・新聞記事

(雑誌名の右肩にある※印は現物未確認。
巻号および掲載頁が不明なものは空欄とした)

雑誌名	巻号	発行年月	タイトル	掲載頁
児童文学界	1	1953.4	童話「手」	p1-6
児童文学界	2	1953.4	遠い太陽	p5-13
			大人の神話	p31
児童文学界	3	1953.10	目玉の窓	p18-19

文学		1956.3	生活記録と文学――京都では、生活記録はどう進められてきたか	p353-368
不満の会／その歩み		1965.7	「ある妻の不満」	p13-14
平安学園研究論集		1965.9	映像の中の人間関係	p1-7
平安学園研究論集※		1966.10	新美南吉に関する覚書(『ネバーランドの発想』に再録)	
不満の研究会／1966		1966	不満の会春歌考――きたるべき年のために	p17-20
朝日新聞※			「からだをはる」思想(『ネバーランドの発想』に再録)	
朝日新聞		1972.5.21	子どもの「ためになる」読書	大阪版13面
朝日新聞		1985.11.2	上野瞭さんと『さすらいのジェニー』を読む	東京版12面
朝日新聞		1988.8.12	今、子どもの本が面白い(上)	大阪版13面
朝日新聞		1988.8.19	今、子どもの本が面白い(下)	大阪版13面
朝日新聞		1988.9.15	今、子どもの本が面白い　終わりに(上)(上野瞭、今江祥智、清水真砂子の鼎談)	大阪版13面
朝日新聞		1988.9.16	今、子どもの本が面白い　終わりに(下)(上野瞭、今江祥智、清水真砂子の鼎談)	大阪版1面
朝日新聞		1990.8.4	男に聞く	東京版19面
朝日新聞		1993.12.1	著者と語る『三軒目のドラキュラ』	日曜版2面
新日本文学	26(1)	1971.1	フエフキドウジの話	p18-19
図書		1971.1	「エブ・ボ」と「リ・ポ」	p37-42
思想の科学	112	1971.2	高橋和巳論	p77-82
思想の科学	114	1971.4	児童文学はどこまできているか	p2-11
			ズーム・レンズ	p85-86
保育の手帳		1971.6	絵本を楽しむ　私の絵本論・序説	p97-103
学校図書館	249	1971.7	わたしの内なるチョンマゲ人間――歴史小説をこう考える	p25-27
学校図書館	259	1972.5	カジノ・リブモンテーニュ氏への配慮――ブックリストに関する一章	p63-66
学校図書館	269	1973.3	「不読者」の前の「不読者」	p16-17
新刊ニュース	No.245	1972.7	なぜ現代の児童文学を語るのか	p22-25
comodo	I	1972.6	パーマンの発想	p2-8
comodo	II	1972.12	ネバーランドの発想	p2-15
comodo	III	1973.3	肩代わりの発想	p14-16
季刊 本とこども	3	1973.3	〈講演〉子どもおとな・本――人生の「入口」から「出口」までの文学	p40-47
絵本の世界	1(7)	1974.1	モーリス・センダックに関する覚書	p10-17
Reed※		1974.2	「黄金狂時代」の楽しさ(『子どもの国の太鼓たたき』に再録)	
Reed	96	1974.3	猫――子どもの本・大人の本「もう一つの不思議な世界」の楽しさ	p56-58
Reed	97	1974.4	現代の感じやすい少年たちを描く傑作『この湖にボート禁止』	p56-58
Reed	101	1974.8	プリミティブな形で表現された人間関係――子どもの本・恋の辻占	p56-58
Reed	102	1974.9	五つの大切、十の反省の提唱を批判する「ハエかて命や」という発想	p56-58
Reed※		1974.10	ぼくらの中の「インディアン」(『子どもの国の太鼓たたき』に再録)	
小さな図書館	第19号	1974.4	児童文学で何ができるか――『目こぼし歌こぼし』の背景	p13-17
子どもの館	15	1974.8	わたしの遠野物語	p6-14
放送文化	29(12)	1974.12	映像の中の「夫婦」	p21-?
年刊児童文化	第一号	1975.11	しっぽか鼻か――カニグズバーグ女史を訪ねた時の「きれぎれ」なる感想	p39-42

年刊児童文化	第二号	1976.12	わたしのなかのヒーロー――雑感・佐藤紅緑から鞍馬天狗まで	p1-4
U&I児童文学通信	1	1976.1	歌、あるいは雑誌のこと	p1
			灰色ろばイーヨーの回想記	p2-3
U&I児童文学通信	2	1977.7	ことばの根っこ	p1
			方舟をつくろうとした男の物語――Townsend“Noah's Castle”について	p4-5
U&I児童文学通信	3	1978.7	紺惑の時代	p1
			証人、あなたはアリスのように走っていますか――鳥越信の二冊の『証言』についての感想	p2-4
同志社女子大学学術研究年報	27(2)	1976.11	ビアトリクス・ポター児童文学史の構想・覚書	p204-218
部落解放	63	1974.12	「書かずにはいられないこと」を深くつかむ	p148-151
部落解放	82	1976.3	現代児童文学の水準と部落解放の視点を求める	p178-184
部落解放	98	1977.2	現代児童文学への朝鮮意識をもて	p33-38
部落解放	115	1978.3	飛びこえるべきハードルの高さと多様性	p39-47
部落解放	131	1979.3	傑作に出会えそうな予感	p39
部落解放	146	1980.2	他人が書いたものは書かない姿勢をもって	p175-179
部落解放	162	1981.2	現代を生きる子どもの目で〈選評〉	p188-193
部落解放	178	1982.2	人物の心の動きを豊かに描く	p200-207
部落解放	194	1983.2	児童文学を考えなおそう	p153-158
親子読書		1980.2	ひとりひとりを認めあうことから	p1
国文学　解釈と教材の研究		1980.10	谷川俊太郎の子どもの本――片手落ちな感想	p68-72
国文学　解釈と教材の研究		1982.9	児童文学の猫たち	p102-107
早稲田文学	64	1981.9	なぜ闇なのか	p22-25
メルファン	Vol.3	1981.6	海老の笑い――幼児の文学のおもしろさ	p65-70
早稲田文学	64	1981.9	なぜ闇なのか　思想の三角点　児童文学の現在	p22-25
ユリイカ(増刊)		1982.12	方法序説としての「ファビアン」	p100-105
梁山泊	1号	1984.7	「梁山泊」から遠くはなれて	p2-6
教育評論		1985.6	鼎談「さらば、おやじどの」を読んで	p58-67
教育評論		1987.4	メッセージ:新しく学校を職場とするあなたへ	p20
Asahi Journal	28巻37号	1986.9	日本の児童文学は「AKIRA」を超えたか(今江祥智、清水真砂子との鼎談)	p11-15
「聚楽廻」京都市図書館報	28	1986.12	児童文学の世界	p4-5
リテレール	17号	1996.9	さらば、宝島――冒険小説はどこに漂着するのか	p10-17
同志社女子大学生活科学	33号	1999	第33回生活科学会大会講演(1999年6月26日)人生を再読する	p58-66
鬼が島通信	36	2000.12	わたしの「はじめの一歩」	p26-27
鬼が島通信	38	2001.11	もしもし、こちらチガウ病院	p45-52
鬼が島通信	39	2002Spring	もしもし、こちらチガウ病院2	p47-59

目録作成にあたり、村瀬学先生にご教示いただいた「上野瞭先生雑誌論文目録」を参照した。

◆その他の必須文献

◎児童文学誌「馬車」
1954.11から1958.11まで33冊発行　京都児童文学集団馬車の会
◎朝日新聞「私の読書ノート」1979-1980(半年間)
◎京都新聞「灰色ろばの日記抄」1980-1981
◎晩年学フォーラム通信
1994.12から2003.1まで1〜93号(確認済の号数)
◎不満の会/その歩み
1963.1から1965.6まで

◆上野瞭に関する主な参考文献

清水真砂子『子どもの本の現在』大和書房、1984、227p
神宮輝夫『現代児童文学作家対談7』偕成社、1992、387p
村瀬学『児童文学はどこまで闇を描けるか』JICC出版局、1992、274p
村瀬学『上野瞭先生とむすんでひらく小文集』(追悼文、作品論、批評の批評、あとがき集)(私家版)同志社女子大学児童文化研究室、2011、104p

(書誌作成:小山 明代)

編著者略歴

相川美恵子（あいかわ・みえこ）

1960年、岐阜生まれ。梅花女子大学大学院児童文学専攻、博士後期課程中退。龍谷大学短期大学部非常勤講師。専門は近代および現代の日本児童文学。『児童読物の軌跡―戦争と子どもをつないだ表現』（龍谷学会）で日本児童文学学会賞奨励賞受賞。『鞍馬天狗のゆくえ―大佛次郎の少年小説』（未知谷）、編著『日本の少年小説―「少国民」のゆくえ』（インパクト出版会）、共著『はじめて学ぶ日本の戦争児童文学史』（ミネルヴァ書房）他多数。

小山明代（こやま・あきよ）

1947年、和歌山生まれ。2010年梅花女子大学大学院文学研究科博士後期課程児童文学専攻を卒業。Philip Pullmanの物語論にて、博士学位を取得。主な研究分野はイギリス児童文学。共著『児童文学研究を拓く―三宅興子先生退職記念論文集』（翰林書房）

島式子（しま・のりこ）

1947年、京都生まれ。クレアモント大学院Education(M.A)修了。甲南女子大学名誉教授。共著『アメリカの児童雑誌「セント・ニコラス」の研究』（同朋舎）及び共著『児童文学はじめの一歩』（世界思想社）で日本児童文学学会賞奨励賞受賞。編著書『VOICES』（晃学出版）、共訳書『海ガラスの夏』（BL出版）他多数。

藤井佳子（ふじい・よしこ）

1999年、奈良女子大学大学院博士後期課程単位取得満期退学。2004年博士（文学・奈良女子大学）。現在、大阪市立大学ほかで非常勤講師として英語、英詩、英語圏児童文学、絵本を講じる。『コールリッジと「他者」―詩に描かれた家族』（英宝社）など。近刊に共著『コウルリッジのロマン主義―その詩学・哲学・宗教・科学』（東京大学出版会）。

三宅興子（みやけ・おきこ）

1938年、大阪生まれ。大阪市立大学大学院家政学研究科（児童学専攻）修士課程修了。梅花女子大学名誉教授、大阪国際児童文学振興財団特別顧問。2019年国際グリム賞受賞。『イギリス児童文学論』（翰林書房）、『イギリスの絵本の歴史』（岩崎美術社）、論文集『三宅興子〈子どもの本〉の研究』全3巻（翰林書房）、他多数。

写真提供
上野定子・上野宏介：口絵ポートレート、
家族写真、作品制作ノート
藤本純：平安高校クラブ写真
黒田昌志：「メリーゴーランド」講演他写真

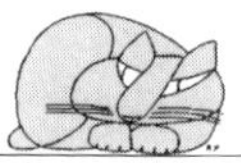

『ひげよ、さらば』の作家《さっか》
上《うえ》野《の》瞭《りょう》を読《よ》む

二〇二〇年一月二〇日　第一版第一刷発行

編著者　上野瞭を読む会
発行者　矢部敬一
発行所　株式会社 創元社
〈本　社〉〒五四一―〇〇四七　大阪市中央区淡路町四―三―六
電話（〇六）六二三一―九〇一〇㈹
〈東京支店〉〒一〇一―〇〇五一　東京都千代田区神田神保町一―二　田辺ビル
電話（〇三）六八一一―〇六六二㈹
〈ホームページ〉https://www.sogensha.co.jp/

印　刷　モリモト印刷

ISBN978-4-422-12068-3 C0095